CPV

Diana Wynne Jones

Die Zauberer von Caprona

Deutsch von Friedl Hofbauer

Cecilie Dressler Verlag · Hamburg

Die englische Originalausgabe erschien bei Macmillan Children's Books, London und Basingstoke, unter dem Titel *The Magicians of Caprona*.
Deutsch von Friedl Hofbauer
Schutzumschlag von Tilman Michalski
Gesamtherstellung: Ebner Ulm
Printed in Germany 1983
ISBN 3-7915-1027-4

Erstes Kapitel

Zaubersprüche sind das Schwierigste auf der Welt. Das war eines der ersten Dinge, die Montana-Kinder zu lernen hatten. Einen Zauberspruch auswendig lernen kann jeder, aber wenn's dazu kommt, ihn anzuwenden – ob man ihn nun aufschreibt oder ausspricht oder singt–, dann muß das ganz genau richtig geschehen – oder es passieren die unmöglichsten Dinge.

Ein Beispiel dafür ist die kleine Angelica Petrocchi, die ihren Vater leuchtend grün hexte, nur weil sie einen falschen Ton sang. Ganz Caprona – besser gesagt, ganz Italien – redete wochenlang davon.

Die besten Zaubersprüche kommen immer noch aus Caprona; sie werden trotz der jüngsten Unstimmigkeiten und Krachs vom Haus Montana oder dem Haus Petrocchi geliefert.

Wenn irgendwer irgendwo Zauberformeln verwendet, die tatsächlich funktionieren, zum Beispiel um den Radioempfang zu verbessern oder um Tomaten zu züchten, dann kann man wetten, daß jemand aus der Familie im Urlaub in Caprona gewesen ist und die entsprechenden Zaubersprüche von dort mitgebracht hat. Die Alte Brücke in Caprona ist mit kleinen steinernen Buden gesäumt, wo schmale, farbige Briefkuverts, Handschriften und Schriftrollen an

Schnüren hängen wie bunte Fähnchen und Wimpel. Man kann dort Zaubersprüche aus jedem Zauberformel-Erzeugungshaus Italiens kaufen. Jedem Spruch ist eine Gebrauchsanweisung beigelegt, und jeder einzelne trägt den Stempel der Casa, des Hauses, von dem er stammt. Findet man eine längliche, kirschfarbene, mit einem schwarzen Leoparden gestempelte Handschrift, dann kommt sie aus der Casa Petrocchi. Findet man ein laubgrünes Kuvert, das ein geflügeltes Pferd trägt, hat das Haus Montana ihn hergestellt. Die Zaubersprüche beider Häuser sind so wirksam, daß unwissende Leute meinen, sogar die Kuverts hätten Zauberkraft. Das ist natürlich Unsinn. Denn wie man Paolo und Tonino Montana immer wieder und wieder erklärte: ein Zauberspruch, das sind die richtigen Worte, zur rechten Zeit, am rechten Ort, in der rechten Weise gesprochen.
Die großen Familien Petrocchi und Montana reichen bis in die Zeit der Gründung von Caprona (vor tausend oder mehr Jahren) zurück. Und die beiden Familien sind erbitterte Gegner. Sie stehen nicht einmal auf Grußfuß. Wenn sich ein Petrocchi und ein Montana in einer der engen Gassen begegnen, schauen sie weg und gehen mit gerümpften Nasen aneinander vorbei. Ihre Kinder werden in verschiedene Schulen geschickt und gewarnt, auch nur ein einziges Wort mit einem Kind aus der anderen Casa zu sprechen.
Manchmal freilich passiert es, daß Gruppen junger Burschen und Mädchen aus dem Haus Montana und dem Haus Petrocchi aufeinandertreffen, wenn sie auf der breiten Straße, die der Corso genannt wird, am Abend bummeln. Sobald das geschieht, suchen andere Bürger Deckung. Wenn die jungen Leute mit Fäusten und Steinen aufeinander losgehen, ist es schlimm genug, wenn sie aber Zaubersprüche gegeneinander schleudern, ist das fürchterlich.

Der schneidige Rinaldo Montana zum Beispiel ließ einmal drei Tage lang Kuhfladen auf den Corso regnen, was den Touristen viel Ärger machte.

„Ein Petrocchi hat mich beleidigt", erklärte Rinaldo mit seinem strahlendsten Lächeln. „Und ich hatte zufällig einen neuen Zauberspruch in der Tasche."

Die erwachsenen Mitglieder beider Häuser klärten die Kinder niemals darüber auf, was eigentlich die Montanas und Petrocchis dazu gebracht hatte, einander so sehr zu hassen. Es war eine der Aufgaben, die man traditionsgemäß den älteren Brüdern und Schwestern, Cousins und Cousinen überließ. Paolo und Tonino erfuhren die Sache immer wieder und zwar von ihren Schwestern Rosa, Corinna und Lucia, von ihren Cousins Luigi, Carlo, Domenico und Cousine Anna, und dann auch noch von ihren Cousins und Cousinen zweiten Grades, Piero, Luca, Giovanni, Paola, Teresa, Bella, Angelo und Francesco. Selber erzählten sie es sechs jüngeren Cousins und Cousinen weiter, als diese in das gehörige Alter kamen. Die Montanas waren eine sehr große Familie.

Zweihundert Jahre zuvor hatte Ricardo Petrocchi – so wurde berichtet – sich plötzlich eingebildet, daß der Herzog von Caprona bei den Montanas mehr Zaubersprüche bestellte als bei den Petrocchis, und er schrieb dem alten Francesco Montana diesbezüglich einen äußerst beleidigenden Brief. Der alte Francesco war darüber so wütend, daß er sogleich alle Petrocchis zu einem Fest einlud. Er hätte, wie er sagte, ein neues Gericht, das er sie gern würde kosten lassen. Dann zerriß er Ricardo Petrocchis Brief in Streifen und rollte sie zusammen und schleuderte einen seiner saftigsten Sprüche darüber. Und das Ganze verwandelte sich in einen Berg Spaghetti. Die Petrocchis aßen gierig und kriegten Bauchkrämpfe, vor allem Ricardo – denn nichts bekommt einem Menschen schlechter, als wenn er seine eigenen Worte schlucken muß. Er vergab Francesco Montana nie, und seit damals waren die beiden Familien verfeindet.

„Und seit damals", sagte Lucia, die die Geschichte am häufigsten erzählte, obwohl sie nur ein Jahr älter war als Paolo, „und seit damals gibt es Spaghetti."

Lucia war es auch, die ihnen flüsternd alle schrecklichen heidnischen Gewohnheiten und Bräuche der Petrocchis berichtete: daß sie nie zur Messe gingen oder zur Beichte; daß sie nie die Wäsche wechselten; daß noch nie einer von ihnen geheiratet hatte, und trotzdem – noch leiser geflüstert – kriegten sie Kinder wie die Kaninchen; und daß sie unerwünschte Babys gern ersäuften. Man wußte auch, daß sie unbeliebte Onkel und Tanten verspeisten; und daß sie so dreckig und ungewaschen waren, daß man die Casa Petrocchi schon die ganze Via Sant' Angelo herauf riechen und dazu noch die Petrocchischen Fliegen summen hören konnte.

Paolo und Tonino glaubten ihr jedes Wort und haßten die Petrocchis von Herzen, obwohl beide vor Jahren ein Auge auf die Petrocchis geworfen hatten. Als sie noch klein gewesen waren, hatten Tonino und Paolo sich eines Morgens aufgemacht, die Via Sant' Angelo hinunter, beinahe bis zur Neuen Brücke, um sich die Casa Petrocchi anzusehen. Aber es gab keinen Geruch und auch keine Fliegen, die sie hingeführt hätten. Rosa, die acht Jahre älter war als Paolo und sogar damals schon recht erwachsen, lachte, als sie es ihr gestanden, und gutmütig nahm sie die beiden mit zur Casa Petrocchi.

Paolo und Tonino waren schrecklich enttäuscht. Das Haus war genau wie die Casa Montana. Es war weitläufig, wie die Casa Montana, und

aus denselben Glimmerquarzsteinen von Caprona gebaut, und vielleicht ebenso alt. Das große vordere Tor bestand aus altem Holz mit Astknoten, genau wie das eigene Haustor, und sogar die gleiche goldene Engelfigur stand in der Nische über dem Tor. Rosa erzählte ihnen, beide Engel stünden dort zum Gedenken an den Engel, der den ersten Herzog von Caprona aufgesucht hatte, um ihm eine Partitur-Rolle Himmelsmusik zu bringen; aber das war den Jungen bekannt. Als Paolo darauf hinwies, daß es in der Casa Petrocchi anscheinend nicht stinke, biß Rosa sich auf die Lippen und sagte todernst, daß es nach außen nur wenige Fenster gäbe, und außerdem wären sie alle geschlossen.
„Ich nehme an, daß alles sich rund um den Innenhof abspielt wie bei uns daheim", sagte sie. „Vielleicht geht der ganze Stink dorthin."
Da wollten sie warten, bis ein Petrocchi herauskam. Aber Rosa sagte, sie halte das für sehr unklug, und zog sie fort. Die Jungen blickten über die Schulter zurück, als sie sie wegschleppte, und entdeckten dabei, daß die Casa Petrocchi vier Türme aus Glimmerquarz hatte, einen Turm an jeder Ecke, während die Casa Montana nur einen Turm hatte und zwar über dem Tor.
„Das ist nur, weil die Petrocchis angeben wollen", sagte Rosa und zerrte die Jungen weiter. „Kommt endlich!"
Da jeder der Türme mit einem kleinen Hut roter Dachziegel gedeckt war, genauso wie ihre eigenen Dächer oder die Dächer aller Häuser in Caprona, hielten Paolo und Tonino sie nicht für besonders großartig, aber sie wollten nicht streiten mit Rosa. Sie ließen sich von ihr zur Casa Montana zurückschleppen. Im lärmerfüllten Innenhof ließ Rosa sie stehen und rannte die Stiegen zur Galerie hinauf und schrie: „Lucia! Lucia! Ich habe mit dir ein Hühnchen zu rupfen!"

Türen und Fenster zum Hof öffneten sich rundum. Die Galerie mit ihrem Holzgeländer und dem ziegelgedeckten Dach lief um drei Seiten des Hofs und führte zu den Zimmern und dem Oberstock. Onkel, Tanten, Cousins und Cousinen und Katzen waren überall; sie lachten, kochten, besprachen Zauberformeln, wuschen Wäsche, sonnten sich oder spielten. Paolo seufzte vor Zufriedenheit und hob eine schnurrende Katze hoch.
„Ich glaube nicht, daß es in der Casa Petrocchi *so* zugeht wie bei uns!"
Bevor Tonino ihm beistimmen konnte, wurden sie liebevoll von Tante Maria überfallen. Sie war dicker als Tante Gina, aber nicht so dick wie Tante Anna. „Wo seid ihr denn, meine Herzchen! Eine halbe Stunde wart ich schon mit dem Unterricht!"
Jedermann in der Casa Montana arbeitete sehr hart. Paolo und Tonino wurden bereits in den ersten Zauberspruchregeln unterrichtet. Wenn Tante Maria anderweitig beschäftigt war, gab ihnen ihr Vater Antonio Unterricht. Antonio war der älteste Sohn des Alten Niccolo, und er würde das Haupt der Familie sein, sobald der Alte Niccolo starb. Paolo war überzeugt, daß diese Aussicht seinen Vater belastete. Antonio war ein magerer, ständig bekümmerter Mensch, der weniger oft lachte als die andern Montanas. Er war anders als sie. Anstatt es zum Beispiel dem Alten Niccolo zu überlassen, ihm eine Frau aus einem Zauberspruch-Erzeugungs-Haus in Italien auszusuchen, war Antonio nach England gefahren, um sich das Land anzusehen, und war mit Elizabeth verheiratet zurückgekommen. Elizabeth unterrichtete die Jungen in Musik.
Der Alte Niccolo behauptete, Elizabeth sei die beste Musiksachverständige von ganz Caprona. Und das, erklärte Lucia den Jungen,

sagte er nur, weil Antonio weggegangen war, um sie zu heiraten. Aber Rosa sagte ihnen, sie sollten sich darum nicht kümmern. Rosa war stolz darauf, eine halbe Engländerin zu sein.

Paolo und Tonino waren vielleicht noch stolzer darauf, Montanas zu sein. Es war schon etwas Großes, zu wissen, daß man aus einer Familie stammte, die weltweit als das bedeutendste Zauberspruch-Erzeugungs-Zentrum in Europa bekannt war – wenn man die Petrocchis nicht rechnete. Es gab Zeiten, da Paolo es kaum erwarten konnte, erwachsen zu sein und so wie sein Cousin, der schneidige Rinaldo. Alles flog Rinaldo zu. Die Mädchen verliebten sich scharenweise in ihn, und neue Zauberformeln flossen ihm nur so aus der Feder. Und heutzutage war es doch, wie der Alte Niccolo sagte, nicht leicht, einen neuen Zauberspruch zu erfinden. Es gab schon so viele. Paolo bewunderte Rinaldo und erklärte Tonino, Rinaldo sei ein echter, ein wahrer Montana.

Tonino, der mehr als ein Jahr jünger war als Paolo, bewunderte Paolo. Paolo war so flink wie Rinaldo. Er konnte lernen, ohne Zaubersprüche zu Hilfe zu nehmen. Tonino war ein Langsamer. Er konnte sich Dinge nur merken, wenn er sie andauernd wiederholte. Es kam ihm vor, als ob Paolo mit einem Instinkt für Zauberei geboren war, den er selber nicht besaß.

Tonino war manchmal tief unglücklich, daß er so langsam war. Niemand anderen störte es wirklich. Alle seine Schwestern brachten Stunden damit zu, ihm Nachhilfe zu geben. Elizabeth versicherte ihm, er sänge niemals einen falschen Ton. Sein Vater schalt ihn, weil er zu viel arbeitete. Paolo war eben erst zur Schule gekommen. Er war so schnell in den Grundfächern wie in der Zauberspruchkunde. Als Tonino zur Schule kam, war er dort genau so langsam wie zu

Hause. Er verstand nicht, was die Lehrer von ihm wollten. Am ersten Samstag war ihm so hundeelend, daß er von daheim wegrennen mußte und heulend rund um Caprona lief. Er blieb Stunden aus.

„Ich kann doch nichts dafür, daß ich schneller bin als er!" sagte Paolo und heulte gleichfalls.

„Paolo", sagte Elizabeth, „du mußt dich nicht so aufregen. Tonino ist wie ein Schwamm, er saugt die Zaubersprüche auf, ohne daß er es weiß. Mir ist es in der ersten Zeit hier genauso gegangen. Soll ich das Tonino erzählen?" fragte sie Antonio, der von der Galerie herbeigestürzt war. In der Casa Montana kam immer gleich die ganze Familie gerannt, wenn einer von ihnen Kummer hatte.

Antonio rieb sich die Stirn. „Vielleicht solltest du. Fragen wir den Alten Niccolo. Komm mit, Paolo."

Paolo folgte seinem mageren Vater durch die Muster, die der Sonnenschein in die Galerie warf, in die blaue Kühle des Scriptoriums, des Schreibsaals. Dort standen seine beiden anderen Schwestern, Rinaldo und fünf Cousins und Cousinen und zwei seiner Onkel an den hohen Schreibpulten und schrieben aus großen ledergebundenen Büchern Zaubersprüche ab. Jedes Buch hatte ein Messingschloß, damit die Familiengeheimnisse nicht gestohlen werden konnten. Antonio und Paolo gingen auf Zehenspitzen durch den Raum. Rinaldo lächelte ihnen zu, ohne seine Arbeit zu unterbrechen. Während die anderen Federn kratzend über das Papier schlichen und immer wieder pausierten, raste Rinaldos Feder nur so dahin.

In dem Raum hinter dem Scriptorium waren Onkel Lorenzo und Cousin Domenico damit beschäftigt, geflügelte Pferde auf laub-

grüne Kuverts zu stempeln. Onkel Lorenzo zwinkerte Paolo zu und drohte, ihn mit einem geflügelten Pferd zu stempeln.
Der Alte Niccolo war in der warmen, modrig duftenden Bibliothek. Er stand mit Tante Francesca zusammen über ein Buch gebeugt. Sie war seine Schwester und deshalb eine wirkliche Großtante, sie war ein Faß, eine Walze von einer Dame, doppelt so fett wie Tante Anna und noch leidenschaftlicher als Tante Gina. Sie sagte heftig: „Aber die Sprüche der Casa Montana haben immer eine gewisse Eleganz. Der da ist ohne jeden Charme! Und der . . ."
Die beiden runden, zerknitterten Gesichter wandten sich Antonio und Paolo zu.
„Paolo hat Kummer", sagte Tante Francesca.
„Paolo", sagte Niccolo, „wenn dein Bruder sich kränkt, ist das nicht deine Schuld."
„Nein", sagte Paolo. „Ich glaube, die Schule ist schuld."
„Wir haben daran gedacht, ob vielleicht Elizabeth Tonino erklären könnte, daß er dort keine Lernzauberformeln verwenden darf", sagte Antonio.
„Aber Tonino hat Ehrgeiz!" schrie Tante Francesca.
„Hat er nicht. Aber unglücklich ist er", sagte sein Großvater. „Und wir müssen uns überlegen, wie man ihm da am besten hilft. Ich glaub, ich weiß es." Sein Gesicht strahlte. „Benvenuto!"
Obwohl der Alte Niccolo das nicht laut sagte, schrie plötzlich jemand in der Galerie: „Der Alte Niccolo braucht Benvenuto!" Es begann ein Gerenne und In-den-Hof-Hinunterrufen. Jemand hämmerte mit einem Stock auf eine Regentonne. „Benvenuto! Wo steckt denn dieser Kater schon wieder? Benvenuto!"
Selbstverständlich ließ Benvenuto sich Zeit mit seinem Erscheinen.

Er war Oberkater der Casa Montana. Es dauerte fünf Minuten, bis Paolo seine kräftigen Pfotenschritte über das Galeriedach tappen hörte. Dann folgte ein kräftiger Plumpser, als Benvenuto auf der Galerie landete. Gleich darauf erschien er an einem der offenen Bibliotheksfenster.

Er ließ ein zottiges schwarzes Hinterbein vorschnellen und setzte sich nieder, um es zu lecken, als wäre das der Grund, warum er hergekommen war.

„Oh nein, bitte“, sagte der Alte Niccolo. „Du mußt mir helfen.“

Benvenutos große gelbe Augen wandten sich dem Alten Niccolo zu. Er war kein schöner Kater. Sein Kopf war ungewöhnlich breit und plump, mit großen, narbigen Flecken darauf, die von vielen Kämpfen herrührten. Diese Kämpfe hatten es mit sich gebracht, daß die Ohren ihm über die Augen hingen, so daß Benvenuto immer aussah, als trüge er eine zerrissene braune Mütze.

„Tonino ist unglücklich“, sagte der Alte Niccolo.

Benvenuto zog das ausgestreckte Bein zurück, legte sich auf den Fußboden der Bibliothek und erreichte das oberste Bücherregal, all das mit einer einzigen Bewegung und ohne daß es schien, als hätte er einen Muskel bewegt. Und dort stand er, höflich mit dem einzigen wedelnd, was an ihm schön war: mit seinem buschigen Schwanz. Der Rest seines Pelzmantels war zu braunen Lumpen zerrissen. Außer dem Schwanz zeigte noch etwas, daß Benvenuto einst ein herrlicher schwarzer Perserkater gewesen war, und das war der flauschige Pelz auf seinen Hinterbeinen. Diese flauschigen Hosen verbargen Muskeln, die einer Bulldogge Ehre gemacht hätten.

Paolo starrte seinen Großvater an, der da von Angesicht zu Angesicht mit Benvenuto redete. Der Junge wußte, daß Katzen vieles verstanden. Er war sicher, daß Benvenuto jetzt dem Alten Niccolo antwortete, und zwar merkte er das an der Art, wie der Großvater Pausen einlegte, um zuzuhören. Ich muß anfangen, die Katzensprache zu lernen, dachte Paolo. Er war ganz durcheinander.

„Wen würdest du vorschlagen?“ fragte der Alte Niccolo. Benvenuto hob die rechte Vorderpfote und leckte sie nachlässig. Niccolos Gesicht verzog sich zu einem strahlenden Babylächeln. „Hört euch das an! Er will sich selber drum kümmern!“ sagte er. Benvenuto schlug mit der Schwanzspitze. Dann war er weg. Er sprang zum Fenster zurück in einer fließenden und schnellen Bewegung – er hätte ein Malerpinsel sein können, der einen dunklen Strich durch die Luft zieht.

„Um Tonino kümmert man sich“, bemerkte der Alte Niccolo. „Wir sollten uns nicht mehr sorgen, außer er gibt uns neuerlich Grund dazu.“

Zweites Kapitel

Tonino war schon nicht mehr so unglücklich. In den engen Gassen Capronas balancierte er auf dem Sonnenstreifen in der Mitte, über seinem Kopf flatterte Wäsche, und Tonino spielte, er müßte auf der Stelle tot umfallen, sobald er in den Schatten träte. Tatsächlich erlebte er eine ganze Anzahl von solchen Toden, bis er endlich auf dem Corso anlangte.

Dort hörte er plötzlich einen Touristen sagen: „Schaut! Hanswurstel und seine Margarita!" Tonino tauchte und stieß und bohrte sich durch die Menschenmenge, bis er ganz vorne stand und den Hanswurstel sehen konnte, wie er oben auf seinem kleinen gemalten Bühnchen Margarita prügelte. Tonino klatschte und schrie Hurra.

„Habt doch ein Herz!" protestierte jemand. „Ich muß sehen, wie der Hanswurstel den Henker drankriegt!"

„Dann halten Sie den Mund!" brüllte es rundum, und Tonino brüllte mit.

Unter den Zuschauern befand sich ein Riese von einem Mann. Sein Gesicht glänzte feucht, und er benahm sich einfach unmöglich. Er japste und grinste und führte sich auf wie der kleinste Junge. Mit offenem Mund schaute er zu, wie Hanswurstel auf den Polizisten losging. Bei den dümmsten Witzen stieß der Kerl ein bellendes Lachen aus, und er war auch ganz wunderlich angezogen. Er trug ein glänzend rotes Seidengewand voll blitzender Goldknöpfe und glitzernder Orden. An den Schuhen hatte er funkelnde Schnallen und an den Knien goldene Rosetten. Wenn man die Schweißtropfen auf seinem Gesicht und die beim Lachen aufblinkenden Zähne dazurechnete, glitzerte der ganze Mann von oben bis unten.

Der Hanswurstel bemerkte ihn auch. „Oh, was für ein intelligenter Bursche!" krähte er und tanzte auf seinem hölzernen Bühnchen herum. „Was seh ich denn da? Goldene Knöpfe! Das ist wohl der Papst persönlich?"

„Nein, nein, ist er nicht!" bellte der Glitzerich hocherfreut.

„Oder vielleicht der Herzog höchstselbst?" krächzte Hanswurstel.

„Nein, nein, auch nicht!" schrie der Glitzerich, und alle anderen schrien mit.

„Doch! Er ist es!" krähte der Hanswurstel.

Während alle noch brüllten „O nein, er ist es nicht!", drängten sich zwei besorgt dreinblickende Herren durch die Menge auf den Glitzerich zu.

„Euer Gnaden", sagte der eine, „der Bischof ist schon vor einer halben Stunde an der Kathedrale angekommen!"

„Zum Kuckuck!" rief der Glitzerich. „Müßt ihr mich immerfort tyrannisieren? Kann ich nicht hierbleiben, bis es aus ist? Ich will dem Hanswurstel und seiner Margarita zusehen!"

Die beiden Herren blickten ihn tadelnd an.

„Also gut", sagte der Glitzerich. Er wandte sich um und hüpfte fort zum Corso, keuchend und schnaufend.

Tonino hätte gern gewußt, ob der Glitzerich wirklich der Herzog von Caprona war. Die zwei Herren trotteten ernst und steif hinter dem Fremden her, als hätten sie Angst, ihn zu verlieren.

Tonino wartete, bis der Hanswurstel sich verbeugte und mit

Triumph in die kleine bemalte Villa im Hintergrund der Bühne verschwand. Dann ging er, und ihm fiel wieder ein, wie unglücklich er war.

Er hatte keine Lust, zur Casa Montana zurückzugehen. Er hatte auch keine Lust, irgendwas Besonderes zu tun. Er schlenderte bis zur Piazza Nuova oben auf dem Hügel am Westende der Stadt. Dort saß er dann auf der Brüstung und starrte düster über den Voltavafluß zu den reichen Villen und dem Herzoglichen Palast hinüber und auf die weiten Bögen der Neuen Brücke.

Die Piazza Nuova war zur selben Zeit gebaut worden wie die Neue Brücke – über siebzig Jahre war es her –, damit jeder den wunderbaren Ausblick auf Caprona genießen konnte, den Tonino nun vor sich hatte. Aber der Jammer war: alles, was Tonino sah, hatte etwas mit der Casa Montana zu tun.

Zum Beispiel der Herzogspalast, dessen golden schimmernde Türme scharfe Silhouetten in das reine Blau des Himmels schnitten. Tonino konnte deutlich die Schutzschilde sehen, die in die Brüstung eingemauert waren, immer zwei pro Seite, einer kirschrot, der andere laubgrün.

Das zeigte, daß sowohl die Montanas als auch die Petrocchis einen Spruch zur Verteidigung des Turms ausgesprochen hatten.

Die weitläufigen Villen an der Hügelseite unter dem Palast hatten auch eine laubgrüne oder kirschrote Scheibe an ihren Mauern. Manche der Scheiben waren halbversteckt von den spitzen Wipfeln der Bäume davor, aber Tonino wußte, daß sie dort waren. Und auch von den steinernen und metallenen Bögen der Neuen Brücke, die sich von ihm weg zu den Villen und dem Palast hinüberschwangen, trug jeder eine Emailplakette, abwechselnd eine rote und eine grüne.

Die Neue Brücke war mit den stärksten Zaubersprüchen versehen worden, die das Haus Montana und das Haus Petrocchi hervorzubringen imstande waren. Jetzt, da der Fluß nur ein schmales Rinnsal war, schienen die Zaubersprüche unnötig zu sein. Im Winter aber, wenn im Apennin Regen fiel, wurde die Voltava ein wilder Strom. Die Alte Brücke – Tonino konnte sie sehen, wenn er den Hals reckte und nach der Seite sah – stand dann oft unter Wasser, und die kleinen Häuser am Ufer waren unbewohnbar. Nur Montanaische und Petrocchische Sprüche tief in den Fundamenten verhinderten, daß die Alte Brücke fortgeschwemmt wurde.
Tonino hatte den Alten Niccolo sagen hören, die Neue-Brücke-Sprüche hätten damals die Kräfte der gesamten Familie Montana beansprucht. Der Alte Niccolo hatte bei ihrem Bau mitgeholfen, da war er so alt gewesen, wie Tonino nun war. Tonino hätte so etwas nicht fertiggebracht. Wie ein Häufchen Elend saß er da und schaute auf die goldenen Mauern und die roten Dachziegel Capronas hinunter. Er war ganz sicher, daß jeder einzelne Ziegel wenigstens einen laubgrünen Zauber hatte. Tonino hatte mitgeholfen, das geflügelte Pferd auf die Außenseite zu stempeln. Er hatte sein Bestes gegeben und war überzeugt, daß er niemals zu mehr als solchen Handlangerdiensten taugen würde.
Tonino hatte das Gefühl, daß jemand ihn rief, und schaute sich um. Niemand. Trotz der schönen Aussicht lag die Piazza zu weit abseits, als daß Touristen herkamen. Alles was Tonino sehen konnte, waren die mächtigen eisernen Greifvögel, die sich rundum auf der Brustwehr in Abständen hochbäumten und mit eisernen Klauen nach dem Himmel griffen.
Und sogar hier konnte Tonino sich seiner Familie nicht entziehen.

Ein kleiner metallener Teller war in den Stein unterhalb der eisernen Klauen des nächsten Greifen eingelassen. Er war laubgrün.
Tonino merkte, daß er heulte.
Unter Tränen glaubte er einen Augenblick lang zu sehen, einer der weiter entfernten Vögel hätte seinen steinernen Sitz verlassen und käme rund um die Brustwehr auf ihn zugetrottet. Und er hatte entweder keine Flügel oder trug sie eng am Körper gefaltet.
Tonino wurde bald – ein wenig von oben herab – belehrt, daß Katzen keine Flügel brauchen. Benvenuto setzte sich auf das Mäuerchen neben ihn und starrte ihn anklagend an.
Tonino hatte vor Benvenuto immer ehrfürchtigen Respekt. Er streckte schüchtern die Hand nach ihm aus. „Benvenuto, grüß dich! Wie geht es dir?"
Benvenuto übersah Toninos Hand. Sie sei naß von Tränen, sagte er, und er als Katze wolle gern wissen, warum Tonino so blöd wäre, zu heulen.
„Überall hängen unsere Sprüche!" jammerte Tonino. „Und ich werde nie ein – glaubst du, kommt das, weil ich ein halber Engländer bin?"
Benvenuto äußerte, er wüßte nicht, was so etwas ausmache. Er sehe höchstens einen Unterschied darin, daß Paolo blaue Augen hätte wie ein Siamkater und Rosa einen weißen Pelz.
„Blondes Haar heißt das", sagte Tonino.
. . . und Tonino selbst hätte ein Tigerkatzenfell, will sagen, eines von der Farbe der hellen Streifen im Fell einer Tigerkatze, fuhr Benvenuto in aller Ruhe fort. Und trotzdem wären sie alle Katzen. Oder nicht?
„Aber ich bin so dumm und langsam", begann Tonino.

Benvenuto unterbrach ihn mit der Bemerkung, er hätte gehört, wie Tonino gestern mit den Winzlingen Spaß gemacht habe, und dabei wäre ihm aufgefallen, daß Tonino ein gut Teil witziger sei als sie. Und bevor Tonino hätte einwenden können, das seien ja bloß Winzlinge gewesen, bemerkte der Kater, ob Tonino nicht vielleicht auch nur ein Winzling sei?
Tonino mußte lachen und trocknete die Hand an der Hose ab. Als er sie Benvenuto dann erneut hinhielt, erhob sich der Kater, streckte sich hoch auf alle vier Pfoten und näherte sich ihr schnurrend. Er strich um Tonino herum, katzbuckelnd und schnurrend wie das kleinste, putzigste Kätzchen der Casa.
Benvenuto schnupperte an Toninos nackten Beinen und legte sich quer darüber wie ein dicker brauner Bettvorleger. Tonino streichelte ihn.
Kann Tonino es nicht so sehen, schnurrte Benvenuto, daß wir beide, Junge und Katze, ein Teil der berühmtesten Casa in Caprona sind? Die noch dazu zu den berühmtesten in ganz Italien gehört?
„Das weiß ich“, sagte Tonino. „Es ist nur – sind wir wirklich so besondere Leute?“
Selbstverständlich, schnurrte Benvenuto. Und wenn Tonino sich vorbeugen und hinüberschauen wollte zur Kathedrale, würde er auch sehen, warum.
Gehorsam beugte Tonino sich vor und schaute. Die hohen Marmorkuppeln der Kathedrale erhoben sich zwischen den Häusern am Ende des Corso. Sie floß hoch empor, golden und weiß und grün. Ganz oben auf der höchsten Kuppel blitzte die Sonne auf der großmächtigen Goldgestalt des Engels, der sich dort mit ausgebrei-

teten Schwingen im Gleichgewicht hielt. In der einen Hand hielt er eine goldene Schriftrolle. Er schien ganz Caprona zu segnen.

Dieser Engel, erklärte ihm Benvenuto, stand dort als Zeichen, daß Caprona vor Feinden sicher sein würde, solange jedermann das Lied des Engels von Caprona singen konnte. Der Engel hatte dieses Lied in einer Schriftrolle dem Ersten Herzog von Caprona direkt aus dem Himmel gebracht, und seine Kraft hatte den Weißen Teufel gebannt und Caprona groß gemacht. Der Weiße Teufel hatte sich schon seit Ewigkeiten um Caprona herumgetrieben und versucht, in die Stadt einzudringen, aber solange des Engels Lied gesungen würde, solange würde der Weiße Teufel nicht siegen.

„Das weiß ich", sagte Tonino. „Wir singen es jeden Tag in der Schule." Das erinnerte ihn wieder an sein größtes Elend. „Sie wollen mir diese Geschichte unbedingt beibringen – und auch andere Sachen –, aber ich kapier sie nicht, weil ich sie doch schon alle kenne. Und so kann ich sie nicht lernen, wie sich's gehört!"

Benvenuto hörte augenblicklich zu schnurren auf und erkundigte sich säuerlich, warum Tonino denen in der Schule nicht gesagt hätte, daß er diese Sachen alle schon wußte.

„Hab ich doch!" beteuerte Tonino und streichelte Benvenuto heftig. „Aber sie sagen mir trotzdem immer wieder, daß ich so lernen muß, wie sie es wollen, sonst werde ich es nie ordentlich lernen."

Das sei natürlich Toninos Angelegenheit, meinte Benvenuto, noch immer gereizt, aber er sähe keinen Grund, eine Sache zweimal zu lernen. Eine Katze würde sich so etwas nicht gefallen lassen. Und überdies sei es Zeit, heimzugehen.

Tonino seufzte. „Glaub ich auch. Sie werden sich schon Sorgen machen." Er nahm Benvenuto auf den Arm und stand auf.

Als er die Stufen zur Neuen Brücke hinunterstieg, sagte er: „Weißt du, Benvenuto, es wäre für dich viel angenehmer, wenn du mich diese verfilzten Knödel aus deinem Pelz kämmen ließest."
Benvenuto äußerte, daß jeder, der auch nur versuchen würde, ihn zu kämmen, jede einzelne Kralle spüren würde, die er besitze.
„Und wie wär's mit Bürsten?"
Benvenuto sagte, er wolle es sich überlegen.
In diesem Augenblick begegneten sie Lucia. Sie hatte Tonino schon in ganz Caprona gesucht und war nahe daran, loszuheulen. Aber der Anblick Benvenutos veranlaßte sie, nichts dergleichen zu sagen. So meinte sie nur: „Wir kommen zu spät zum Mittagessen."
„Überhaupt nicht", sagte Tonino. „Wir haben sogar noch Zeit, daß du Wache stehst. Ich muß ein Stück Kalbfleisch für Benvenuto besorgen."
Lucia mußte Tante Gina in ein Gespräch verwickeln, während Tonino für Benvenuto ein Stück Kalbfleisch holte. Und alle waren viel zu froh, Tonino gesund wiederzuhaben, als daß sie sich darum gekümmert hätten.
Als Corinna jedoch eines Tages ihre Schere nicht fand und Rosa nicht ihre Haarbürste, fiel ihnen dieser Nachmittag ein. Beide stürmten auf die Galerie hinaus. Dort stand Paolo und beobachtete Tonino, wie er mit Corinnas Schere die verfilzten Stellen aus Benvenutos Pelzmantel knipste. Rosas Haarbürste lag neben Tonino, voller brauner Katzenhaare.
„Und du verstehst wirklich alles, was er sagt?" erkundigte sich Paolo eben.
„Ich kann alle Katzen verstehen", sagte Tonino. „Rühr dich nicht, Benvenuto. Das da ist ganz dicht an der Haut."

Es spricht Bände für Benvenutos Stellung im Hause – und damit für die Toninos – daß weder Rosa noch Corinna es wagten, Tonino ein Wort darüber zu sagen. Sie wandten sich statt dessen an Paolo.

„Was glaubst du eigentlich, Paolo?! Steht da und schaut zu, wie er die Bürste ruiniert! Warum hast du ihm nicht gesagt, er soll die Küchenschere nehmen?"

Paolo hörte nicht hin. Er war zu erleichtert, daß er nicht selber lernen mußte, wie man sich mit Katzen unterhält. Er hätte nicht gewußt, wie man das anfängt.

Von diesem Tag an betrachtete Benvenuto sich als Toninos Spezialfreund. Es machte für beide einen Unterschied aus. Benvenuto – nun stets gebürstet, denn Rosa brachte Tonino eine besondere Haarbürste für ihn, und wohlversorgt, denn Tonino brachte immer Nachschub, den er vor Tante Ginas Nase wegstibitzte – Benvenuto also begann bald jünger und glatter auszusehen.

Tonino vergaß, daß er jemals unglücklich gewesen war. Er war jetzt stolz und jemand besonderer. Wenn der Alte Niccolo Benvenuto brauchte, mußte er erst Tonino bitten, denn Benvenuto lehnte es glatt ab, für irgend jemand ohne Toninos Erlaubnis etwas zu tun. Es kam soweit, daß Tonino Benvenuto anweisen mußte, er hätte sich zu Niccolos Verfügung zu halten, wenn Tonino in der Schule war. Sonst verschwand Benvenuto einfach. Aber er erschien unfehlbar wieder gegen halb vier. Dann saß er auf der Regentonne neben dem Tor und wartete auf Tonino. Das tat er sogar in jenen Zeiten, da überhaupt niemand anderer etwas von Benvenuto haben konnte, bei Vollmond also, wenn die Kätzinnen von allen Dächern Capronas miauend lockten.

Eines Montags in der Schule fiel Tonino ein, was Benvenuto ihm geraten hatte. Als die Stunde kam, in der sie ihm das Bild einer Katze zeigten und erklärten, die Zeichen darunter hießen K-A-T-Z-E, nahm Tonino all seinen Mut zusammen und sagte leise: „Ja! Es ist ein Ka und ein A und ein Te und ein Zet und ein E. Ich kann doch lesen!"

Seine Lehrerin, die noch nicht lange in Caprona war, wußte nicht, was sie mit Tonino machen sollte, und rief die Frau Direktor. „Ach", sagte diese, „der ist ein Montana. Ich hätte Sie warnen sollen. Die können alle lesen. Die meisten sprechen auch Lateinisch. Sie verwenden eine Menge Latein in ihren Zaubersprüchen – und einige können sogar Englisch. Allgemein sind sie guter Durchschnitt. Sie werden ja sehen."

So bekam Tonino ein richtiges Buch, während die anderen Kinder ihre Buchstaben lernten.

Das Buch war ihm viel zu leicht. Er hatte es in zehn Minuten ausgelesen, und man mußte ihm ein zweites geben. Und so entdeckte er das Lesen. Wenn Tonino in ein Buch versank, war er bald wie verzaubert, mehr als von jedem Zauberspruch. Er konnte nicht genug davon bekommen. Er durchstöberte die Casa Montana-Bibliothek und die öffentliche Leihbücherei und verbrauchte sein ganzes Taschengeld für Bücher. Bald wußte jeder, daß das geeignete Geschenk für Tonino ein Buch war. Am liebsten hatte er Bücher, in denen keine Zaubersprüche vorkamen. Tonino konnte dann drauflosphantasieren. In seinen Lieblingsbüchern erlebten die Leute wilde Abenteuer, ohne daß irgendeine Zauberei ihnen dazu verhalf oder sie dabei störte.

Benvenuto war mit Toninos Lesewut ganz und gar einverstanden.

Trotzdem blieb Tonino ein Langsamer beim Erlernen von Zaubersprüchen und auch in der Schule. Paolo war zweimal so flink. Es machte ihnen beiden nichts aus. Was sie weit mehr beunruhigte, war die allmähliche Entdeckung, daß die Dinge nicht gut standen, weder in der Casa Montana noch in Caprona selbst.

Drittes Kapitel

Benvenuto war es, der Tonino zuallererst Sorgen machte. Trotz all der Pflege, die Tonino ihm angedeihen ließ, wurde der Kater immer magerer und neuerlich struppig.

Dann bemerkte er, daß der Alte Niccolo fast schon so ängstlich besorgt aussah wie Antonio und daß Onkel Umberto ihn von der Universität fast täglich anrief. Jedesmal verlangten der Alte Niccolo und Tante Francesca hinterher nach Benvenuto, und Benvenuto kam jedesmal erschöpft von ihnen zurück. So fragte Tonino Benvenuto, was denn los sei. Benvenutos Antwort war, er solle eine Katze in Frieden lassen, auch wenn der Herzog ein Dummkopf sei. Und er wolle in dieser Angelegenheit von Tonino nicht belästigt werden.

Tonino fragte Paolo und fand auch Paolo bekümmert. Paolo hatte seine Mutter beobachtet. Sie war jetzt immerzu nervös und antwortete auf Paolos Frage, was denn eigentlich wirklich los sei: „Oh, nichts, Paolo, nur macht das alles es *so* schwierig, für Rosa einen Mann zu finden."

Rosa war jetzt achtzehn. Das ganze Haus besprach fast ununterbrochen, wie und wo man einen Mann für sie beschaffen sollte. Montanas mußten bei der Wahl ihrer Ehepartner vorsichtig vorgehen. Mit Vernunft. Sie mußten jemanden heiraten, der Talent hatte, zumindest für Zauberei oder Musik; und es mußte jemand

sein, der der ganzen Familie gefiel; und vor allem durfte es nur jemand sein, der keinerlei Verbindung mit den Petrocchis hatte.
Der besorgte Antonio wollte nach England gehen und Rat einholen bei jemand, der Chrestomanci hieß. „Wir brauchen einen wirklich starken Spruchkönner für sie", sagte er. Worauf Elizabeth erwiderte, daß Rosa Italienerin sei und einen Italiener heiraten solle. Die übrige Familie stimmte dem zu. Außerdem verlangte sie noch, der Italiener müßte aus Caprona stammen. So blieb nur noch die Frage wer.
Paolo, Lucia und Tonino hatten keine Zweifel. Rosa sollte ihren Cousin Rinaldo heiraten. Rosa war hübsch, Rinaldo ein schöner junger Mann, und keiner der üblichen Einwände konnte gemacht werden. Aber es gab zwei Schwierigkeiten. Die erste war, daß Rinaldo kein Interesse für Rosa zeigte. Er war gegenwärtig verzweifelt in ein echt englisches Mädchen verliebt – sie hieß Jane Smith. Sie war gekommen, um einige der Bilder in der Kunstgalerie auf dem Corso zu kopieren. Sie war ein romantisches Mädchen. Um ihr zu gefallen, trug Rinaldo jetzt Schwarz, dazu ein rotes Tuch um den Hals wie ein Bandit. Es wurde ihm nachgesagt, er überlege, ob er sich nicht einen Räuberschnurrbart wachsen lassen sollte.
Die zweite Schwierigkeit war Rosa selbst. Rinaldo war ihr gleichgültig. Und außerdem schien sie der einzige Mensch in der Casa zu sein, der sich überhaupt nicht dafür interessierte, wen sie heiraten sollte. „Wenn man euch so zuhört", sagte sie, „könnte man glauben, ich hätte dabei überhaupt nicht mitzureden. Es ist richtig komisch."
Den ganzen Herbst lang wuchs die Sorge in der Casa Montana. Paolo und Tonino fragten Tante Maria, wie es stünde. Sie sagte zuerst, sie seien zu jung, um es zu verstehen. Später dann (sie konnte manchmal in solche Hitze geraten wie Tante Gina oder sogar Tante

Francesca) teilte sie ihnen plötzlich und glühend mit, daß Caprona vor die Hunde ginge. „Alles geht schief“, sagte sie. „Das Geld wird knapp, die Touristen kommen nicht, und es wird jedes Jahr schlechter. Wir sind eingekreist. Florenz und Pisa und Siena führen sich auf wie die Aasgeier, und jedes Jahr holen sie sich ein paar Quadratmeilen von Caprona. Wenn das so weitergeht, sind wir bald kein Staat mehr. Und am allerärgsten: die Ernte war schlecht. Und schuld sind nur diese heruntergekommenen Petrocchis, kann ich euch sagen. Ihre Sprüche sind nichts mehr wert! Wir Montanas können Caprona nicht allein retten. Und die Petrocchis rühren keinen Finger! Sie versuchen es nicht einmal! Sie leiern einfach ihre alten Sprüche herunter. Und es wird immer schlimmer! Wie es mit ihnen steht, könnt ihr schon daran sehen, daß dieses Petrocchi-Kind den eigenen Vater grün gehext hat!“

Das allein war beunruhigend genug, und es schien die reine, ungeschminkte Wahrheit zu sein. All die Jahre hatten Paolo und Tonino sich daran gewöhnt zu hören, daß es da dieses Zugeständnis an Florenz gab; daß Pisa ein Fischereiabkommen forderte; oder daß Siena die Einfuhrzölle nach Caprona erhöht hatte. Sie waren zu sehr daran gewöhnt, um überhaupt noch Notiz davon zu nehmen. Aber nun plötzlich schien das alles voll schicksalsschwerer Bedeutung.

Und noch Schlimmeres folgte bald danach. Es kam die Nachricht, daß die Alte Brücke von den Winterfluten ernstlich beschädigt worden war.

Diese Neuigkeit versetzte die Familie Montana in große Bestürzung, denn die Alte Brücke hätte halten müssen. Wenn sie nachgab, bedeutete dies, daß auch die Kraft der Zaubersprüche der Montanas nachließ.

Am selben Abend, als sie es erfuhren, ging Rinaldo aus, um sein englisches Mädchen zu besuchen, und wurde von seinen beiden Cousins Carlo und Giovanni blutüberströmt in die Casa zurückgebracht. Rinaldo stieß Fluchworte aus, die Paolo und Tonino noch nie zu Ohren gekommen waren. Er wurde dahingehend verstanden, daß er ein paar Petrocchis getroffen hätte. Er hatte sie als „heruntergekommen" beschimpft. Und nun war Tante Maria an der Reihe, quietschend über den Hof zu stürzen und Fluchworte gegen die Petrocchis zu schleudern. Rinaldo war Tante Marias Augapfel.
Rinaldo war verbunden und zu Bett gebracht worden, als Antonio und Onkel Lorenzo zurückkamen. Sie waren fortgewesen, um den Schaden an der Alten Brücke zu besichtigen. Beide blickten sehr ernst drein. Guido Petrocchi höchstselbst war dort gewesen mit des Herzogs Baumeister, oder wer immer das war, Mr. Andretti. Ein paar äußerst kräftige Zaubersprüche waren gesprochen worden. Beide Familien würden Schichtarbeit machen müssen, es würde mindestens drei Wochen lang dauern, die Brücke zu reparieren.
„Wir hätten auch Rinaldos Hilfe gebraucht", sagte Antonio.
Rinaldo schwor, es gehe ihm gut genug, daß er aufstehen und schon ab morgen helfen könnte, aber Tante Maria wollte nichts davon hören. Auch der Doktor nicht. So wurde die übrige Familie zur Schichtarbeit eingeteilt. Sie arbeiteten in Tag- und Nachtschichten. Paolo, Lucia und Corinna liefen, wenn die Schule aus war, geradewegs zur Brücke. Tonino brauchte das nicht. Er war noch immer zu langsam, um sich wirklich nützlich machen zu können. Aber nach dem, was Paolo ihm erzählte, glaubte er nicht, daß er ihnen sehr abging. Selbst Paolo konnte bei dem rasenden Tempo des Zaubersprüchesprechens nicht mithalten. Er wurde mit Aufträgen herum-

gejagt wie der arme Cousin Domenico. Tonino hatte Domenico sehr gern. Er war in allem das Gegenteil von seinem schneidig-forschen, feurig-elegant-feschen Bruder Rinaldo, und er konnte auch nicht mit dem Arbeitstempo Schritt halten.

Die Arbeit ging, oft unter strömendem Regen, schon über eine Woche lang vor sich, als der Herzog eines Tages den Alten Niccolo rufen ließ. Er wollte ihn sprechen.

Der Alte Niccolo stand im Hof und raufte sich die wenigen Haare, die er noch hatte. Tonino legte sein Buch weg (es hieß ‚Die Todesmaschinen' und war ungeheuer spannend) und ging hin, um zu sehen, ob er nicht helfen konnte.

„Ach Tonino", sagte der Alte Niccolo. „Ich hab ungeheure Probleme. Jeder einzelne wird bei der Brücke gebraucht, und dieser Esel Rinaldo liegt im Bett, und ich muß zum Herzog und zwar mit jemand von der Familie! Die Petrocchis sind auch hinbestellt. Wir dürfen nicht weniger Leute sein als sie."

Tonino wußte nicht, was er sagen sollte, also sagte er: „Soll ich Benvenuto holen?"

„Nein, nein", antwortete der Alte Niccolo. „Die Herzogin haßt Katzen. Benvenuto kann uns diesmal nicht helfen. Ich werde die mitnehmen müssen, die bei der Brücke nicht zu brauchen sind", fuhr der Alte Niccolo fort. „Du wirst mitkommen, Tonino, und Paolo und Domenico. Und Onkel Umberto werden wir auch mitnehmen, der soll weise und würdig dreinschauen. Vielleicht machen wir dann mehr Eindruck."

Die Montanaische Familienkutsche wurde aus dem Wagenschuppen an eine Stelle unter der Galerie gezogen, wo sie sorgfältig abgestaubt und ausgewischt wurde. Die Kutsche war ein großes, schwarzes

Gefährt mit Glasfenstern und monströsen schwarzen Rädern. Das Montana-Flügelpferd schmückte je ein grünes Wappenschild auf den schweren Türen.
Der Regen strömte unaufhörlich nieder. Paolo, der Regen haßte, war glücklich, daß es eine wirkliche, echte Kutsche war. Die Pferde aber waren nicht echt. Sie waren aus weißer Pappe geschnitten, ganze vier Stück, sie lehnten an der Wand des Wagenschuppens. Die Idee, aus Ersparnisgründen Papp-Pferde zu halten, stammte vom Vater des Alten Niccolo. Wirkliche Pferde brauchten wirkliches Futter, und man mußte sie bewegen, und außerdem nahmen sie Platz weg, den die Familie brauchen konnte. Der Kutscher war gleichfalls aus Pappe geschnitten – aus denselben Gründen.
Die Jungen wollten zusehen, wie die Pappfiguren zum Leben erweckt wurden, aber ihre Mutter Elizabeth schleppte sie ins Haus, um Paolo und Tonino gründlich zu schrubben, zu kämmen und ordentlich anzukleiden. Als sie dann mit naßgekämmtem, an den Kopf geklebtem Haar und unbequemen breiten weißen Kragen über der steifen Schüleruniform in den Hof kamen, war der Spruch schon gesprochen. Die Papierstreifen mit den Zaubersprüchen darauf waren sorgfältig um die Pferdegeschirre gewunden, und der Kutscher war in einen Papiermantel gehüllt, der an der Innenseite über und über mit Sprüchen beschrieben war. Vier glänzende weiße Pferdchen stampften, als man sie einspannte. Der Kutscher saß auf dem Kutschbock und zupfte an seinem laubgrünen Hut herum.
„Großartig", sagte der Alte Niccolo. Er blickte beifällig von den Jungen zur Kutsche. „Hinein mit euch, ihr beiden. Hinein mit dir, Domenico. Wir müssen noch Umberto von der Universität abholen."

Tonino sagte Benvenuto auf Wiedersehen und kletterte in die Kutsche. Innen roch es trotz der gründlichen Säuberung nach Schimmel. Die Familie schrie Hurra, als die Kutsche zum Tor rollte, und der Alte Niccolo lächelte und winkte zurück. Vielleicht, dachte Tonino, kam bei diesem Besuch beim Herzog etwas Gutes heraus, und niemand mußte sich nachher noch Sorgen machen.
Die Fahrt war herrlich. Die Kutsche rumpelte und wiegte sich. Die Hufe der Pferde klapperten über die Pflastersteine wie die von leibhaftigen Pferden, und die Leute sprangen respektvoll aus dem Weg. Der Kutscher war so gut, wie Zaubersprüche einen Kutscher nur machen können. Obwohl sich entlang der Straße überall Pfützen kräuselten, hatte die Kutsche kaum Dreckspritzer aufzuweisen, als sie mit lautem „Brrr! Halt!" vor der Universität vorfuhren.
Onkel Umberto kletterte in die Kutsche. Er trug seinen rot und goldenen Talar. Er war so freudig erregt wie der Alte Niccolo. „Morgen, Tonino", sagte er zu Paolo. „Wie geht's deiner Katze? Morgen", sagte er zu Domenico. „Wie ich höre, haben die Petrocchis dich verdroschen!" Domenico, der lieber gestorben wäre, als jemand zu beleidigen, selbst wenn es ein Petrocchi wäre, wurde röter als Onkel Umbertos rotes Ehrenkleid.
Onkel Umberto konnte sich nie erinnern, welcher junge Montana welcher war. Er war zu gelehrt dazu. Er sah Tonino an, als wüßte er gern, wer dieser Junge war, und wandte sich an den Alten Niccolo. „Die Petrocchis werden sicher mitmachen", sagte er. „Ich habe diesbezügliche Versicherungen von Chrestomanci erhalten."
„Ich auch", sagte der Alte Niccolo, aber es klang ein wenig zweifelnd.
Die Kutsche rollte den Corso hinunter und fuhr zur Neuen Brücke. Paolo und Tonino starrten aus den regenbeperlten Fenstern. Sie

waren zu aufgeregt, um etwas zu sagen. Die Pferde klapperten nun jenseits des angeschwollenen Flusses bergauf, wo sich windgepeitschte Zypressen vor den Villen bogen, und dann fuhr die Kutsche zwischen altersdunklen Mauern dahin. Endlich rumpelten sie unter einem mächtigen Torbogen durch und fuhren eine scharfe Kehre auf den ungeheuren Vorhof des Palastes. Vor ihrer Kutsche hielt gerade eine andere, die wie ein Spielzeug aussah. Dieser Wagen war gleichfalls schwarz, mit scharlachroten Wappenschildern an den Türen, auf denen schwarze Leoparden auf den Hinterbeinen standen und fauchten. Die Montanas waren zu spät dran, um die Leute zu erkennen, die aus dem Wagen kletterten, aber sie gafften ärgerlich und voll Neid auf die Kutsche selbst und auf die Pferde davor. Die Pferde waren schwarze, wunderschöne schlanke Geschöpfe mit gebogenen Hälsen.

„Ich glaube, das sind *wirkliche* Pferde“, flüsterte Paolo Tonino zu.

Zwei Lakaien und ein Soldat rissen den Kutschenschlag der Montanas auf und halfen den Passagieren heraus. Paolo sprang als erster hinaus. Nach ihm kletterten der Alte Niccolo und Onkel Umberto ziemlich mühsam hinunter. Tonino beobachtete, wie die Petrocchikutsche davonfuhr. Als sie wendete, sah er deutlich das schmale, scharlachrote Geflatter eines zauberkräftigen Papierstreifens unter dem Geschirr eines Pferdes. Schau schau! dachte Tonino triumphierend. Aber den Kutscher der Petrocchis hielt er für ziemlich echt. Es war ein bleicher junger Mann mit rötlichem Haar, dessen Farbe nicht zu seiner kirschfarbenen Livree paßte. Und er hatte einen gespannten, konzentrierten Blick, als ob es nicht so leicht sei, unwirkliche Pferde zu lenken. Dieser Blick war zu menschlich für einen Mann aus Pappe.

Als Tonino endlich, dem nervös gewordenen Domenico dicht auf den Fersen, hinunterkletterte, blickte er zum Vergleich auf ihren eigenen Kutscher. Er sah tüchtig und vornehm aus. Er griff mit steifer Hand grüßend an seinen grünen Hut und starrte dabei geradeaus. Der Petrocchikutscher ist echt, ein wirklicher Kutscher, dachte Tonino voll Neid.

Tonino vergaß die beiden Kutscher, als er und Paolo den anderen in den Palast folgten. Der war einfach überwältigend und so ungeheuer groß. Sie wurden durch riesige Säle mit glänzenden Fußböden und vergoldeten Decken geführt, die meilenweit fortzulaufen schienen. Tonino und Paolo fühlten sich fast erdrückt von all der Herrlichkeit und atmeten erleichtert auf, als man sie in einen Raum führte, der nur so groß war wie der Hof in der Casa Montana. Auch hier glänzte der Boden, und die Decke sah aus wie ein Himmel voller betender und sich abstrampelnder Engel, aber die Wände waren mit rotem Tuch behängt, und eine Reihe schlicht vergoldeter Stühle stand an jeder Wandseite.

Zur selben Zeit wurde eine weitere Gesellschaft von Leuten in den Raum geführt. Der Alte Niccolo und Onkel Umberto benahmen sich, als wären die Neuankömmlinge gar nicht vorhanden. Paolo und Tonino versuchten es ihnen gleichzutun, aber sie brachten es nicht fertig.

Das sind also die Petrocchis, dachte Tonino und warf ihnen verstohlene Blicke zu. Es waren nur vier, und die Montanas waren zu fünft. Eins zu null für die Montanas. Und zwei von den Petrocchis waren Kinder. Klarerweise war es den Petrocchis ebenso schwergefallen wie den Montanas, vor dem Herzog in einer geziemenden Anzahl zu erscheinen, und sie hatten nach Paolos und Toninos Meinung einen argen Fehler begangen, daß sie einen ihrer Familie draußen bei der Kutsche gelassen hatten. Sie wirkten gar nicht eindrucksvoll. Derjenige, der bei ihnen die Universität vertrat, war ein gebrechlicher alter Herr, viel älter als Onkel Umberto. Er sah beinahe verloren in seinem roten und goldenen Umhang aus. Der eindrucksvollste von ihnen war der Führer der Gruppe, der wohl Guido selber sein mußte. Aber der war nicht so alt wie der Alte Niccolo, und wenn er auch dieselbe Art schwarzen Gehrock trug wie der Alte Niccolo und dieselbe Art schäbigen Hut, so sah das an Guido wunderlich aus, weil er einen leuchtend roten Bart hatte. Sein Haar war ziemlich lang, gekräuselt und schwarz.

Die Petrocchi-Kinder waren beide Mädchen. Beide hatten rötliches Haar. Beide hatten sie saubere, steife Gesichter. Beide trugen leuchtend weiße Strümpfe und strenge schwarze Kleidchen und sahen einfach scheußlich aus.

Möglicherweise war eine von ihnen die berühmte Angelica, die ihren Vater Guido grün gehext hatte. Die Jungen starrten die beiden Mädchen an und versuchten herauszubekommen, welche es sein mochte, bis ein feindlich zustoßender, spöttischer Blick des älteren Mädchens sie traf. Es war klar, daß sie dachte: Die zwei Jungen sehen lächerlich aus.

Als sie eine Weile gewartet hatten, begannen beide Gruppen untereinander ruhig zu plaudern, als wären die anderen nicht vorhanden.

Tonino murmelte Paolo zu: „Welche ist denn Angelica?“

„Keine Ahnung“, flüsterte Paolo zurück.

„Hast du sie nicht vielleicht bei der Alten Brücke gesehen?“

„Ich hab noch nie einen von denen gesehen. Sie interessieren mich alle nicht.“

Ein Teil des roten Vorhangs schwang beiseite, und eine Dame stürzte herein.
Jedermann im Raum neigte den Kopf und murmelte „Euer Gnaden", denn es war die Herzogin. Paolo und Tonino ließen die Augen nicht von ihr, während sie die Köpfe beugten, weil sie wissen wollten, was sie für eine war. Sie trug ein steifes, graufarbenes Gewand und sah darin aus, daß man sie für eine Heiligenstatue hätte halten können, und ihr Gesicht war ein Teil dieser Statue. Es war ein marmorblasses Gesicht, ein fast wächsernes, als wäre die Herzogin aus einem Mittelding von Seife und Marmor gehauen, und Tonino war plötzlich nicht sicher, ob ihre Heiligkeit nicht Scheinheiligkeit war. Ihre Augenbrauen waren in strengen, beißend spöttischen Bogen hochgezogen, und ihr Mund war schmal und ungeduldig. Eine Sekunde lang glaubte Tonino diese Ungeduld förmlich zu spüren, und außerdem strömte durch die wächserne Maske der Herzogin ein starker, unguter Geruch in den Raum.
Die Herzogin lächelte dem Alten Niccolo zu. „Signor Niccolo Montana?" Keine Spur Ungeduld war in ihrer Stimme, nur Vornehmheit, und Tonino glaubte, er hätte einfach zu viele Bücher gelesen. Beschämt beobachtete er die Verbeugung des Alten Niccolo und wie er die ganze Familie vorstellte. Die Herzogin nickte gnädig und wandte sich den Petrocchis zu. „Signor Guido Petrocchi?"
Der rotbärtige Mann verbeugte sich brüsk. Er war kein Höflicher wie der Alte Niccolo. „Euer Gnaden, mit mir gekommen sind Großonkel Dr. Luigi Petrocchi, meine ältere Tochter Renata und meine jüngere Tochter Angelica."
Paolo und Tonino starrten das jüngere Mädchen an, von der vorgewölbten Stirn bis zu den dünnen, weißbestrumpften Beinen. *Das*

war also Angelica. Sie sah nicht aus, als könnte sie irgend etwas falsch machen, und interessant war sie auch nicht.
Der rote Vorhang wurde wieder beiseitegeschoben. Ein großer, dicker, aufgeregter Herr kam mit gesenktem Kopf hereingerast und packte die Herzogin am Arm. „Lucrezia, du mußt einfach mitkommen! Es ist großartig! Es ist hinreißend!"
Die Herzogin drehte sich herum, wie eine Statue sich eben umdreht, steif und starr. Ihre Augenbrauen zogen sich hoch, und ihr Mund quetschte frostig hervor: „Mein Herr Herzog!"
Tonino starrte den großen, dicken Herrn an. Er trug ein schimmerndes grünes Samtgewand mit Messingknöpfen. Er war der schweißglänzende Herr Glitzerich, der Hanswurstel und Margarita auf dem Corso dreingeredet hatte. So war es also doch der Herzog von Caprona gewesen. Er wandte sich den Montanas und den Petrocchis zu. „Was sind denn das für Leute?"
„Diese Leute", sagte die Herzogin mit erhobenen Augenbrauen und betont geduldiger Stimme, „diese Leute sind die Petrocchis und die Montanas, die Eure Wünsche und Befehle erwarten."
Der Herzog schlug sich gegen die glänzende Stirn. „O verflixt, diese Ehre, die Herren Zauberer! Ich wollte schon nach Ihnen schicken. Kommen Sie vielleicht wegen dieses Zauberers, der Caprona zur Strecke bringen will?" fragte er den Alten Niccolo.
„Herr Herzog!" sagte die Herzogin mit starrem Gesicht.
Der Herzog ließ sie los und stürzte strahlend auf die Petrocchis zu. Er schüttelte Guido gewaltig die Hand und dann die Hand des Mädchens Renata. Darauf drehte er sich um und tat dasselbe mit dem Alten Niccolo und Paolo.
„Und es heißt, Eure Jungen sollen so gescheit sein wie Eure Alten",

sagte der Herzog strahlend. „Entzückende Familien! Genau die Leute, die ich für mein Bühnchen brauche – meine Pantomime, wissen Sie. Wir proben schon für Weihnachten, und ich könnte ein paar besondere Bühneneffekte brauchen."
Die Herzogin seufzte. Paolo betrachtete ihr starres Gesicht und dachte, es müßte schwer sein, mit so einem wie dem Herzog verheiratet zu sein.
„Herr Herzog", sagte sie, „diese werten Leute sind nicht hergekommen, um über Euer Theater zu reden."
„Kann sein, kann sein, schon möglich", antwortete der Herzog. „Aber wenn sie schon einmal da sind, darf ich mich doch wohl auch darüber mit ihnen unterhalten?!"
Der Alte Niccolo zeigte große Geistesgegenwart. Er lächelte. „Selbstverständlich, Euer Gnaden, nur keine Aufregung. Wenn wir die Staatsgeschäfte besprochen haben, werden wir hocherfreut sein, Ihre Befehle betreffs der Bühneneffekte entgegenzunehmen."
„Jawohl, auch wir, gleichfalls", sagte Guido Petrocchi und betrachtete säuerlich die Luft über dem Alten Niccolo.
Die Herzogin lächelte dem Alten Niccolo, der ihr beigesprungen war, gnädig zu, und dann fixierte sie den Herzog bedeutungsvoll.
Der Herzog schien endlich zu verstehen. „Jaja", sagte er. „Gehn wir also an die Geschäfte. Es handelt sich nämlich darum ..."
Die Herzogin unterbrach ihn: „Erfrischungen stehen im kleinen Konferenzzimmer bereit. Wenn Sie und die Erwachsenen Ihre Unterhaltung bitte dorthin verlegen wollen, werde ich hier etwas für die Kinder arrangieren."
Ganz plötzlich drängten sich alle außer Paolo und Tonino und den zwei Petrocchimädchen durch eine zweite Tür hinter den roten

Vorhängen hinaus. Der Herzog kam noch einmal zurück und sagte strahlend: „Ihr müßt alle zu meiner Pantomime kommen, wie ihr da seid. Sie wird euch sicher gefallen! Ich werde euch Karten schicken. Ich komme ja schon, Lucrezia!"

Die vier Kinder blieben allein zurück.

Im nächsten Augenblick schritten die Petrocchimädchen auf die Stühle an der Wand zu und ließen sich darauf nieder. Paolo und Tonino sahen einander an. Sie marschierten zu den Stühlen an der gegenüberliegenden Wand und setzten sich dort nieder. Es schien ihnen eine sichere Entfernung. Von hier aus gesehen waren die Petrocchimädchen dunkle Flecke mit dünnen weißen Strichbeinen und fuchsroten Kügelchen von Köpfen.

„Wenn ich nur mein Buch mitgenommen hätte", sagte Tonino.

Sie saßen da, die Fersen in den Querleisten ihrer Sessel eingehakt, und versuchten sich in Geduld. „Ich glaube, die Herzogin ist eine Heilige", sagte Paolo. „Die hat ja eine Engelsgeduld mit dem Herzog."

Tonino war überrascht, daß Paolo das so sah. Er meinte zwar auch, daß der Herzog sich nicht gerade wie ein Herzog aufführte, während die Herzogin jeder Zoll eine Herzogin war. Aber die Art und Weise, in der sie zeigte, wie geduldig sie war, gefiel ihm nicht.

„Mutter schusselt auch immer so herum", sagte er. „Und Vater bemerkt es nicht einmal. Es macht ihm höchstens Spaß."

„Vater ist keine Herzogin", sagte Paolo.

Genau in diesem Augenblick erschienen zwei Lakaien. Sie stießen ein höchst interessantes Serviertischchen vor sich her. Tonino riß den Mund auf. So viele Süßigkeiten auf einem Haufen hatte er in seinem ganzen Leben noch nicht gesehen. Auf der anderen Seite des Raums entstand ein dunkles Loch in den Gesichtern der Petrocchimädchen. Es war klar, sie hatten auch noch nie so viele Kuchen auf einmal gesehen. Tonino schloß schnell den Mund und versuchte zu tun, als wäre ihm ein solcher Kuchentisch ein ganz alltäglicher Anblick.

Die Lakaien servierten zuerst den Petrocchimädchen. Diese taten kühl und schienen Stunden zu brauchen, sich etwas auszusuchen. Als der süße Wagen endlich zu Paolo und Tonino herübergerollt wurde, fanden sie es schwierig, sich gelassen zu geben. Da lagen zwanzig verschiedene Arten von Kuchen. Gierig und eilig nahmen sie sich jeder zehn, so daß sie zusammen von jeder Sorte ein Stück hatten und nötigenfalls tauschen konnten. Als der Servierwagen fortgerollt wurde, gelang Tonino ein Blick von seinem Teller weg zu den Petrocchis hinüber. Jedes der Mädchen hatte die weißbestrumpften Knie hochgestützt und einen Teller mit einem Berg Kuchenstükken daraufgestellt.

Es waren sehr süße, sehr fette Kuchen darunter. Mit der Zeit langte Paolo beim zehnten an. Er wurde dabei immer langsamer. Und er mußte denken, ob er Schaumgebäck wirklich so gern hatte, wie er immer geglaubt hatte. Tonino war erst beim sechsten Kuchen angelangt.

Als Paolo seinen Teller säuberlich unter seinem Stuhl verstaut hatte und sich bereits mit dem Taschentuch Mund und Hände wischte, kaute Tonino, cremeverschmiert, klebrig von Marmelade und voller Kuchenbrösel, gequält immer noch an seinem achten Stück Kuchen. Und ausgerechnet in diesem Augenblick ließ sich die Herzogin lächelnd neben Paolo nieder.

„Ich möchte deinen Bruder ungern unterbrechen", sagte sie freundlich. „Erzähl mir etwas von dir, Paolo!"
Paolo wußte nicht, was er antworten sollte. Er konnte nur daran denken, wie verschmiert Tonino aussah.
„Zum Beispiel", fragte die Herzogin hilfreich, „wie geht's denn mit dem Zaubern? Fallen dir leicht Zaubersprüche ein, oder tust du dich schwer damit? Oder mit dem Lernen überhaupt?"
„O nein, Euer Gnaden", sagte Paolo stolz. „Ich lerne sehr leicht." Dann erschrak er, weil er damit vielleicht Tonino gekränkt hatte. Er warf eilig einen Blick auf Toninos schokoladecremeverschmiertes Gesicht und sah den Bruder ernst die Augen auf die Herzogin richten. Paolo schämte sich. Er fühlte sich für den Jüngeren verantwortlich, und er wollte, daß die Herzogin wüßte, daß Tonino nicht irgendein x-beliebiger marmeladeverschmierter kleiner Junge war, auch wenn es so aussah. „Tonino lernt langsam", erklärte er, „aber er liest immerzu. Er hat schon alle Bücher in der Leihbibliothek ausgelesen. Er ist schon fast so gelehrt wie Onkel Umberto."
„Wie interessant!" Die Herzogin lächelte.
Tonino war so verlegen, daß er einen Riesenbiß in seinen neunten Kuchen tat. Es war ein großes Stück Windbeutel. In dem Augenblick, da sein Mund sich um den Bissen schloß, wußte Tonino: Wenn ich ihn wieder aufmache, sogar nur um Luft zu schnappen, fliegt das Zeug wie ein Hagelsturm auf Paolo und die Herzogin. Tonino preßte die Lippen zusammen und kaute tapfer. Zu Paolos Verlegenheit fuhr er dabei fort, die Herzogin anzustarren. Tonino wünschte sich Benvenuto her. Den hätte er über die Herzogin ausfragen können. Paolo wollte keinen kauenden, augenrollenden Tonino. Aber Tonino kaute und glotzte weiter, und der Zweifel in den Augen der Herzogin

war so offensichtlich, daß Paolo herausplatzte: „Und Tonino ist der einzige, der mit Benvenuto reden kann. Das ist unser Oberkater, Euer Gna . . ." Da fiel ihm ein, daß die Herzogin Katzen haßte. „Eh – aber Sie haben Katzen nicht gern, Euer Gnaden."
Die Herzogin lachte. „Bloß von ihnen hören, halte ich schon aus. Was ist mit Benvenuto?"
So erzählte Paolo weiter. „Also, Euer Gnaden, Zaubersprüche wirken besser und stärker, wenn eine Katze in der Nähe ist, und besonders stark, wenn es Benvenuto ist. Übrigens weiß Benvenuto einfach alles."
Die Herzogin erhob sich ziemlich eilig. „Ich glaube, ich werde jetzt lieber nachsehn, wie es meinen anderen Gästen geht", sagte sie und glitt leichtfüßig hinüber zu den Petrocchimädchen.
Die Petrocchimädchen, bemerkte Paolo gereizt, waren empfangsbereit. Ihre Taschentücher waren, während die Herzogin mit Paolo geplaudert hatte, eifrig tätig gewesen. Die Teller der Mädchen standen ordentlich unter den Stühlen. Tonino legte den Rest des neunten Kuchens neben den zehnten und stellte seinen Teller vorsichtig auf den nächsten Stuhl.
„Du hättest ihr nicht von Benvenuto erzählen sollen", sagte er und holte sein Taschentuch heraus. „Benvenuto ist doch wirklich ein Familiengeheimnis."
„Dann hättest du selber auch irgendwas sagen müssen und nicht starren wie ein Blödian", gab Paolo zurück. Gekränkt mußte er mitansehen, wie beide Petrocchimädchen vergnügt mit der Herzogin plauderten. Das ärgerte Paolo so sehr, daß er murrte: „Schau, wie die sich bei der Herzogin einschmeicheln!"
Endlich stand die Herzogin auf und glitt hinaus. Und sie vergaß

nicht, vorher noch Paolo und Tonino zuzulächeln und ihnen zu winken. Paolo meinte, das sei nett von ihr, wenn man bedachte, wie blöd Tonino und er sich benommen hätten.

Sehr bald danach schwang der Vorhang beiseite, und der Alte Niccolo kam zurück. Er ging langsam neben Guido Petrocchi her. Nach ihnen kamen die beiden Großonkel, jeder in seinem Talar, und dann kam Domenico. Es sah aus wie eine Prozession. Alle blickten sie geradeaus, und es war klar, daß sie eine Menge im Kopf und auf der Seele wälzten.

Alle vier Kinder sprangen auf, klopften die letzten Kuchenbrösel von den Kleidern ab und folgten der Prozession. Paolo fand sich neben dem älteren Mädchen und bemühte sich, sie nicht anzusehen. In äußerster Stille marschierten sie zu dem mächtigen Palasteingang, wo schon die Kutschen vorfuhren, um sie aufzunehmen.

Der Petrocchikutschwagen mit seinen schwarzen, regengefleckten und beperlten Pferden erschien als erster. Wieder warf Tonino einen Blick auf den Petrocchi-Kutscher und hoffte von Herzen, er hätte sich geirrt und der Kutscher sei doch aus Pappe. Es regnete noch immer, und die Kleider des Mannes auf dem Kutschbock waren wie eingeweicht. Sein rotes Haar war dunkel von Nässe unter dem nassen Hut. Er bibberte, als er sich herunterbeugte und den Petrocchis fragend entgegensah, um zu erfahren, was der Herzog gesagt hatte. Nein, der Petrocchikutscher war wirklich echt. Der Montanakutscher dahinter starrte in die Gegend und beachtete den Regen und seine Passagiere überhaupt nicht. Tonino hatte das Gefühl, daß die Petrocchis sich eindeutig als die besseren erwiesen hatten.

Viertes Kapitel

Als die Kutsche losfuhr, lehnte der Alte Niccolo sich zurück und sagte: „Nun, also, der Herzog ist sehr gutmütig, das möchte ich schon sagen, vielleicht ist er gar kein solcher Narr wie er scheint."
Domenico sagte schüchtern: „Wenigstens haben wir ein paar Bühneneffekte angebracht!"
„Genau das ..." sagte Onkel Umberto düster, „genau das ist es ja, worüber ich mich aufrege."
Tonino und Paolo schauten von einem zum anderen und hätten gern gewußt, was die Erwachsenen so bedrückte.
Der Alte Niccolo fing ihre Blicke auf. „Jungen, ihr sollt wissen, mit dem alten Caprona geht's abwärts. Florenz, Pisa und Siena haben sich nun gegen Caprona verbündet. Der Herzog hat den Verdacht, daß sie einen Zauberer dafür bezahlen ..."
„Huh!" sagte Onkel Umberto. „Sie bezahlen die Petrocchis!"
Domenico, der von irgend etwas stark berührt schien, sagte überraschend tapfer: „Onkel, ich *weiß*, daß die Petrocchis ebensowenig Verräter sind wie wir."
Die beiden alten Herren warfen ihm einen Blick zu, daß er in sich zusammenkroch.
„Es ist Tatsache", fuhr der Alte Niccolo fort, „Caprona ist nicht mehr der große Staat, der es einmal war. Dafür gibt es Gründe, zweifellos. Aber wir wissen und der Herzog weiß es – sogar Domenico weiß es –,

daß wir jedes Jahr die üblichen Verteidigungszaubersprüche für Caprona herstellen und auch hersagen. Jedes Jahr müssen es stärkere sein, und jedes Jahr haben sie weniger Wirkung. Etwas – oder jemand – saugt uns die Kraft weg. Also erkundigt sich der Herzog, was wir noch tun können. Und . . ."

Domenico unterbrach ihn: „Und wir haben behauptet, wir finden den Text für den Engel von Caprona!" Dabei lachte er schreiend.

Paolo und Tonino erwarteten, daß die zwei Alten Domenico wieder niederdonnern würden, aber sie schauten bloß düster drein. Ihre Köpfe nickten traurig.

„Also das versteh ich nicht", sagte Tonino. „Der Engel von Caprona *hat* doch einen Text. Wir singen ihn in der Schule."

„Die Worte, die ihr singt", sagte der Alte Niccolo, „sind ein Notbehelf. Manche Leute behaupten, daß unser Engel die richtigen Worte zurück zum Himmel getragen hat, sobald der Weiße Teufel besiegt war. Und er ließ nur die Melodie zurück. Oder vielleicht ist der Text verlorengegangen. Aber jeder weiß, daß Caprona nicht wirklich groß werden kann, bis die richtigen Worte wiedergefunden sind."

„Sag lieber gleich", murrte Onkel Umberto gereizt, „der Engel von Caprona ist ein Zauberspruch wie jeder andere Zauberspruch, und ohne den richtigen Text hat jeder Zauber nur die halbe Kraft. Sogar wenn er göttlichen Ursprungs ist." Er raffte seinen Talar zusammen, als die Kutsche mit einem Ruck vor der Universität hielt. „Und wir haben uns wie Idioten verbürgt, fertigzustellen, was Gott selbst unvollendet gelassen hat", sagte er. „Das ist menschliche Anmaßung!"

Er kletterte aus der Kutsche und rief dem Alten Nicolo zu: „Ich werde in sämtlichen Handschriften nachlesen, die mir einfallen. Irgendwo muß es doch einen Anhaltspunkt geben!"

Die Tür wurde zugedonnert, und die Kutsche ruckte wieder an.
Paolo fragte: „Haben die Petrocchis auch gesagt, daß sie den Text suchen wollen?"
Der Mund des Alten Niccolo verzog sich zu einem Schmollen. „Jawohl, haben sie. Und ich würde vor Scham sterben, wenn sie ihn finden, bevor wir ihn finden. Ich ..." Er hielt inne, als die Kutsche um eine Ecke in den Corso schlingerte. Sie schlingerte nochmals und ruckte. Bäche von Regenwasser flossen über die Fenster.
Domenico lehnte sich vor. „Unser Kutscher fährt gar nicht so toll, wie?"
„Ruhe!" sagte der Alte Niccolo, und die Kutsche ruckte ein paarmal hintereinander so heftig, daß Paolo sich in die Zunge biß. Irgend etwas stimmte da nicht. Das Geräusch, das die Kutsche beim Fahren machte, war sehr eigenartig.
„Ich höre kein Hufegeklapper mehr", sagte Tonino verstört.
„So etwas habe ich mir doch gleich gedacht", knurrte der Alte Niccolo. „Der Regen ist schuld." Mit einem Krach ließ er das Fenster herunter, und ein nasser Windstoß fuhr herein. Ohne die Gesichter zu beachten, die ihn unter nassen Schirmen hervor anstarrten, lehnte der Alte Niccolo sich aus dem Wagenfenster und bellte einen Zauberspruch in den Regen hinaus. „Fahr zu, rasch, Kutscher!" rief er noch, als er das Fenster wieder hochzog. „So. Bis nach Hause werden wir jetzt kommen, bevor die Pferde zergehen!"
Das Geklapper der Pferdehufe war wieder zu hören. Der neuerliche Zauberspruch hatte anscheinend geholfen. Als sie aber in die Via Cardinale einfuhren, verwandelte sich das Geklapper in ein dumpfes bum bum, und als sie zur Via Magica kamen, hörte man den Hufschlag kaum noch, und das Schlingern und Rucken begann

wieder, ärger als zuvor. Als sie durch das Tor der Casa Montana fahren wollten, gab es einen entsetzlichen Krach. Die Deichsel schlug aufs Pflaster. Paolo öffnete das Fenster an seiner Wagenseite gerade noch rechtzeitig, um zu sehen, wie die aufgeweichte Pappfigur des Kutschers vom Kutschbock in eine Pfütze plumpste, und zwei nasse Papp-Pferde hingen malerisch über der Deichsel.
„Dieser Spruch", sagte der Alte Niccolo, „hat zur Zeit meines Großvaters tagelang gehalten."
„Glaubst du, ist der Zauberer schuld?" fragte Paolo. „Ruiniert er alle unsere Sprüche?"
Der Alte Niccolo starrte ihn an mit großen Augen wie ein Kind, bevor es in Weinen ausbricht. „Nein, mein Junge, das glaube ich nicht. Die Wahrheit ist einfach: Die Casa Montana ist auf dem Abstieg, genau wie mit Caprona geht's mit uns abwärts. Die alte Kraft schwindet. Sie ist von Generation zu Generation schwächer geworden, und jetzt ist sie fast ganz dahin. Ich schäme mich, daß ihr es auf solche Weise erfahren müßt. Steigen wir aus, Kinder, und ziehen wir die Kutsche hinein."
Alle anderen Familienmitglieder schliefen entweder oder waren an der Alten Brücke beschäftigt. Niemand war da, der ihnen helfen konnte, die Kutsche durch das Tor zu ziehen. Und Domenico war überhaupt nicht zu gebrauchen. Er beteuerte später, er könne sich nicht erinnern, wie er nach Hause gekommen sei. Sie ließen ihn in der Kutsche schlafen und schleppten das Gefährt zu dritt in die Casa.
„Ein Trost, daß es regnet", keuchte Großvater Niccolo. „Da sieht wenigstens niemand, wie der Alte Niccolo seine eigene Kutsche zieht!"
Paolo und Tonino fanden nicht viel Trost darin. Nun verstanden sie

die wachsende Unruhe in der Casa, und das war gar nicht angenehm. Erst jetzt begriffen sie, warum alle wegen der Alten Brücke so besorgt gewesen waren. Und als die Brücke kurz vor Weihnachten endlich repariert war, verstanden sie, warum alle sich so sehr freuten. Sie begriffen auch die Sorge um Rosas Zukunft. Sobald die Brücke instandgesetzt war, gingen alle daran, das Problem „Ein Mann für Rosa" zu besprechen. Und Paolo und Tonino wußten nun auch, warum alle der Meinung waren, daß Rosas Zukünftiger, wenn schon sonst nichts, so doch wenigstens ein starkes Talent für Zaubersprüche haben mußte.

„Eine Art Zuchtwahl wegen meiner zukünftigen Kinder, meint ihr!" spottete Rosa. „Schon recht, lieber Onkel Lorenzo. Ich werde mich nur in Männer verlieben, die Papp-Pferde wasserfest machen können!"

Onkel Lorenzo errötete vor Ärger. Die ganze Familie fühlte sich wegen der aufgeweichten Pferde gedemütigt. Nur Elizabeth verbiß sich ein Lachen. Elizabeth ermutigte Rosa immer wieder, sich nicht dreinreden zu lassen. Benvenuto erklärte Tonino, das sei die englische Art. Engländer seien Katzen überhaupt sympathisch, fügte er hinzu.

„Haben wir wirklich unsere Zauberkraft verloren?" fragte Tonino besorgt. Er meinte, vielleicht sei dies die Erklärung für seine Langsamkeit.

Benvenuto sagte, er wisse nicht, wie es früher gewesen sei, aber daß noch genug Zauberkraft vorhanden war, um seinen Pelz Funken sprühen zu lassen, das wisse er bestimmt. Es schien also noch eine ganze Menge da zu sein. Er hätte nur manchmal gern gewußt, ob diese Kraft auch richtig verwendet würde.

Ungefähr um diese Zeit fanden doppelt so viele Zeitungen wie sonst ihren Weg in die Casa: Zeitungen aus Rom und Magazine aus Genua und Mailand und natürlich die üblichen Presseerzeugnisse Capronas.

Darin tauchte immer häufiger das Wort Krieg auf. Und anstatt der üblichen Weihnachtslieder hörte man in der Casa Montana Tag und Nacht die Melodie des Engels von Caprona singen.

Das Lied wurde gesungen – in Baß, Tenor und Sopran. Es wurde adagio auf Flöten geflötet, auf Gitarren gezupft und schwungvoll auf Violinen gefiedelt. Jeder Montana lebte in der Hoffnung, er oder sie würde derjenige oder diejenige sein, der den echten Text fand.

Mit soviel Kummer und Sorgen rundum war es kaum überraschend, daß Paolo und Tonino sich täglich mehr darauf freuten, zur Pantomimenaufführung des Herzogs eingeladen zu werden. Es war der einzige Lichtblick. Aber Antonio und Rinaldo suchten – zu Fuß – den Palast auf, um die besonderen Bühneneffekte dort abzugeben, und kehrten ohne Einladung zurück.

Weihnachten kam. Die ganze Montanafamilie wanderte zur Kirche, in die wundervolle, marmorfassadengeschmückte Kathedrale von Sant' Angelo und befleißigte sich dort größter Andacht. Gewöhnlich gaben nur Tante Anna und Tante Maria, deren Frömmigkeit bekannt war, sich solcher Andacht hin, aber jetzt fühlten alle, daß sie für etwas zu beten hatten. Nur als es Zeit war, den ‚Engel von Caprona' zu singen, ließ die Andacht nach. Ein geistesabwesender Ausdruck überkam die Gesichter vom Alten Niccolo bis zum kleinsten Cousin. Und sie sangen:

Himmlische Musik erklingt.
Seht, ein Engel kommt und singt,
Friedenswort und Trost er bringt
nach Caprona unserm Volk.

Bringt uns ew'gen Sieges Schimmer,
Freundschaft bringt er, Zwist uns nimmer,
Macht und Frieden uns für immer
nach Caprona unserm Volk.

Seht den Teufel fliehn verblüfft,
wenn Capronas Kraft ihn trifft,
weil der Engel Frieden stifft
in Caprona unserm Volk.

Jeder hätte gern gewußt, wie der Text wirklich hieß.

Sie kamen von der Kirche nach Hause, und noch immer kein Wort vom Herzog. Dann war Weihnachten vorbei. Neujahr kam und ging, und die Jungen mußten sich klarwerden, daß es keine Einladung geben würde.

Tonino und Paolo wurden aus ihrem Kummer aufgescheucht, als Lucia über die Galerie gerast kam und kreischte: „Kommt schnell und schaut euch Rosas Bräutigam an!"

„Was?" sagte Antonio und hob das sorgenvolle Gesicht von einem Buch über den ‚Engel von Caprona'. „Was? Es ist doch noch nichts entschieden!"

Lucia hüpfte von einem Fuß auf den anderen. Sie war ganz rot vor Aufregung. „Rosa hat sich selbst entschieden! Ich hab gewußt, daß sie es tun wird! Kommt doch und schaut ihn euch an!"

Leute und Katzen strömten von allen Seiten durch den Hof und eilten zu dem Raum hinter dem Eßzimmer, der Salon genannt wurde. Rosa stand an der Fensterseite und schaute glücklich und trotzig herausfordernd drein. Sie hielt mit beiden Händen den Arm eines verlegenen jungen Mannes mit rotem Haar umklammert. Ein funkelnder Ring blinkte an Rosas Finger. Elizabeth stand neben den beiden und sah so glücklich und fast so trotzig drein wie Rosa. Als der junge Mann die Familie erblickte, die durch die Tür herein auf ihn zuströmte, wurde sein Gesicht feuerrot, und seine Hand griff nach der zarten Fessel an seinem Arm. Trotzdem war es sonnenklar, daß der junge Mann insgeheim so glücklich war wie Rosa. Und Rosa war so glücklich, daß sie zu leuchten schien wie der Engel über dem Tor.

Der Alte Niccolo räusperte sich. „Nun also", begann er. Dann stockte er. Eigentlich war es ja Antonios Aufgabe, etwas zu sagen.

„Wer sind Sie denn überhaupt?" fragte nun Antonio den jungen Mann. „Wie haben Sie unsere Rosa kennengelernt?"

„Er war einer der Beauftragten bei der Alten Brücke, Vater", sagte Rosa.

„Und er ist ein Naturtalent, Antonio", sagte Elizabeth. „Und eine wunderschöne Singstimme hat er auch."

„Gut gut", sagte Antonio. „Laßt den Jungen selber reden."

Der junge Mann schluckte. Sein Gesicht war nun sehr bleich. „Mein Name ist Marco Andretti", sagte er mit einer wohlklingenden, wenn auch etwas heiseren Stimme. „Ich – ich glaube, Sie haben meinen Bruder bei der Brücke kennengelernt, Signore. Ich war bei einer anderen Schicht eingeteilt. So kam es, daß ich Rosa kennenlernen durfte."

Die Art, wie er Rosa zulächelte, ließ alle Anwesenden hoffen, daß er es schaffen würde, ein Montana zu werden.
„Es wird ihnen das Herz brechen, wenn Vater nein sagt", flüsterte Lucia Paolo zu. Paolo nickte.
Antonio verzog die Lippen. Das tat er immer, wenn sein Gesicht nicht mehr Bekümmernis ausdrücken konnte, als es ohnehin schon ausdrückte. „Ja", sagte er. „Ich habe Mario Andretti kennengelernt, natürlich. Eine sehr respektable Familie. Aber Sie sind sich sicher im klaren, Signor Andretti, daß wir eine besondere Familie sind. Wir müssen bei der Auswahl unserer Ehepartner sehr vorsichtig sein. Zuerst einmal: Wie denken Sie über die Petrocchis?"
Marcos blasses Gesicht flammte. Er antwortete so heftig, daß die Montanas ganz überrascht waren: „Ich hasse sie bis in die Eingeweide, Signor Montana!" Er schien so außer Fassung zu sein, daß Rosa seinen Arm sanft tätschelte.
„Marco hat persönlichste Familiengründe, Vater", sagte sie.
„Von denen ich lieber nicht reden möchte", sagte Marco.
„Also gut, ich will Sie nicht drängen", sagte Antonio und verzog wieder einmal die Lippen. „Aber wissen Sie, in unserer Familie heiratet man nur jemand, der wenigstens etwas Zaubertalent hat. Weisen Sie irgendwelche Fähigkeiten diesbezüglich auf, Signor Andretti?"
Marco Andretti schien bei diesen Worten ganz gelöst zu werden. Er lächelte und nahm zärtlich Rosas Hand von seinem Ärmel. Dann begann er zu singen. Elizabeth hatte recht gehabt. Er hatte eine goldene Stimme, einen wundervollen Tenor. Onkel Lorenzo knurrte, er begreife nicht, wie es eine solche Stimme außerhalb der Mailänder Oper geben könne.

„Ein goldner Baum erwächst, ein Baum,
des goldene Zweige knospen grün ...“

sang Marco. Und wie er so sang, entstand ein Baum. Er wurzelte im Teppich zwischen Rosa und Antonio. Zuerst wie ein goldener Schatten. Dann als rasselnde Metallplastik, golden blitzend in den Sonnenstrahlen, die durchs Fenster fielen. Die Montanas nickten anerkennend. Der Stamm und jeder Ast, sogar der kleinste Zweig waren aus purem Gold. Marco sang weiter. Und wie er sang, trieben die goldenen Zweige Knospen, blaß und wie kleine Fäuste gestaltet zuerst, die sich entfalteten. Augenblicke später stand der Baum voll Laub. Er regte und bewegte sich und klimperte andauernd. Er füllte sich mit Knospen, die aufblühten zu Büscheln von rosa und weißen Blüten und die Blütenblättchen fallenließen so rasch wie die Sterne eines Feuerwerks Funken sprühen. Der ganze Raum war voll Duft und voll flatternder, niederrieselnder Blütenblätter. Marco sang noch immer, und der Baum wuchs weiter. Bevor das letzte Blütenblatt gefallen war, begannen grüne Früchte zu schwellen, wo die Blüten gewesen waren. Die Früchte wurden bräunlich und wuchsen und wuchsen und rundeten sich bauchig und gelb, bis der Baum die Zweige hängenließ unter dem Gewicht großer gelber Birnen.

„... mit goldner Frucht für jedermann“

schloß Marco. Er streckte die Hand aus, pflückte eine Birne und hielt sie schüchtern Antonio hin.
Ein anerkennendes Gemurmel lief durch die versammelte Familie. Antonio nahm die Birne in Empfang und schnupperte daran. Er lächelte zu Marcos großer Erleichterung und sagte: „Gutes Obst,

ausgezeichnetes Obst. Das war elegant gezaubert, Signor Andretti. Aber es gibt da noch etwas, was ich Sie fragen muß: Wären Sie einverstanden, Ihren Namen in Montana zu ändern? Das ist bei uns so üblich, wissen Sie!"
„Rosa hat mir das schon erzählt", sagte Marco. „Und – und das ist eine gewisse Schwierigkeit. Mein Bruder braucht mich in der Firma. Und auch er legt Wert auf seinen Familiennamen. Wäre es Ihnen recht, wenn man mich hier unter dem Namen Montana kennt, und als – als Andretti, wenn ich daheim bei meinem Bruder bin?"
„Sie meinen damit, daß Sie und Rosa nicht hier bei uns wohnen würden?" fragte Antonio erstaunt.
„Nicht die ganze Zeit, nein", antwortete Marco. Und aus der Art, wie er es sagte, wurde klar, daß er nicht die Absicht hatte, seine Meinung zu ändern.
„Ich wüßte nicht, warum sie nicht woanders wohnen sollten", erklärte Elizabeth.
Die Familie wogte um den sanft klimpernden Baum. Alle liebten Rosa. Marco war offensichtlich reizend. Niemand wollte den beiden das Herz brechen. Aber diese Idee, daß sie nicht in der Casa wohnen wollten!
Tante Francesca schob sich vorwärts und sagte: „Ich bin Elizabeths Meinung. Unsere Rosa hat einen reizenden Bräutigam gefunden, mit mehr Zaubertalent und einer besseren Stimme, als mir außerhalb unserer Familie je untergekommen ist. Lassen wir sie heiraten."
Antonio schien die Sache nun gelassener zu nehmen und war schon bereit, zuzustimmen, als Rinaldo sich zu dem Baum durchdrängte und ihn wild zum Scheppern brachte.
„Einen Augenblick! Sind wir nicht alle ein bißchen gutgläubig? Wer

ist denn dieser Bursche überhaupt? Wieso haben wir von ihm und seinem Talent vorher noch nie was gehört?"
Paolo senkte den Kopf und beobachtete Rinaldo durch die herabhängenden Haare. Das war ein Rinaldo, den er überhaupt nicht ausstehen konnte. Ein lauter, angriffslustiger Rinaldo war das, mit einem unangenehmen Gekräusel um den Mund. Er warf den Kopf hoch und streifte verächtlich ein Blütenblatt fort, das sich ihm auf den schwarzen Ärmel gesetzt hatte. Und er sah Marco so herausfordernd an, als wollte er damit eine Antwort erzwingen.
Die Art, wie Marco Rinaldos Blick zurückgab, zeigte, daß er ihm völlig gewachsen war.
„Ich war bis vor kurzem auf dem College in Rom", erklärte er. „Wenn Sie etwa auf meine Schulbildung anspielen sollten."
Rinaldo schwang sich auf dem Absatz zu seiner Familie herum. „Das behauptet er zumindest", sagte er. „Er hat ein paar hübsche Zaubertricks für uns, und er hat auch immer das Richtige gesagt – aber das hätte jeder andere an seiner Stelle auch gekonnt." Er drehte sich wieder nach Marco um. Das war alles so dramatisch, daß Tonino zusammenzuckte und sogar Paolo sich ein wenig unbehaglich zu fühlen begann. „Ich glaube Ihnen nicht", sagte Rinaldo. „Ich habe Ihr Gesicht schon irgendwo gesehen."
„Bei der Alten Brücke", sagte Marco.
„Nein, das meine ich nicht. Es war woanders", sagte Rinaldo.
Und das mußte stimmen, überlegte Tonino. Marco kam ihm plötzlich auch bekannt vor. Und Tonino konnte ihn nicht bei der Alten Brücke gesehen haben, weil er, Tonino, nie dort gewesen war.
„Wollen Sie, daß ich meinen Bruder hole oder meinen Beichtvater, daß sie für mich bürgen?" fragte Marco.

„Nein“, sagte Rinaldo grob. „Ich will die Wahrheit wissen.“
Marco holte tief Atem. „Ich möchte nicht unfreundlich sein“, sagte er. Der Arm, den Rosa nicht umklammert hielt, streckte sich, und die Hand daran ballte sich zur Faust. Rinaldo nahm das zur Kenntnis, als wäre es ihm sehr recht, und stolzierte einen Schritt näher.
„Bitte“, sagte Rosa unnötigerweise.
Benvenuto in Toninos Armen bewegte sich. Die muskelkräftigen Hinterbeine stießen ihn nach hinten gegen Paolo, als Benvenuto lossprang. Benvenuto landete zwischen Rinaldo und Marco. Ein gehauchtes „Ah“ wehte von der Familie her. Sie wußten, Benvenuto würde die Angelegenheit in Ordnung bringen.
Benvenuto beachtete Rinaldo absichtlich nicht. Mit einem hohen Katzenbuckel, den Schwanz steil aufgerichtet wie eine Zypresse, näherte er sich schmeichelnd Marcos Beinen und rieb sich daran. Marco löste die Faust und beugte sich hinunter, um Benvenuto die Hand entgegenzustrecken. „Hallo“, sagte er. „Wie heißt du denn?“ Er wartete, um Benvenuto Zeit zur Antwort zu geben. „Freut mich, dich kennenzulernen, Benvenuto“, sagte er dann.
Obwohl Rinaldo nicht so leicht unterzukriegen war wie Domenico, konnte er doch nicht gegen die gesamte Familie aufkommen. Als er den Alten Niccolo ansah und merkte, daß der ihn ärgerlich beiseitewinkte, gab er auf und schob sich aus dem Zimmer.
„Rosa und Marco“, sprach Antonio, „ich gebe meine vorläufige Einwilligung zu eurer Heirat.“
Nun umarmten alle einander, jeder jeden, alle schüttelten Marco die Hand und küßten Rosa. Hochrot und glücklich pflückte Marco Birne um Birne von dem Goldbaum und gab jedem, der eine wollte, sogar dem jüngsten Baby. Es waren köstliche Birnen, und sie waren gerade

richtig reif. Sie zerschmolzen auf der Zunge, und der Saft lief einem übers Kinn.

„Ich möchte ja keine Spielverderberin sein", flüsterte Tante Maria so dicht an Paolos Ohr, daß ihm der Saft hineintropfte. „Aber ein Baum im Salon wird mit der Zeit ein Ärgernis."

Marco hatte das schon bedacht. Sobald die letzte Birne abgenommen war, begann der Baum zu verschwinden. Bald war er nur noch ein leise klingendes, goldenes Geglitzer, ein entschwindender Schattenbaum, und dann war er ganz fort. Alle klatschten Beifall. Tante Gina und Tante Anna holten Flaschen Wein und Gläser, und das ganze Haus Montana trank auf Rosas und Marcos Gesundheit.

„Gott sei Dank", hörte Tonino Elizabeth sagen. „Ich war schon ganz nervös deswegen."

An der anderen Seite Elizabeths erzählte der Alte Niccolo Onkel Lorenzo, daß Marco eine wahre Errungenschaft wäre, weil er imstande war, Katzen zu verstehen. Tonino wurde ein bißchen wehmütig ums Herz. Er ging hinaus in den eiskalten Hof. Wie er es erwartet hatte, lag Benvenuto eingeringelt in dem Sonnenfleck auf einer Stufe der Galerietreppe. Er schlug ärgerlich mit dem Schwanz. Er hatte sich gerade zum Schlafen hingelegt.

Marco könnte Katzen *nicht* verstehen, erklärte Benvenuto gereizt. Er kannte Benvenutos Namen, weil Rosa ihm den Namen verraten hatte. Aber was Benvenuto tatsächlich zu ihm gesagt hatte, davon hatte Marco keine Ahnung. Benvenuto hatte erklärt, er würde ihn und Rinaldo gründlich zerkratzen, wenn sie in der Casa Montana Streit anfingen. Denn keiner von ihnen sei hier Oberkater. Und wenn Tonino jetzt endlich ginge, könnte eine Katze endlich zu ihrem verdienten Schlaf kommen.

Für Tonino war Benvenutos Erklärung eine große Erleichterung. Jetzt konnte er Marco gern haben wie Paolo ihn gern hatte.
Marco war lustig. Er hielt sich leider nie lange in der Casa auf, weil er und sein Bruder jenseits der Neuen Brücke eine Villa bauten.
Rosa und Marco sollten im Frühling heiraten. Sie lachten unaufhörlich darüber, wenn sie miteinander in die Casa oder aus der Casa rannten. Antonio und Onkel Lorenzo wanderten zu der Villa hinaus, in der Mario Andretti lebte, um Hochzeitsvorbereitungen zu besprechen.
Die Angelegenheit verlor sich bald unbemerkt in dem besorgten Gemurmel über Florenz, Siena und Pisa. Es war das einzige Thema, das die Unterhaltung über Rosas Hochzeitskleid verdrängen konnte. Sollte es lang sein oder kurz? Mit einer Schleppe oder ohne? Und mit welcher Art Schleier? Rosa benahm sich auch da ganz rücksichtslos unabhängig wie bei der Wahl ihres Bräutigams.
„Mir scheint, ich hab euch das noch nicht gesagt", erklärte sie. „Mein Brautkleid wird vorn knielang und hinten mit einer zehn Fuß langen Schleppe, stell ich mir vor. Und kein Schleier natürlich. Nur eine schwarze Maske."
Tonino war einfach nicht imstande, sich auf sein Buch zu konzentrieren. Er trug es über die Galerie in die Bibliothek und hoffte, dort endlich Ruhe zu haben.
Aber Rinaldo lehnte am Galeriegeländer vor der Bibliothek. Er sah auffallend unheilschwanger drein.
„Dieser Marco", knurrte er. „Wenn ich nur wüßte, wo ich ihn schon gesehen habe! Ich habe ihn in der Kunstgalerie mit Rosa zusammen gesehen, bilde ich mir ein. Aber das meine ich nicht. Ich weiß, es war irgendwo an einem viel ärgeren Ort."

Tonino zweifelte nicht daran, daß Rinaldo alle Sorten gräßlicher Plätze kannte. Er ging in die Bibliothek und hoffte, Rinaldo würde sich nie an den Ort erinnern. Tonino setzte sich in der kalten, nach Schimmel duftenden Bibliothek nieder, um zu lesen. Im nächsten Augenblick landete Benvenuto mit einem Plumpser auf seinem Buch.
„Bitte geh weg", sagte Tonino. „Morgen fängt die Schule wieder an und ich möchte das noch fertig lesen!"
Benvenuto gab keine Ruhe. Tonino müsse *sofort* zum Alten Niccolo gehen. Ein ganzer Schauer von Manuskripten, Sprüchen, vergilbten Pergamentrollen zog an Toninos innerem Auge vorüber, gefolgt von einer Reihe riesiger roter Bücher. Riesen rannten polternd daher, Feuer spuckend und selber flammend, und alle trugen sie Rot und Gold. Sie bereiteten sich zum Kampf vor!
Benvenuto hatte es so eilig, daß Tonino seine ganze Geschicklichkeit aufwenden mußte, um herauszufinden, was der Kater eigentlich meinte.
„Gut gut", sagte Tonino. „Ich werde es ihm sagen." Er stand auf und rannte durch die Galerie an Rinaldo vorüber, der sagte: „Warum rennst du so?" zum Zimmer des Alten Niccolo. Der Alte Niccolo trat eben heraus.
„Bitte", sagte Tonino. „Benvenuto sagt, wir müssen die Kriegszaubersprüche heraussuchen. Der Herzog beruft die Reservisten ein."
Der Alte Niccolo tastete nach dem Türrahmen. Er fand ihn nicht gleich. „Du hast mir doch zugehört?" fragte Tonino.
„Ja", sagt der Alte Niccolo. „Ja, ich habe es gehört. Es kommt so plötzlich. Ich wollte, der Herzog hätte uns vorher eine Andeutung gemacht. Also gibt es Krieg. Beten wir zu Gott, daß wir stark genug sind."

Fünftes Kapitel

Benvenutos Neuigkeiten verursachten eine Massenbewegung in der Casa Montana. Die älteren Cousins stürzten ins Scriptorium und begannen, alle Alltagssprüche, Alltagstintenfässer und -federn wegzupacken. Die Tanten brachten besondere Tintenfässer, die zum Eintauchen der Federn bei Kriegssprüchen verwendet wurden. Die Onkel schwankten unter Stößen unbeschriebenen Papiers und neuer Pergamente. Antonio, der Alte Niccolo und Rinaldo holten die großen roten Bände aus der Bibliothek, die „KRIEG" auf den Rücken gestempelt hatten, während Elizabeth mit allen Kindern ins Musikzimmer raste, um die Alltagsmusik wegzuräumen und die Noten für die Kriegsmelodien und die Kriegsinstrumente auszupacken. Inzwischen rannten Rosa, Marco und Domenico in die Via Magica und kamen mit Zeitungen zurück. Die ganze Familie ließ alles liegen und stehen und drängte sich im Eßzimmer, um zu lesen, was in den Zeitungen stand.

Es waren eine ganze Menge Leute. Alle streckten sie die Hälse über den Tisch. Rinaldo stand auf einem Stuhl, er lehnte sich über drei Tanten, die Marco fast erdrückten. Er reckte den Hals, Kopf an Kopf mit dem Alten Niccolo, als Rosa die Zeilen überflog. Es waren noch andere Leute eingezwängt und darüber gelehnt, so daß Lucia, Paolo und Tonino gezwungen waren, das Kinn auf den Tisch zu stützen, um auch etwas zu sehen.

„Nein, nichts", sagte Rosa und überflog die zweite Zeitung.
„Warte", sagte Marco. „Schau in die Spalte ‚Kurz vor Redaktionsschluß'. Dort stehen immer die neuesten Nachrichten."
Alle neigten sich über diese Spalte und stießen Marco weiter zur Seite. In diesem Augenblick wäre es Tonino beinahe eingefallen, wo er Marco schon gesehen hatte.
„Da steht es!" sagte Antonio.
Alle richteten sich mit ernsten Gesichtern auf.
„Reserve einberufen. Da steht es deutlich", sagte Rosa. „Oh, Marco!"
„Ich muß jetzt gehen", sagte Marco. „Ich – ich muß es meinem Bruder sagen. Rosa, ich seh dich morgen, wenn ich kann."
Als Tonino in dieser Nacht einschlief, war das Zimmer neben dem seinen voller Leute, die mit gelegentlichen Abschweifungen zu Rosas Brautkleid vom Krieg und dem Engel von Caprona redeten. Tonino hatte mit alldem den Kopf so voll, daß er, als er zur Schule kam, ganz überrascht war, daß die dort nicht darüber redeten. Kein einziger schien zur Kenntnis genommen zu haben, daß ein Krieg drohte. Wohl blickten ein paar Lehrer ernst drein, aber das konnte auch daran liegen, daß ein neues Schuljahr begann.
Deshalb dachte Tonino, die Dinge stünden gar nicht so schlimm, als er an diesem Nachmittag heimkam. Wie gewöhnlich sprang ihm Benvenuto von der Wassertonne auf den Arm.
Da hörte er hinter sich eine Kutsche halten. Benvenuto wand sich eilig aus Toninos Armen. Tonino blickte sich überrascht nach ihm um und sah, wie der Kater sanft und höflich, den Schwanz wohlwollend aufgerichtet, auf einen hochgewachsenen Mann zutrottete, der gerade durch das Tor der Casa kam.
Benvenuto stand da mit wackelnder Schwanzspitze, die Hinterbeine

in den Pelzhosen leicht gespreizt, und starrte würdevoll auf den hochgewachsenen Mann. Tonino dachte verdrießlich, daß Benvenuto, von hinten gesehen, ausgesprochen blöd aussah. Der Mann sah nicht viel anders aus. Er trug einen sehr kostbaren Mantel mit Pelzkragen und eine Reisekappe mit albernen Ohrenklappen. Der Fremde verneigte sich vor Benvenuto.

„Guten Abend, Benvenuto", sagte er und sah dabei so würdevoll drein wie Benvenuto selbst. „Ich freue mich, Sie so wohl zu finden. Ja, ich bin Ihnen außerordentlich dankbar."

Benvenuto ging hin und um den Mann herum und rieb sich an dessen Beinen.

„Nein", sagte der Mann. „Aber ich bitte Sie! Sie verlieren ja Haare!"

Und Benvenuto hörte damit auf, ohne auch nur ein Gramm seiner ungewöhnlichen Höflichkeit aufzugeben.

Inzwischen war Tonino richtig böse geworden. Zum erstenmal seit Jahren benahm Benvenuto sich, als sei irgend jemand wichtiger als Tonino. Er sah den Fremden vorwurfsvoll an und traf auf Augen, die noch dunkler waren als seine eigenen und deren Leuchten das sanfte, dunkle Gesicht des Mannes überstrahlte. Tonino gab es einen Ruck, heftiger als damals, als die Pferde sich in Pappe zurückverwandelt hatten. Und da wußte er, daß er einen mächtigen Zauberer vor sich hatte.

„Wie geht's dir?" fragte der Zauberer. „Nein, trotz deiner vorwurfsvollen Blicke, junger Mann – ich habe Katzen nie verstanden. Oder nicht besser, als jeder andere auch. Bist du bitte so freundlich und übersetzt mir Benvenutos Äußerungen?"

Tonino hörte zu, was Benvenuto sagte. „Er sagt, er freut sich sehr,

Sie wiederzusehen und Sie in der Casa Montana willkommen zu heißen, Signore . . ."
„Vielen Dank, Benvenuto", sagte der Zauberer. „Ich bin auch sehr froh, wieder hier zu sein. Obwohl, aufrichtig gesagt, ich habe selten eine so schwierige Reise hinter mich gebracht. Hast du gewußt, daß eure Grenzen nach Florenz und Pisa gesperrt sind?" fragte er Tonino. „Ich habe das Schiff von Genua nehmen müssen."
„Wirklich?" sagte Tonino. „Und woher sind Sie sonst gekommen?"
„Von England", sagte der Mann.
Tonino begann es warm zu werden. Wenn dieser Mann von England kam, konnte es nicht der Zauberer sein, von dem der Herzog gesprochen hatte. Oder doch? Tonino war nicht sicher, von wie weit her Zauberer zaubern können.
„Warum starrst du mich so an?" fragte der Mann.
„Mutter ist auch aus England."
„Aha", sagte der Zauberer. „Jetzt weiß ich, wer du bist. Antonio junior, nicht wahr? Du warst ein Baby, als ich dich das letzte Mal gesehen habe, Tonino!"
Da einem auf solch eine Bemerkung immer schwer eine Antwort einfällt, war Tonino froh, den Alten Niccolo über den Hof hasten zu sehen. Tante Francesca und Onkel Lorenzo, Antonio und noch ein paar Familienmitglieder rannten hinter ihm drein. Sie stellten sich dicht um den Zauberer herum auf und ließen Tonino und den Kater außerhalb des Kreises.
„Jawohl, ich komme eben von der Casa Petrocchi", hörte Tonino den Fremden sagen. Zu seiner Überraschung nahm das jeder widerspruchslos hin, als hätte dieser Fremde nichts Besseres tun können.
„Sie bleiben doch über Nacht bei uns?" fragte Tante Francesca.

„Wenn ich Ihnen keine Umstände mache!“ antwortete der Fremde. Schon kletterten Tante Maria und Tante Anna in einiger Entfernung die Stufen zur Galerie hinauf, um das Gästezimmer in Ordnung zu bringen. Tante Gina tauchte aus der Küche auf, hob die Hände zum Himmel und stürzte wieder nach drinnen. Nachdenklich hob Tonino Benvenuto auf und fragte ihn, wer dieser Zauberer eigentlich sei.

Chrestomanci natürlich, wurde ihm mitgeteilt. Der mächtigste Zauberer der Welt.

„Ist das der, der unsere Sprüche ruiniert?“ fragte Tonino mißtrauisch.

Chrestomanci, erklärte Benvenuto ungeduldig, ist immer auf unserer Seite.

Tonino betrachtete den Fremden nochmals, oder besser seinen dunklen Kopf, der die kleiner gewachsenen Montanas überragte, und verstand: Chrestomancis Kommen bedeutete, daß es wirklich kritisch war.

„Es macht alles besonders schwierig“, hörte Tonino Chrestomanci sagen, „daß ich zuerst und vor allem Angestellter der Britischen Regierung bin. Und England hält sich aus italienischen Angelegenheiten heraus. Aber glücklicherweise habe ich ein ausführliches Memorandum bei mir.“

Plötzlich kam Tante Gina wieder aus der Küche geschossen. Sie hatte das gewöhnliche Abendessen gestrichen und wollte zu Ehren Chrestomancis ein neues kochen. Sechs Mitglieder der Familie wurden schnell nach Kuchen und Obst geschickt, zwei sollten Salat und Käse holen. Paolo, Corinna und Lucia erwischte sie, als diese schwatzend von der Schule kamen, und schickte sie umgehend zum

Fleischer. Aber in diesem Augenblick stürzte Rinaldo wütend aus dem Scriptorium.
„Wie stellst du dir das vor, alle Kinder wegzuschicken wegen einer solchen Lappalie!“ brüllte er von der Galerie herunter. „Wir stecken bis über die Ohren in Kriegssprüchen! Ich brauche Leute zum Abschreiben!“
Tante Gina stemmte die Hände in die Hüften und keifte zurück: „Und ich brauche ein Steak! Engländer essen immer Steak! Also muß ein Steak her!“
„Dann schlacht ein paar Katzen!“ fauchte Rinaldo. „Ich brauche Corinna und Lucia hier in der Schreibstube.“
„*Ich* brauch sie!“ schrie Tante Gina gellend.
„Heilige Spaghetti!“ sagte Chrestomanci und flüchtete in den Hof. „Was für eine herrlich-typisch italienische Szene! Kann ich irgendwie helfen?“ Er nickte lächelnd erst Tante Gina und dann Rinaldo zu. Beide lächelten zurück.
„Na schön!“ sagte Tante Gina. „Weil es Kriegssprüche sind, können Tonino und Paolo das Steak holen. Aber wartet, ich schreib es euch auf, sonst bringt ihr mir womöglich ein Stück Leder!“
„Es freut mich, daß ich mich nützlich machen darf“, murmelte Chrestomanci und wandte sich ab, um Elizabeth zu begrüßen, die von der Galerie heruntergesaust kam und mit einem Bündel Noten winkte. Sie fiel ihm um den Hals und lachte und weinte in einem. Tonino konnte dem Gießbach der englischen Unterhaltung nicht folgen. „Redlichkeit, Erfolg, Kraft“, hörte er, „Krieg“, und bald darauf das unvermeidliche „Engel von Caprona.“ Tonino starrte noch immer auf die beiden, als Tante Gina ihm ihren Zettel in die Hand drückte und ihm befahl, sich zu beeilen.

Als sie zum Fleischer rannten, sagte Tonino zu Paolo: „Ich hab gar nicht gewußt, daß Mutter so jemanden wie Chrestomanci kennt."
„Ich auch nicht", gestand Paolo. „Vielleicht ist er gekommen, um den Text für den ‚Engel' zu finden", schlug er vor. „Hoffentlich. Ich möchte nicht, daß Rinaldo in den Krieg muß."
„Oder Marco", stimmte Tonino zu. „Oder Carlo. Oder Luigi. Oder vielleicht sogar Domenico."
Tante Ginas Zettel wegen behandelte der Fleischer sie mit ausgesuchter Höflichkeit. „Richtet der Tante aus, das ist das letzte gute Steak, das sie sehen wird, falls es tatsächlich Krieg gibt", sagte er und gab ihnen ein Riesentrumm rosa Steak.
Sie kamen mit ihrem Einkauf in dem Augenblick vor der Casa an, als ein Wagen Onkel Umberto absetzte. Er schnaufte und keuchte. „Stimmt es, Paolo, daß Chrestomanci hier ist?" Onkel Umberto wandte sich an Tonino.
Beide nickten. Das schien einfacher als zu erklären, der vermeintliche Paolo sei Tonino.
„Gut gut", rief Onkel Umberto und sauste in die Casa, wo Chrestomanci eben über den Hof kam. „Der Engel von Caprona", sagte Onkel Umberto ungeduldig zu ihm. „Könnten Sie nicht . . ."
„Mein lieber Umberto!" antwortete Chrestomanci und schüttelte ihm warm die Hand. „Das haben mich schon alle gefragt. Übrigens war es in der Casa Petrocchi genauso. Und ich fürchte, ich weiß auch nicht mehr als ihr. Aber ich werde mich damit befassen, keine Sorge."
„Wenn Sie nur eine Zeile finden oder erfinden könnten, sozusagen als Denkanstoß für uns", flehte Onkel Umberto.
Marco kam durch den Eingang. Er war todmüde. Er blieb stehen und

starrte Chrestomanci an, und Rosa lief auf ihn zu. Marco schwankte, legte die Arme um Rosa und fuhr fort, Chrestomanci anzustarren. Tonino hielt den Atem an. Rinaldo hatte recht. Da war etwas mit Marco. Chrestomanci wußte das, und Marco wußte, daß er es wußte.

Chrestomanci öffnete den Mund, aber er schloß ihn wieder und spitzte die Lippen zu einer Art Pfiff. Marco sah ihn unsicher an.

„Oh", sagte Onkel Umberto. „Darf ich vorstellen..." Er schwieg und dachte nach. An Rosa konnte er sich ihres blonden Haares wegen erinnern, aber Marco konnte er nirgends unterbringen. „Corinnas Verlobter", riet er.

„Ich bin Rosa", sagte Rosa. „Das ist Marco Andretti."

„Wie geht es Ihnen?" sagte Chrestomanci höflich. Marco schien erleichtert aufzuatmen. Chrestomancis Augen wandten sich Paolo und Tonino zu, die dastanden und ihn anglotzten.

„Lieber Himmel", sagte er. „Ihr scheint hier ein aufregendes Leben zu führen. Wen habt denn ihr umgebracht, ihr zwei?"

Paolo und Tonino blickten verwirrt auf das Steak. Zwei oder drei Katzen erschienen mit eindeutigen Absichten.

Tante Gina tauchte an der Küchentür auf. *„Wo ist mein Steak?"*

Paolo und Tonino stürzten auf sie zu. „Was ist denn eigentlich passiert?" keuchte Paolo.

„Keine Ahnung", sagte Tonino, weil er es wirklich nicht wußte und weil er Marco gern hatte.

Die blutige Tropfspur des Steaks lockte alle Katzen der Casa herbei. Sie liefen einem allabendlich in der Küche zwischen den Füßen herum und miauten mitleiderregend. Benvenuto war auch da, wenn auch in vorsichtiger Entfernung von Tante Gina, und er

nützte die Gelegenheit gut. Tante Gina stürzte wieder einmal in den Hof und trompetete:
„Tonino! Toniiiiiiino!"
Tonino legte sein Buch weg und lief hinaus. „Ja, Tante Gina?"
„Dein Katzenvieh hat ein ganzes Trumm Steak gestohlen", trompetete Tante Gina und schwang einen Arm dramatisch gegen den Himmel.
Tonino sah sich um, und da saß Benvenuto geduckt auf dem Ziegeldach und hielt in einer Pfote ein großes Stück Fleisch.
„Lieber Himmel", sagte Tonino. „Ich glaub nicht, daß er es uns zurückgibt, Tante Gina!
„Ich will es auch gar nicht zurück. Jetzt nicht mehr!" kreischte die Tante. „Du kannst ihm von mir ausrichten, daß ich ihm den Hals umdrehe, wenn er mir noch einmal in die Nähe kommt!"
„Armes Kind, du scheinst wirklich der allgemeine Mittelpunkt zu sein", bemerkte Chrestomanci, der neben Tonino auftauchte. „Bist du immer so gefragt?"
„Ich krieg einen Nervenzusammenbruch!" erklärte Tante Gina. „Dann gibt es kein Nachtmahl!" Elizabeth, Tante Maria und die Cousinen führten sie sanft ins Haus.
„Gott sei Dank", sagte Chrestomanci. „Ich weiß nicht, ob ich einen Nervenzusammenbruch und Verhungern auf einmal ausgehalten hätte. Woher hast du gewußt, daß ich ein Zauberer bin, Tonino? Von Benvenuto?"
„Nein. Ich hab es in dem Augenblick gewußt, wie ich Sie gesehen habe", sagte Tonino.
„Aha", sagte Chrestomanci. „Das ist interessant. Die meisten Leute können das nicht erkennen. Es wundert mich, daß der Alte Niccolo

behauptet, die Kraft verließe das Haus Montana. Würdest du auch jeden anderen Zauberer erkennen, wenn du ihn siehst?"

„Natürlich", sagte Tonino erstaunt. „Man erkennt es an den Augen. Sie meinen, ich würde den Zauberer erkennen, der unsere Zaubersprüche ruiniert?"

„Genau das meine ich", sagte Chrestomanci. „Ich glaube allmählich, daß es da einen gibt. Ich bin wenigstens sicher, daß die Sprüche an der Alten Brücke vorsätzlich entkräftet worden sind."

Das nächste Mal sah Tonino Chrestomanci beim Abendessen wieder. Das Essen war herrlich. Trotz Benvenuto und der Nervenzusammenbrüche.

„Mein lieber Niccolo", sagte Chrestomanci, „meine Mission betrifft den Mißbrauch der Magie. Es geht mir nicht um das Gleichgewicht der Kräfte in Italien. Hätte man mich beauftragt, einen Krieg zu verhindern, nähmen die Sorgen kein Ende."

Der Alte Niccolo sah schon wieder drein wie ein Baby, bevor es losplärrt. Tante Francesca sagte: „Wir wollen keine persönlichen . . ."

„Aber meine Liebe", sagte Chrestomanci, „sehen Sie denn nicht, daß ich so etwas nur tun kann, wenn ich es als persönliche Angelegenheit betrachte? Bitte ersucht mich rein privat. Was ich meinen Freunden schuldig bin, steht nicht unbedingt im Widerspruch zu meiner Mission." Er lächelte alle um den großen Tisch Versammelten gütig an. Marco schien er nicht auszuschließen. „So", sagte er dann. „Ich halte es im Augenblick für das Beste, nach Rom zu gehen. Dort kenne ich Kreise, wo ich unparteiische Informationen bekommen kann. Sie werden es mir ermöglichen, diesen Zauberer zu bannen. Momentan ist alles, was wir wissen: daß es ihn gibt. Wenn ich Glück habe, krieg ich heraus, ob Florenz oder Siena oder Pisa es sind, die ihn bezahlen. In diesem Fall kann man beim Europäischen Gerichtshof beantragen, daß dieser Zauberer und sie ausgeschlossen werden. Und falls ich, während ich dort bin, Rom oder Neapel dazu bringen kann, sich für Caprona einzusetzen, seid sicher, daß ich es tun werde."

„Danke. Ich danke Ihnen", sagte der Alte Niccolo.

Für den Rest des Abends unterhielten sie sich darüber, wie Chrestomanci am günstigsten nach Rom gelangen konnte. Er würde den Seeweg nehmen müssen. Es schien, daß das letzte Stück der Grenze zwischen Caprona und Siena nun geschlossen war.

Chrestomanci reiste am nächsten Morgen ab, bevor die Kinder zur Schule gingen. An diesem Tag wurde in der Schule viel vom Krieg geredet. Zwei Lehrer waren schon zur Reserve einberufen. Gerüchte liefen durch die Klassen. Jemand erzählte Tonino, daß der Krieg am nächsten Sonntag erklärt werden würde, damit man ihn einen Heiligen Krieg nennen könnte. Jemand anderer teilte Paolo mit, daß alle Reservisten mit zwei linken Schuhen ausgestattet worden seien, um sie kampfunfähig zu machen. Natürlich entsprach das alles nicht der Wahrheit. Man erzählte es auch nur, damit jeder wußte, daß Krieg kommen würde.

Die Jungen rannten heim, hungrig nach wirklichen Nachrichten.

„Tonino!" rief Elizabeth von der Galerie. „Irgendwer hat dir ein Paket geschickt!"

Tonino hatte noch nie ein Paket gekriegt. Aber bevor er ihm noch nahekommen konnte, erwischten ihn Tante Maria, Rosa und Onkel Lorenzo. Sie versuchten, aller Kinder habhaft zu werden, die schreiben konnten, und brachten sie eilends ins Eßzimmer, das als zweites

Scriptorium eingerichtet worden war. An jedem Pult befanden sich eine Spezialfeder, ein Fäßchen roter Kriegstinte und ein Haufen Papierstreifen. Dort mußten die Kinder schuften und immer wieder denselben Kriegszauberspruch abschreiben. Tonino war noch nie in seinem Leben so ungeduldig gewesen. Er wußte noch nicht einmal, wie sein Paket aussah. Er war nicht der einzige, der sich ausgenutzt fühlte. „Es ist ein neuer Zauberspruch für die Armee", erklärte Onkel Lorenzo. „Er ist sehr dringend."

„Lauter neue Wörter!" knurrte Paolo.

„Dein Vater hat sie letzte Nacht zustande gebracht", sagte Tante Maria. „Schreib schon endlich, wir werden dann die Fehler korrigieren!"

Als sie endlich mit steifem Genick und rotfleckigen Fingern in den Hof gelassen wurden, entdeckte Tonino, daß er vor dem Abendessen gerade noch Zeit haben würde, sein Paket auszupacken.

„Das ist noch ärger als die Schinderei an der Alten Brücke", sagte Lucia. „Was hast du da, Tonino? Wer hat dir das geschickt?"

Das Paket trug den Stempel und das Wappen der Universität von Caprona. Das waren die einzigen Anhaltspunkte, die erraten ließen, daß Onkel Umberto es geschickt hatte. Denn es lag kein Brief bei, nicht einmal ein Kärtchen. Da war nur ein leuchtend neues Buch. Tonino strahlte. Onkel Umberto wußte wenigstens so viel von ihm, daß er gern las. Tonino blätterte das Buch liebevoll durch. Es hieß „Der Junge, der sein Land rettete". Der Deckel war aus dem gleichen roten Leder wie die großen Bände mit den Kriegszaubersprüchen. Paolo, Lucia und Corinna beugten sich über Tonino, während er das Buch durchblätterte. Es gab auch Bilder. Tonino war entzückt. Soldaten ritten auf Pferden, Soldaten lenkten Fahrzeuge. Ein Junge hing an einem Seil und kletterte die finstere Mauer einer Burg hinauf. Und, was am aufregendsten war: Ein Junge stand mit einer Fahne auf einem Felsen einer ganzen Truppe wildblickender Dragoner gegenüber. Erwartungsvoll schlug Tonino Kapitel eins auf: Wie Giorgio eine feindliche Verschwörung entdeckte.

„Eeeeeeessen!“ heulte Tante Gina vom Hof her. „Ich werde noch verrückt! Keiner hört mich!“ Tonino war gezwungen, das schöne Buch wieder zu schließen und ins Eßzimmer hinunterzurennen. Er beobachtete Tante Gina ängstlich, während sie die Spaghetti austeilte. Sie sah so hektisch aus, daß er überzeugt war, Benvenuto mußte wieder in der Küche an der Arbeit gewesen sein.

„Das Essen ist in Ordnung“, sagte Rosa. „Es ist nur, die Tante hat gedacht, sie hätte eine Zeile vom ‚Engel von Caprona‘ gefunden. Da ist der Topf übergekocht, und sie hat die Zeile wieder vergessen.“

Tante Gina war den Tränen nahe. „Ich hab einfach zuviel zu tun, mein Hirn ist wie ein Sieb!“ sagte sie immerfort. „Jetzt habe ich euch alle im Stich gelassen!“

„Aber natürlich hast du das nicht, Gina, meine Liebe“, tröstete sie der Alte Niccolo. „Über so was mußt du dich nicht aufregen. Die Zeile fällt dir schon wieder ein.“

Alle versuchten sie zu trösten. Sie streuten geriebenen Käse über die Spaghetti und verspeisten sie besonders genüßlich, um Tante Gina zu zeigen, wie sehr sie ihre Kochkunst schätzten.

Tonino war froh, daß Benvenuto diesmal nichts damit zu tun hatte. Er sah sich nach dem Kater um. Benvenuto pflegte sich einen guten Platz nahe dem Serviertisch auszusuchen, wo er nach Abfällen angeln konnte. Aber an diesem Abend war er nirgends zu sehen. Marco übrigens auch nicht.

„Wo ist Marco?" erkundigte Paolo sich bei Rosa.
Rosa lächelte. Sie schien nicht beunruhigt darüber zu sein, daß Marco nicht da war. „Er muß seinem Bruder helfen", sagte sie. „Bei den Befestigungsbauten."
Tonino hatte nur eins im Sinn: das wundervolle neue Buch „Der Junge, der sein Land rettete". Er schlürfte den Titel ein, als wäre es Gemüsesuppe. Hatte Onkel Umberto ihm damit sagen wollen: Finde den Text für den ‚Engel von Caprona' und rette damit dein Land, Tonino? Es wäre die wundervollste Sache der Welt, wenn er, Tonino Montana, die Worte finden und sein Land retten könnte. Er konnte es kaum erwarten zu lesen, wie der Junge im Buch das fertiggebracht hatte.
Sobald das Abendessen zu Ende war, sprang Tonino auf und wollte wegstürzen und anfangen zu lesen. Und wieder wurde er daran gehindert. Diesmal wurde den Kindern befohlen, das Geschirr zu waschen.
„Das ist nicht fair!" sagte Corinna heftig. „Wir schuften den ganzen Nachmittag mit den Sprüchen herum, und jetzt sollen wir auch noch den ganzen Abend beim Geschirrwaschen schuften! Ich weiß jetzt schon, daß ein Krieg kommt, aber ich muß trotzdem für meine Prüfungen lernen. Ich komm nie dazu, meine Hausaufgaben zu machen!"
Ganz unerwartet zeigte Lucia für Corinna Verständnis. „Ich glaube, du bist schon zu alt, du gehörst nicht mehr zu den Kindern", sagte sie. „Geh nur und mach deine Aufgaben, ich werde die Arbeit schon organisieren."
Corinna sah sie unsicher an. „Und deine Hausaufgaben?"
„Wir haben nicht viel auf. Außerdem will ich nicht zur Universität

wie du“, sagte Lucia freundlich. „Geh schon endlich!“ Und sie stupste Corinna aus dem Eßzimmer.
Sobald die Tür wieder geschlossen war, wandte sie sich energisch an die anderen Kinder. „Los, steht nicht herum! Jeder nimmt einen Stoß Teller und trägt ihn in die Küche! Schnell! Marsch, Tonino! Rührt euch, Lena und Bernardo! Paolo, du trägst die großen Schüsseln!“
Tonino hatte überhaupt keine Chance zu entwischen. Er schleppte Geschirr in die Küche wie alle anderen. Zu seiner Überraschung befahl Lucia dort, die Teller und alles andere auf den Boden zu stellen. Dann mußten sich alle mit dem Gesicht zu dem schmutzigen Geschirr in einer Reihe aufstellen.
Lucia war mit sich äußerst zufrieden. „Also, das hab ich schon immer ausprobieren wollen“, sagte sie. „Das ist eine Geschirrwaschen-Leichtgemacht-Lucia-Montana-Patent-Methode. Ich sag euch den Text. Nach der Melodie des ‚Engels von Caprona‘. Und ihr müßt mir alle nachsingen, was ich euch vorsinge. Der Zauberspruch geht so ...“
Gleich darauf sangen sie alle tapfer:

„Engel, wasch unsre Teller und Messer,
Salatschüsseln waschen kannst du sicher besser,
Wasch alle Pfannen, rund oder eckig,
O Engel, und laß keine Gabel uns dreckig!“

Zuerst geschah nichts. Dann entdeckten sie, daß das orangefarbene, verschmierte Fett langsam, aber sicher von den Tellern verschwand. Danach fingen die letzten zwei Spaghetti, die noch am Boden des größten Topfs klebten, an, sich hochzuwinden. Wie zwei Würmer schlängelten sie sich über den Topfrand und auf den Steinfußboden, um in den Mülleimer zu kriechen. Die Fettreste und das Salatöl zogen ihnen in Rinnsalen nach. Der Gesang schwankte ein wenig, weil ein paar Kinder so darüber lachen mußten.

„Singt! Singt!" rief Lucia. So sangen sie weiter.

Zu Lucias Pech drang der Lärm bis ins Scriptorium. Die Teller waren immer noch leicht rosig-gelb und ziemlich verschmiert, als Elizabeth und Tante Maria in die Küche stürzten. „Lucia!" sagte Elizabeth.

„Ihr gottlosen Fratzen!" schrie Tante Maria.

„Was machen wir denn falsch?" fragte Lucia.

„Was ihr falsch macht? Hast du das gehört, Elizabeth? Mir fehlen die Worte! Ein Zauberspruch ist nicht für etwas da, das man selber machen kann! Er ist nur dazu da, einem zu helfen! Das ist doch die Höhe: Geht sie hin und verwendet den ‚Engel von Caprona', als ob der irgendein blöder Schlager wäre und nicht die mächtigste Zaubermelodie in ganz Italien! Ich – am liebsten würd ich dir eine runterhauen, Lucia!"

„Verstehst du denn nicht?" sagte Elizabeth. „Wir brauchen all unsere Kraft – die gesamte Kraft und Stärke der Casa Montana – für die Kriegssprüche. Und du verschwendest Zauberkraft fürs Geschirrwaschen!"

Sehr gedämpft gehorchten alle.

Die ganze Zeit – das ordentliche Geschirrwaschen dauerte fast eine Stunde – sagte sich Tonino: Und nachher kann ich endlich mein Buch lesen. Als die Arbeit schließlich getan war, lief er in den Hof. Und dort kam der Alte Niccolo die Treppe heruntergestürzt, der ihn in der Dunkelheit suchte.

„Tonino, darf ich bitte eine Weile Benvenuto haben? Bitte!"

Aber Benvenuto war noch immer nirgends zu finden. Tonino glaubte, er würde an Nicht-sein-Buch-lesen-können-Entzugserscheinungen zugrunde gehen. Alle Kinder beteiligten sich an der Katerjagd und schrien nach Benvenuto, aber er war einfach nicht da.

Sechstes Kapitel

Tonino las die halbe Nacht durch. Da alle Erwachsenen bei ihrer Arbeit im Scriptorium waren, gab es niemanden, der ihn schlafen geschickt hätte. Corinna versuchte es, als sie mit ihren Hausaufgaben fertig war, aber Tonino war so in sein Buch vertieft, daß er es nicht einmal hörte. Und Corinna respektierte das. Sie ging und dachte, wenn das Buch von Onkel Umberto kam, war es höchstwahrscheinlich gelehrt.

Es war überhaupt nicht gelehrt, sondern die fesselndste Geschichte, die Tonino jemals gelesen hatte. Es begann mit Giorgio, dem Jungen, der auf dem Heimweg von der Schule auf einen geheimnisvollen, baumbestandenen Weg nahe der Docks geriet. Am Ende der Allee stand ein blaues Haus, von dem schon die Farbe abblätterte. Und gerade, als Giorgio bei dem Haus war, flatterte ein Papierstreifen aus einem der Fenster. Er enthielt eine geheimnisvolle Botschaft, die Giorgio plötzlich in eine Reihe von Abenteuern, beziehungsweise Kämpfen mit den Feinden seines Landes stürzte. Ein Kapitel war aufregender als das andere.

Weit über Mitternacht, als Giorgio eben ganz allein einen Engpaß gegen den Feind verteidigte, hörte Tonino Vater und Mutter schlafen gehen. So war er gezwungen, Giorgio verwundet liegenzulassen und selbst ins Bett zu kriechen. Die ganze Nacht träumte er von Zettelbotschaften, die aus Fenstern abblätternder blauer Häuser flatterten.

Und von Giorgio, der manchmal Tonino war und manchmal Paolo. Und er träumte von furchterregenden Gegnern, die meisten hatten rote Bärte und schwarzes Haar wie Guido Petrocchi. Vor Aufregung erwachte Tonino schon vor Sonnenaufgang und las weiter.

Als die übrige Casa Montana sich regte, hatte Tonino das Buch ausgelesen. Giorgio hatte sein Land gerettet.

Wie schön war es, dachte er, während er dann frühstückte, daß Giorgio sein Land gerettet hatte, ganz allein, ohne daß ihm ein Zauberspruch dazwischengekommen wäre. Tonino hätte Caprona gern auf solche Weise gerettet.

Alle andern, die beim Frühstück saßen, murrten und schimpften, und Lucia war beleidigt. Der Geschirrwaschen-Leichtgemacht-Zauberspruch hing noch immer über der Küche. Jede Tasse und jeder Teller war mit einer dünnen Schicht fetter, orangeroter Spaghettisoße bedeckt, und die Butter schmeckte nach Seife.

„Was hat sie denn da zusammengestümpert um Himmels willen!" knurrte Onkel Lorenzo. „Das ist doch kein Kaffee! Das ist Tomatensaft!"

„Eine eigene Textversion zum ‚Engel von Caprona'", sagte Tante Maria und schauderte, als sie ihre fettige Tasse anfaßte.

„Lucia, du spinnst", sagte Rinaldo. „Das ist doch die stärkste Melodie, die es gibt!"

„Hört endlich einmal auf damit! Es tut mir ja leid!" sagte Lucia zornig.

Wenn ich nur sein könnte wie Giorgio, dachte Tonino. Ich muß den Text zum Engel finden. Er ging zur Schule, ohne auf den Weg zu achten. Er dachte nur daran, wie er fertigbringen sollte, was die ganze übrige Familie nicht gekonnt hatte. Er wußte sehr gut, daß er einfach noch nicht genügend Erfahrung im Sprüchezaubern hatte, um den Text auf dem gewöhnlichen Weg zu suchen. Tonino seufzte tief.

„Sei nicht traurig", sagte Paolo, als sie das Schulhaus betraten.

„Mir geht's doch gut", erklärte Tonino. Er war überhaupt nicht traurig. Er war in begeisternde Träume geradezu eingewickelt. Vielleicht gelingt es mir ganz zufällig, dachte er.

Tonino saß in der Klasse und brachte zu der Melodie des Engels nichts als dummes Gestammel zustande und hoffte dabei, irgend etwas daran würde vielleicht doch stimmen. Aber das genügte ihm nicht. Dann kam eine Stunde – vielleicht war es die Geschichtsstunde, er konnte es später nicht sagen, denn er hatte nicht zugehört –, da überfiel es ihn wie ein blendendes Licht, was er zu tun hatte: Er mußte die Worte natürlich *finden.* Der erste Herzog mußte sie irgendwo niedergeschrieben und die Niederschrift verloren haben. Und er, Tonino, war der Junge, dessen Mission es war, das verlorene Stück Papier wiederzufinden. Unsinn war es, selber den Text verfassen zu wollen. Es war nur einfach saubere Detektivarbeit nötig. Und Tonino wußte genau, daß das Buch der Schlüssel dazu war. Er mußte ein blaues Haus finden, von dem die Farbe abblätterte, und der beschriebene Papierstreifen würde irgendwo in der Nähe sein.

Nach der Schule mied Tonino Paolo und seine Cousins und Cousinen. Sobald er sie sicher auf dem Weg zur Casa Montana wußte, setzte er sich in entgegengesetzter Richtung in Bewegung und lief zu den Docks und Kais bei der Neuen Brücke.

Eine Stunde später sagte Rosa zu Paolo: „Was ist mit Benvenuto los? Schau ihn dir doch an!"

Paolo, der neben ihr stand, beugte sich über das Galeriegeländer. Benvenuto sah überraschend armselig und mitleiderregend aus und rannte wild miauend im Hof auf und ab. Und als wäre er viel zu durcheinander, um zu wissen, was er tat, setzte der Kater sich immer wieder hin, ließ ein Hinterbein vorschnellen und leckte es wie verrückt. Dann sprang er wieder auf und rannte hin und her.
Paolo hatte Benvenuto noch nie so gesehen und rief: „Benvenuto! Was ist denn los!"
Benvenuto riß sich herum, preßte sich plötzlich dicht an den Boden und starrte Paolo drängend an. Seine Augen waren wie zwei gelbe Signalfeuer. Er gab eine Reihe so durchdringender und fordernder Miauer von sich, daß Paolo sich der Magen umkehrte.
„Was ist denn los, Benvenuto?" rief Rosa.
Benvenutos Schwanz schlug vor Erbitterung. Er machte einen ungeheuren Satz und verschwand irgendwohin außer Sicht. Rosa und Paolo hingen mit dem Bauch über dem Geländer und reckten den Hals nach ihm. Benvenuto stand nun mit peitschendem Schweif auf der Wassertonne. Sobald er wußte, daß sie ihn sahen, starrte er sie wieder unverwandt an und trommelte mit seinem Schwanz ein erschreckendes Geräusch.
Bum bum bum bum bum bum!
Paolo und Rosa rannten zur Stiege und klapperten hinunter. Benvenutos Gejaule hatte schon alle anderen Katzen der Casa angelockt. Sie kamen über den Hof gerannt und stürzten von den Dächern, ehe Paolo und Rosa auf dem halben Weg hinunter waren. Sie mußten sich den Weg zum Wasserbottich vorsichtig zwischen glatten, pelzigen Katzenleibern und ängstlichen grünen oder gelben Augen bahnen.

„Miao!“ sagte Benvenuto energisch, als sie endlich bei ihm ankamen.
Er sah magerer und mitgenommener aus, als Paolo ihn je gesehen hatte. In seinem linken Ohr war ein neuer Riß, und sein Pelz war zerfetzt. „Miao-ao!“ tönte es wieder aus seinem weitgeöffneten rosa Maul.
„Irgend etwas stimmt da nicht!“ meinte Paolo beunruhigt. „Er will uns etwas sagen!“ Er wünschte, er hätte seinen Vorsatz, die Katzensprache zu lernen, ausgeführt. Aber Tonino sprach sie ohnehin perfekt. Wozu hätte Paolo sich die Mühe machen sollen? Und nun brachte Benvenuto eine wichtige Botschaft – vielleicht ein Wort von Chrestomanci – und Paolo konnte nicht katzisch. „Holen wir lieber Tonino“, sagte er.
„Miao-ao!“ sagte Benvenuto mit erschreckender Kraft und Ausdruck. Die rosa Mäulchen aller anderen Katzen öffneten sich gleichfalls zu einem „MIAO-AO!“ Es klang ohrenzerreißend. Paolo sah sich hilflos um.
Rosa war es, die plötzlich begriff, was die Tiere meinten: „Tonino!“ rief sie. „Sie sagen Tonino! Paolo, wo ist Tonino?“
Paolo gab es einen Ruck. Er wußte plötzlich, daß er Tonino seit der Schule nicht mehr gesehen hatte. Und sobald er sich darüber klar war, erfaßte es auch Rosa. Und, das gehörte zur Natur der Casa Montana, es wurde im gleichen Augenblick überall Alarm gegeben. Benvenuto ließ seinen Schwanz durch die Luft wischen, sprang auf die Stufen zur Galerie und hetzte, von andern Katzen gefolgt, die Treppe hinauf. Paolo und Rosa rannten inmitten all der springenden schwarzen und weißen Katzenleiber gleichfalls nach oben. Alle strebten sie zu Toninos Zimmer. Familienmitglieder ergossen sich

aus dem Scriptorium, Elizabeth raste rund um die Galerie, und Tante Maria und Tante Gina kamen die Küchentreppe heraufgeklettert, schneller als je eine von ihnen in ihrem Leben geklettert war. Die Casa dröhnte von all den laufenden Füßen.
Die ganze Familie drängte und quetschte sich hinter Rosa und Paolo in den Raum, wo Tonino gewöhnlich saß und las. Aber da war kein Tonino, da war nur das rote Buch auf dem Fensterbrett. Es glänzte nicht mehr neu. Die Seiten waren an den Rändern aufgequollen und klebten zusammen, und der rote Einband krümmte sich aufwärts, als wäre das Buch naß geworden.
Benvenuto landete, das zerrissene Fell gesträubt und den Schwanz wie einen Fuchsschwanz aufgeplustert, auf dem Fensterbrett neben dem Buch. Tollkühn streckte er die Nase vor. Doch kaum hatte er an dem Buch geschnuppert, machte er einen Satz zurück, schüttelte den Kopf, duckte sich und knurrte wie ein Hund.
Rauch drang aus dem Buch und quoll hoch. Die Leute begannen zu husten, und die Katzen niesten. Das Buch auf dem Fensterbrett krümmte und bog sich inmitten der Rauchwolken, als stünde es in Flammen.
Der Alte Niccolo stieß seine Familie rechts und links beiseite, um an das Buch heranzukommen. Dann stand er darüber gebeugt und sang mit einer starken Tenorstimme, die fast so gut war wie die von Marco, drei seltsame Worte. Er sang sie zweimal, dann mußte er aufhören und husten. „Singt!" krächzte er, und Tränen liefen ihm übers Gesicht. „Singt alle! Ihr müßt alle singen!"
Sie mußten ihren Gesang zehnmal wiederholen, bis sie den Zerfall des Buches endlich aufhalten konnten. Und dann war es schon ein verschrumpeltes Dreieck, halb so groß wie früher. Vorsichtig beugte

Antonio sich vor und öffnete das Fenster, um den letzten Rauch hinauszulassen.
„Was war das?“ fragte der Alte Niccolo. „Hat jemand versucht, uns alle zu ersticken?“
„Ich habe gedacht, das Buch käme von Umberto“, sagte Elizabeth zögernd.
Der Alte Niccolo schüttelte den Kopf. „So etwas wie dieses Buch kommt niemals von Umberto. Und ich glaube auch nicht, daß es als Umbringsel gemeint war. Sehen wir nach, was für eine Art Zauber daran ist.“
Auf fast jeder Buchseite war die Schrift weggeschmolzen, und eine glitschige, ledrige Oberfläche war zurückgeblieben, die nichts von Papier an sich hatte, aber sie trug ein Zeichen oder so etwas in der Mitte. Der Alte Niccolo betrachtete jedes einzelne Zeichen genau und knurrte.
Niemand sagte ein Wort. „Ich kenne die Substanz nicht, aus der dieses Ding gemacht ist“, erklärte der Alte Niccolo. „Aber einen Rufzauber erkenn ich auf den ersten Blick. Tonino muß wie hypnotisiert gewesen sein, wenn er das alles gelesen hat.“
„Er war wirklich ein bißchen komisch beim Frühstück“, murmelte Paolo.
„Ich bin sicher, daß er seltsam war“, sagte sein Großvater. Er blickte nachdenklich auf den geschrumpelten Block des Buches und dann in die Gesichter der versammelten Familie rundum. „Also“, sagte er sanft. „Und wer würde einen starken Rufzauber auf Tonino Montana ansetzen? Wer würde gemein genug sein, ein Kind zu entführen? Wer würde ...“ Er wandte sich plötzlich an Benvenuto, der zitternd am Boden kauerte, und Benvenuto duckte sich noch mehr,

die Ohren flach an den Kopf gelegt. „Wo warst du letzte Nacht, Benvenuto?“ fragte der Alte Niccolo noch sanfter.
Niemand verstand, was Benvenuto antwortete, aber jeder kannte die Antwort. Sie war in Antonios und Elizabeths gequälten Gesichtern zu lesen, in der Art, wie Rinaldo das Kinn vorschob, in Tante Francescas zusammengekniffenen Augen stand sie und in dem Blick, den Tante Maria Onkel Lorenzo zuwarf. Aber was geschehen war, erkannte man vor allem an der Art, wie Benvenuto sich seitlich niederwarf, den Rücken dem Zimmer zugewandt: Es war der Anblick einer Katze in höchster Verzweiflung.
Der Alte Niccolo hob den Blick. „Ist es nicht abscheulich“, sagte er mild. „Benvenuto hat die letzte Nacht damit verbracht, einer weißen Kätzin nachzurennen – und zwar über die Dächer der Casa Petrocchi.“ Er legte eine kleine Pause ein, damit diese Worte sich allen tief einprägen konnten. „Und so war Benvenuto, der einen bösen Zauber auf den ersten Blick erkennt, nicht da, um Tonino zu warnen.“
„Aber warum das alles?“ fragte Elizabeth verzweifelt.
„Ich kann daraus nur schließen, meine Liebe, daß die Petrocchis gekauft sind. Von Florenz, Siena oder Pisa.“
Wieder folgte tiefe, bedeutungsvolle Stille. Antonio war es, der sie brach. „Also“, sagte er mit gedämpftem Grimm. „Also, gehn wir?“
„Selbstverständlich“, sagte der Alte Niccolo. „Domenico, hol mir das kleine Zauberspruchbuch.“
Alle verließen den Raum, und das geschah so plötzlich und entschlossen, daß Paolo, der als letzter zurückblieb, sich fragte, was jetzt wieder los war. Unsicher wandte er sich zur Tür und

bemerkte Rosa. Sie saß auf Toninos Bett und preßte eine Hand gegen ihren Kopf.
„Paolo", sagte sie. „Geh zu Claudia und sag ihr, ich paß auf ihr Kleines auf, wenn sie mitgehen will. Ich paß auf alle Kleinen auf."
Sie sah so fremd aus, daß Paolo sich plötzlich fürchtete. Er war froh, auf die Galerie hinauszukommen. Die Familie versammelte sich schweigend und grimmig-finster im Hof. Paolo rannte hinunter und überbrachte seine Botschaft. Sich sträubende Kleinkinder wurden die Treppe zu Rosa hinaufgeschoben, aber Paolo half dabei nicht mit. Er entdeckte Elizabeth und Lucia und blieb bei ihnen. Elizabeth legte einen Arm um ihn und einen um Lucia.
Eine Minute später stellte der Alte Niccolo sich an die Spitze der versammelten Familie, und sie marschierte zum Tor, als eine Kutsche die Straße heraufgefahren kam. Onkel Umberto kletterte heraus. Er ging auf den Alten Niccolo zu und benahm sich ebenso grimmig-ruhig wie die anderen.
„Wer ist gekidnappt worden? Bernardo? Domenico?"
„Tonino!" antwortete der Alte Niccolo. „Und ein Buch mit dem Universitätswappen auf dem Einband ist aufgetaucht."
„Luigi Petrocchi ist auch Universitätsmitglied", antwortete Onkel Umberto. „Ich komme mit zur Casa Petrocchi!" Mit einer Handbewegung gab er dem Kutscher zu verstehen, er brauche ihn nicht mehr. Der Mann war nur zu bereit, zu verschwinden. Er riß seine Pferde so heftig herum, daß sie beinahe stürzten. Der Anblick der ganzen Familie Montana, die finster blickend auf die Straße hinausströmte, war ihm zu schrecklich.
Das gefiel Paolo. Immer wieder blickte er stolzgeschwellt zurück und nach vorn, als sie die Via Magica dahinzogen: Sie waren so viele!

Und sie waren ehrliche Leute. Alle hatten den gleichen ernsten, gespannten Gesichtsausdruck. Und obwohl die Kinder tollten und die jungen Männer weit ausschritten, obwohl die Damen in eleganten Schuhen über die Pflastersteine klapperten und der Alte Niccolo in kurzen, schusseligen Schritten dahinzeppelte und Antonio, weil er es nicht erwarten konnte, den Petrocchis entgegenzutreten, mit langen, ausgreifenden Schritten dahinstürzte, gab doch das gemeinsame Ziel der ganzen Familie einen gemeinsamen Rhythmus.
Der Haufen drängte sich die Via Sanct'Angelo hinunter und strömte, die Kathedrale im Hintergrund, um die Ecke in den Corso. Leute, die eben einkaufen waren, machten den Montanas hastig Platz. Der Alte Niccolo war jedoch viel zu zornig, um wie ein gewöhnlicher Fußgänger den Gehsteig zu benutzen. Er führte die Familie mitten auf die Straße, und dort marschierten sie nun wie eine rachedurstige Armee und zwangen Autos und Kutschen an den Randstein.
Hinter dem Erzbischöflichen Palast macht der Corso eine leichte Biegung. Dann läuft er wieder geradeaus, an den Geschäften vorüber, an den Säulen der Kunstgalerie auf der einen und den vergoldeten Riesentoren des Arsenals auf der anderen Seite. Sie schwenkten in die Kurve. Und da kam ihnen aus der Gegenrichtung ein ähnlicher Haufen entgegen, der gleichfalls mitten auf der Straße marschierte.
„Das ist die Höhe!" sagte Onkel Umberto.
„Genau!" sagte der Alte Niccolo zornsprühend.
Die beiden Familien näherten sich einander. Äußerste Stille war eingetreten. Man hörte nur das Geklapper der Tritte. Alle anderen Bürger der Stadt beeilten sich, von der Straße zu verschwinden, sobald sie das ganze Haus Montana und das ganze Haus Petrocchi aufeinander zugehen sahen. Leute klopften an die Türen ihnen

gänzlich Fremder und wurden ohne Frage eingelassen. Der Direktor von Grossi, dem größten Geschäftshaus Capronas, öffnete weit seine Tafelglastüren und schickte seine Ladengehilfen aus, um jeden hereinzuholen, der in der Nähe war. Dann schloß er die Türen und ließ ein Stahlrohrgitter davor nieder. Zwischen den Eisenstäben starrten bleiche Gesichter nach draußen auf die daherkommenden Zaubersprucherzeuger. Eine Truppe eben erst einberufener Reservisten fand sich entsetzt zwischen den beiden Zaubererfamilien gefangen. Sie brachen aus und rannten wie ein Mann und suchten wie wahnsinnig Schutz im Arsenal. Die goldenen Riesentore schlugen hinter ihnen zu in dem Augenblick, als der Alte Niccolo anhielt, Nase an Nase mit Guido Petrocchi.

„Also?" sagte der Alte Niccolo mit glühenden Augen.

„Also?" gab Guido zurück, und sein roter Bart schnellte förmlich nach vorn.

„Hat euch", fragte der Alte Niccolo, „Florenz oder Pisa dafür bezahlt, meinen Enkel Tonino zu kidnappen?"

Guido Petrocci stieß einen verächtlichen Bellaut aus. „Hat euch", sagte er, „Pisa oder Siena dafür bezahlt, meine Tochter Angelica zu kidnappen?"

„Glaubst du vielleicht", sprach der Alte Niccolo, „eine solche Behauptung deinerseits kann verschleiern, daß du Kinder entführst?!"

„Soll das vielleicht heißen", fragte Guido, „daß ich lüge?"

„Jawohl!" brüllte das Haus Montana. „Lügner!"

„Selber Lügner!" heulte die Casa Petrocchi. Sie stellten sich hinter Guido. „Dreckige Lügner!"

Der Kampf begann schon, während sie noch brüllten. Niemand

wußte recht, wer ihn angefangen hatte. In das Gebrüll von beiden Seiten mischte sich Gesang und Gemurmel. In vielen Händen flatterten beschriebene Papierstreifen, und plötzlich war die Luft voll fliegender Eier. Paolo bekam eines, ein fettes Spiegelei, gerade vor den Mund, und das machte ihn so wütend, daß er mit schriller Stimme Eierfluchzaubersprüche zu schreien begann. Eier klatschten überall auf. Spiegeleier, pochierte, verlorene Eier, frischgelegte Eier und faule Eier, die wie Stinkbomben wirkten, wenn sie aufplatzten. Montanas wie Petrocchis rutschten auf dem eierverschmierten Pflaster aus. Eigelb und Eiklar tropfte den Leuten von den Haaren und bekleckerte die Kleider.

Dann brachte jemand mit einer faulen Tomate Abwechslung in den Kampf. Plötzlich schwirrten kalte Spaghetti über den Corso und Kuhfladen – obwohl letztere eigentlich Rinaldos Idee gewesen waren, kamen die Kuhfladen sehr bald von beiden Seiten. Und Krautrouladen. Eisschauer kamen geprasselt. Tote Ratten kamen geflogen. Es war kein Wunder, daß Ratten geflogen kamen. Es war kein Wunder, daß unbeteiligte Passanten sich abseits hielten. Tomatensaft rann die Gitter vor Grossis Schaufenstern herunter und klatschte gegen die weißen Säulen der Kunstgalerie. Es dröhnte dumpf und laut, als verfaulte Kohlköpfe gegen die Messingtüren des Arsenals prallten.

Das war die erste, noch unorganisierte Phase des Kampfes, in der jeder seiner Wut freien Lauf ließ. Aber als sie alle verschmiert und verdreckt waren, nahm der Zorn gewähltere Formen an. Beide Seiten begannen, den Spruchgesang besser zu organisieren, und es entwickelten sich zwei starke, anschwellende, rhythmisch gesungene Chöre.

Das Ergebnis war, daß die Gegenstände, die auf dem Corso herumflogen, sich nun höher in die Luft hoben und begannen, in weniger harmlose Dinge verwandelt, von dort herunterzuregnen. Paolo blickte hoch und sah eine durchsichtige, glitzernde Wolke wie aus Eisstückchen herumtaumeln und auf ihn herunterschwirren.

„Hundige Bestien!" kreischte Lucia neben ihm. „Das sind ja Glassplitter!"

Bevor die Hauptlast des Glases herunterkommen konnte, hatte der durchdringende Tenor des Alten Niccolo sich über das Chorgekreisch erhoben. Er sang: *„Schild-Kröten-Schild-Schutz!"*

Antonios voller Baß fiel ein: *„Schild-Kröten-Schild-Schutz!"*

Und auch Onkel Lorenzos Bariton gesellte sich dazu. Füße trampelten. Paolo kannte diesen Spruch. Er beugte sich vor, trampelte mit und half dem Zauber dauern. Die ganze Familie tat mit. Trampel, trampel, trampel. *„Schild-Kröten-Schild-Schutz! Schild-Kröten-Schild-Schutz! Schild-Kröten-Schild-Schutz!"* Über ihren gesenkten Köpfen tanzten und wirbelten die Glassplitter nun harmlos vor einer unsichtbaren Barriere. *„Schild-Kröten-Schild-Schutz!"* Aus der Mitte der gebeugten Rücken her tönte Elizabeths süße Stimme und kam mit einem weiteren Zauber zu Hilfe.

Ohne daß man es ihm gesagt hatte, wußte Paolo, daß er den Schutz-Schild-Zauber in Gang halten mußte, während Elizabeth ihren Spruch ausarbeitete. So machten es alle. Jeder einzelne Montana ging auf die kleinste Andeutung ein, als wäre sie ein Befehl. Paolo wagte es, hochzublicken, und sah, daß die Oberstimme bereits wirkte. Jeder Glassplitter, der gegen den unsichtbaren Schild prallte, den Paolo mitzaubern half, verwandelte sich in eine zornige Hornisse und sauste brummend gegen die Petrocchis. Aber die Petrocchis verwandelten die Viecher einfach wieder in Glassplitter und schleuderten sie zurück. Gleichzeitig konnte Paolo dem Rhythmus ihres Gesangs entnehmen, daß einige von ihnen daran waren, den Schutz-Schild-Zauber zu brechen. Paolo sang und trampelte noch angestrengter als zuvor.

Inzwischen erklangen Rinaldos Stimme und die seines Vaters sanft und tief. Die beiden waren mit einem neuen Spruch beschäftigt. Einige weitere Damen stimmten in den Hornissengesang ein, so daß die Petrocchis die Spruchvorbereitungen nicht bemerkten. Und die ganze Zeit über hielten alle das Trampel-trampel-trampel des Schild-Kröten-Schild-Schutz-Zaubers aufrecht.

Und der Erfolg stellte sich ein: Die Petrocchis warfen die Arme hoch und wankten. Die Pflastersteine unter ihnen hoben sich, und der solide Corso verwandelte sich in eine Art Grabenschlucht. Die Antwort des Hauses Petrocchi erfolgte im Augenblick. Es tönte ein gesungener Akkord mit unzähligen Mißklängen, und die Montanas fanden sich plötzlich von einem Flammenwall eingeschlossen.

Völliges Chaos brach aus. Paolo suchte taumelnd Schutz. Sein Haar war versengt. Er lief über Pflastersteine, die ihm unter den Schuhen bebten. *„Voltava herbei!"* sang er halb verrückt. *„Voltava, fließe herbei!"* Hinter ihm zischten die Flammen. Dampfwolken stiegen auf und verdeckten sogar die Kunstgalerie, als der Fluß auf den Zauber ansprach und den Corso heraufgesprudelt kam. Das Wasser stieg Paolo bis an die Knie und gleich darauf bis zum Bauch und weiter. Es war schrecklich viel Wasser. Jemand hatte falsch gesungen, und Paolo dachte, daß dies daran schuld war. Er sah seine Cousine Lena fast bis zum Kinn im Wasser und packte sie. Lena hinter sich herschleppend, wankte er durch die

Strömung über die Straße und versuchte, die Stufen vor dem Arsenal zu erreichen.
Jemand mußte den Geistesblitz gehabt haben, einen Gegenspruch zu singen. Alles wurde plötzlich wieder klar. Dampf, Wasser und Rauch klärten sich. Paolo fand sich auf den Stufen der Kunstgalerie, nicht beim Arsenal. Der Corso hinter ihm war eine Masse aus wildgewordenen Pflastersteinen. Sie glänzten vor Schlamm, und alles war voll Kuhfladen, Tomaten und Spiegeleiern.
Paolo hatte genug. Lena heulte. Sie war zu jung für so etwas. Man hätte sie bei Rosa daheim lassen sollen. Er konnte sehen, wie seine Mutter Lucia aus dem Schlamm klaubte und Rinaldo Tante Gina aufhalf.
„Gehn wir nach Hause, Paolo", wimmerte Lena.
Aber der Kampf war noch nicht zu Ende. Entlang des ganzen Corsos standen kleine zornige, verdreckte Gruppen Montanas und Petrocchis und schleuderten Schmährufe gegeneinander.
„Glassplitter! Das zahlen wir euch heim!"
„Ihr habt angefangen!"
„Verlogene Petrocchischweine! Kinderfresser!"
„Selber Kinderfresser! Pfuschzauberer! Verräter!"
Tante Gina und Rinaldo schlitterten auf etwas zu, das wie ein Randstein aussah, und erstiegen ihn. Eine gewaltige Masse, die sich als Tante Francesca entpuppte, erhob sich. Sie war über und über voll Schlamm und zorniger, als Paolo sie je gesehen hatte.
„Ihr lausigen Petrocchis! Ich fordere den Zweikampf!"
Ihre Stimme kreischte wie eine Säge.

Siebentes Kapitel

Tante Francescas Herausforderung schien beide Seiten neu zu beleben. Eine weibliche Petrocchistimme kreischte: „Wir stimmen zu!", und alle Gruppen hasteten, verdreckt wie sie waren, wieder zur Mitte des Corsos.

Paolo kam gerade noch rechtzeitig bei seiner Familie an, um den Alten Niccolo sagen zu hören: „Sei nicht so kindisch, Francesca!" Er sah eher einem Schlammzwerg als einem Familienoberhaupt ähnlich und hatte fast keinen Atem, um zu reden.

„Sie verdienen, daß man sie mit Schimpf und Schande öffentlich aus Caprona verjagt!" sagte Tante Francesca. „Und ich werde kämpfen! Ich bin jedem Petrocchi gewachsen!" Sie sah auch so aus, wüst und schlampig und sehr umfangreich.

Aber die anderen Montanas wußten, daß Tante Francesca eine alte Frau war.

Ein Chor von Proteststimmen wurde laut. Onkel Lorenzo und Rinaldo boten sich beide an, in dem Zweikampf statt ihrer in die Schranken zu treten.

„Nein, du nicht, Rinaldo", sagte der Alte Niccolo. „Du bist noch nicht wieder gesund nach deiner Verwundung."

Er wurde von einem Pfeifkonzert der Petrocchis unterbrochen. „Feiglinge! Zweikampf, Zweikampf, Zweikampf!"

Das verdreckte Gesicht des Alten Niccolo verzog sich ärgerlich. „Sie

sollen ihren Zweikampf haben", sagte er. „Antonio, ich ernenne dich zu unserem Kämpfer. Tritt vor!"
Paolo fühlte einen Schauer von Stolz. Sein Vater war also wirklich der beste Spruchzauberer der Casa Montana.
Langsam trat Antonio nach vorn in den Zwischenraum, der beide Familien trennte. „Ich bin bereit!" rief er den Petrocchis zu. „Wer ist euer Kämpfer?"
Bei den Petrocchis herrschte Unentschlossenheit. Aus dem Köpfewenden und dem unsicheren Hin- und Hergeschiebe und -gehopse schloß Paolo, daß sie nach einem Petrocchi Ausschau hielten, der unerklärlicher- und unverantwortlicherweise nicht da war. Aber das Durcheinander legte sich. Guido Petrocchi selbst trat vor.
„Auch ich bin bereit", sagte Guido und entblößte zornig die Zähne. Er war genauso verschmiert wie alle, aber er war dazu noch riesengroß und sehr kräftig. „Und ich verlange einen unbefristeten Kampf!" fauchte Guido.
„Bestens", sagte Antonio. „Bist du dir klar, was das heißt, ein Kampf bis ans Ende? Bist du dir darüber klar?"
„Paßt mir ausgezeichnet", sagte Guido. *„Wehewihewohewumm!"*
Paolo hatte plötzlich schreckliche Angst.
In eben diesem Augenblick erschien die herzogliche Polizei. Sie war ganz unbemerkt dahergekommen, still und schlau auf Fahrrädern auf den Gehsteigen. Niemand sah die Polizisten, bis der Polizeichef und sein Leutnant neben den beiden Kämpfern standen.
„Guido Petrocchi und Antonio Montana", sagte der Leutnant. „Ich verhafte euch . . ."
„Schaut, daß ihr weiterkommt!" sagte der Alte Niccolo und hastete vorwärts. „Ihr habt euch da nicht einzumischen!"

„Jawohl, verschwindet!" sagte Guido. „Wir haben zu tun!"
Der Leutnant wich erschrocken vor Guidos Gesicht zurück, der Polizeichef aber war ein kühner und temperamentvoller Mann mit einem wunderschönen Schnurrbart, und er mußte seinen Ruf als kühner und temperamentvoller Mann aufrechterhalten. Er verbeugte sich vor dem Alten Niccolo. „Die zwei stehen unter Arrest", sagte er. „Den übrigen befehle ich, ihren Streit zu begraben und sich zu erinnern, daß ein Krieg vor der Tür steht."
„Wir sind schon im Krieg", sagte der Alte Niccolo. „Verschwindet!"
„Bedaure", sagte der Polizeichef. „Das ist unmöglich."
„Sag dann wenigstens nicht, daß wir dich nicht gewarnt haben", äußerte Guido.
Daraufhin brach ein kurzes Lied aus, gesungen von den Erwachsenen beider Familien. Sobald es vorbei war, kamen Rinaldo und ein junger Petrocchi auf die beiden Polizisten zu und zogen sie nach hinten fort. Die Polizisten waren plötzlich so steif wie Schaufensterpuppen. Rinaldo und der junge Mann lehnten sie gegen die Stufen zur Kunstgalerie und kehrten jeder zu seiner Familie zurück, ohne einander anzusehen. Was den Rest der herzoglichen Polizei betrifft, schien er verschwunden. Mitsamt den Fahrrädern.
„Fertig jetzt?" sagte Guido.
„Fertig", sagte Antonio.
Und nun begann der Zweikampf.
Der erste und wahrscheinlich längste Teil des Kampfes war die Eröffnung. Beide standen sie, leicht vorgeneigt, murmelnd, summend, gelegentlich eine Hand regend, einander gegenüber, und es schien vergleichsweise wenig vorzugehen. Dann plötzlich war Guido ein rot-weißkariertes Staubtuch in Mannsgestalt. Aber Antonio

wurde fast gleichzeitig zu einem Mann aus Pappe, der mit grünen Dreiecken bedeckt war. Dann flitzten sie beide sogleich wieder in ihre eigene Gestalt zurück.

Die Schnelligkeit, mit der das geschah, erstaunte Paolo. Ein Zauberbann war nicht nur *von* beiden *auf* beide Seiten geworfen worden, sondern auch ein Gegenzauber, und gegen den wieder ein Zauberspruch – und all das dauerte nicht länger, als jemand braucht, um den Mund aufzureißen. Es war offensichtlich: Die beiden waren einander unbedingt ebenbürtig.

Nach einem kleinen Abstand von Raum und Zeit, als nichts zu geschehen schien außer einer Art Geflacker auf beiden Seiten, schlug Antonio zu. Und er schlug so hart und heftig und kräftig zu, daß es klar war: Er hatte die ganze Zeit über unter dem Geflacker alltäglicher unbedeutender Zaubersprüche, das Guido ablenken sollte, an einem neuen Spruch gearbeitet. Guido stieß einen Schrei aus und löste sich in Staub auf, der sich nach hinten in einer Spirale verzog. Aber irgendwie warf er im Verschwinden *seinen* starken Spruch auf Antonio. Antonio zerbrach in tausend kleine Stücke und sah aus wie ein mit der Laubsäge ausgesägtes, verstreutes Puzzlespiel.

Eine kleine Ewigkeit lang schwebten der Staubwirbel und der Haufen zerbrochener Antonio frei in der Luft. Beide waren bemüht, sich beisammenzuhalten und nicht auf die aufgerissene Straße voller loser Pflastersteine hinunterzuprasseln. Und sie verfertigten dabei auch noch Zaubersprüche. Als endlich ein wieder ganz gewordener Antonio vorwärtsschwankte, eine Art roter Frucht in der Hand, blieb ihm kaum Zeit auszuweichen. Guido war ein Leopard mitten im Sprung.

Elizabeth schrie auf.

Antonio warf sich zur Seite, holte Atem und sang. *„Elefanten!"* Ein ungeheurer Elefant, dessen Stoßzähne länger waren als Paolo groß, verdeckte die niedrigstehende Sonne, und der Corso bebte unter seinen Tritten. Da war er auch schon. Mit wehenden Ohren stürmte er daher, um den angreifenden Leoparden zu zertrampeln. Es war schwer zu glauben, daß diese ungeheure Bestie wirklich der ängstliche, magere Antonio Montana war.

Den Schatten einer Sekunde lang war der Leopard Guido Petrocchi, und unheimliches Rot flammte in seinem Bart. Er schwatzte einen wilden Song daher: *„Hackedipackedi grausige Maus."* Und er mußte die rechte Melodie erwischt haben. Der Leopard schien zu verschwinden. Paolo erblickte eine winzige Maus, die angriffslustig auf den riesigen Vorderfuß des Elefanten lossauste.

Der Elefant trampelte wie völlig irrsinnig herum, und zwar mitten unter den entsetzten Montanas. Paolo packte den kleinen Bernardo und rannte um sein Leben. Lucia rannte ihm nach. Sie hielt Lena an sich gepreßt und trug sie weg.

Elefanten fürchten sich vor Mäusen. Und es gibt nur ganz wenige Leute, die sich in eine andere Gestalt verwandeln können, ohne die Natur des Wesens anzunehmen, in das sie sich verwandeln.

Als Paolo wieder hinzusehen wagte, hatte sich Elizabeth dem Elefanten in den Weg gestellt und starrte zu ihm auf, direkt in seine wilden kleinen Augen. „Antonio!" schrie sie ihn an. „Antonio, beherrsch dich! Gib acht, was du tust!" Sie war so winzig und der Elefant kam so schnell gerannt, daß Paolo entsetzt die Augen schloß.

Er öffnete sie gerade rechtzeitig wieder, um sehen zu können, daß der Elefant im Rennen Elizabeth auf seinen Rücken schleuderte. Und schon kam Guidos nächster Angriff. Paolo sah eine Art Turm daherstürmen. Er sah, wie der Elefant eine Wendung machte und Elizabeth sich auf seinem Rücken niederduckte. Der Elefant fand sich nun einer ungeheuren, eisernen Maschine gegenüber, die den Corso mit scheusäligem blauen Rauch erfüllte. Das Metallding bewegte sich langsam vorwärts auf Antonio zu und warf dabei hohe Furchen auf. Wie es so daherkam, wurde ein Gewehr an seiner Frontseite ausgefahren und suchte sein Ziel zwischen Antonios Augen. Im selben Augenblick wurde Antonio auch zur Maschine. Er beeilte sich damit so sehr und verstand so wenig von Maschinen, daß es wirklich eine sehr merkwürdige, bizarre Maschine war, in die er sich verwandelte. Sie war von fahlem Enteneierblau und hatte ungeheure Gummiwatschelräder. Sie schien überhaupt durch und durch aus Gummi zu sein, weil die Gewehrkugel aus Guidos Fahrzeug von Antonio absprang und in die Treppe des Arsenals krachte. Die meisten Zuschauer warfen sich flach zu Boden.

„Mama ist in der blauen Ente!" kreischte Lucia. Sie mußte wohl dort sein, Antonio hatte als Elefant keine Zeit gehabt, Elizabeth abzusetzen. Und nun watschelte er unbekümmert auf Guido los, patschbumm, patsch-bumm. Glücklicherweise dauerte das Ganze nur eine Sekunde. Elizabeth und Antonio erschienen plötzlich in ihrer eigenen Gestalt beinahe unter den mächtigen Radketten der Guido-Maschine. Elizabeth rannte los. Wie der Wind rannte sie auf das Arsenal zu.

Antonio nannte Guido mit einem sehr häßlichen Namen und warf die Tomate nach ihm, die er noch immer in der Hand hatte. Die rote Frucht traf und zerplatzte. Tomatensaft rann Guido die eisernen Flanken hinunter. Und da war der Panzer Guido plötzlich verschwunden. Auch Guido selbst war nicht da. Statt seiner saß dort

eine ungeheure Tomate. Sie saß bloß mitten auf der Straße und tat überhaupt nichts.
Das war der Entscheidungsschlag gewesen. Kampfesmüde beugte Antonio sich nieder, um die Tomate aufzuheben. Vereinzelt erhob sich Wehgemurr bei den Petrocchis, und es gab Hurrarufe von den Montanas.
Und dann schleuderte irgendwer einen neuen Zauberspruch.
Diesmal war es ein dicker, nasser Nebelzauber. Paolo mußte husten, und er konnte rundum von allen Seiten Leute husten hören. Das war das einzige, was ihn wissen ließ, daß er nicht völlig allein war. Er wandte den Kopf nach Lucia, aber die war weg. Er konnte auch Bernardo nicht finden und wußte doch, er hatte eine Sekunde vorher Bernardos Arm festgehalten. Er war ganz allein, hustend und zitternd in der kalten weißen Leere.
„Und ich werde *nicht* den Kopf verlieren", sagte Paolo streng zu sich selbst. „Vater hat es nicht getan, und darum werde ich es auch nicht tun. Ich werde mir irgendwo einen Unterschlupf suchen, bis dieser biestige Zauber vorbei ist. Dann geh ich heim. Es ist mir auch wurscht, ob Tonino schon zurück ist oder nicht." Er hielt inne, weil ihm ein Gedanke kam wie eine erstaunliche Entdeckung. Wir werden Tonino nie finden, wenn wir ihn so weitersuchen wie bisher, sagte er sich.
Mit vorgestreckten Händen und aufgerissenen Augen versuchte Paolo, sich vorwärtszutasten. Seine Augen tränten. Er grub sich durch den Nebel, bis er mit den Zehen an einen Stein stieß. Paolo blickte hinunter, aber er konnte nicht sehen, was es war. Er versuchte vorsichtig, einen Fuß hochzuheben und mit den Zehen das Hindernis abzufühlen. War das Hindernis vielleicht der Randstein? Paolo war

nahe dem Gehsteig gewesen, als er vor dem Elefanten davongerannt war. Paolo hob beide Füße auf den Randstein und schlurfte vorwärts. Dann stolperte er und fiel treppaufwärts.
Es waren vermutlich die Stufen zur Kunstgalerie. Niemand war in der Nähe, den er fragen konnte.
Paolo kroch die Treppe hinauf. Er hatte keine Ahnung, daß er schon oben war, bis er mit dem Ellbogen an eine Säule stieß und zugleich mit den Kopf in Lucias Magen landete. Beide sagten sie in diesem Augenblick nichts Freundliches.
„Wenn du mit Fluchen fertig bist", sagte Lucia endlich, „könntest du vielleicht mit mir zwischen die Säulen da kriechen und mich ein bißchen wärmen." Sie hustete, daß es sie schüttelte. „Ist es nicht schrecklich?" Sie war ganz heiser von dem Nebel.
„Wir haben ihn jedenfalls nicht gezaubert", erklärte Paolo. „Wir wüßten es. Auweh, mein Ellbogen!" Er hielt sich an ihr fest und ließ sich führen, und sie setzten sich eng aneinandergeschmiegt nieder. Paolo fühlte sich gleich ein wenig besser.
„Diese Schweine", sagte Lucia. „Ich nenn so was einen gemeinen Trick. Komisch: Du hast dein Leben lang gehört, was für Schweine es sind, und hast geglaubt, das ist doch nicht wirklich möglich. Dann lernst du sie kennen, und sie sind noch viel ärger, als man uns erzählt hat."
„Es ist schlimm, wenn man nicht weiß wohin", sagte Paolo. „Es ist, als ob man blind wäre."
„So viele Zaubersprüche kann es gar nicht geben, wie man auf diese widerlichen Kidnapper schleudern möchte", stimmte Lucia ihm bei.
„Genau das hab ich mir auch gedacht!" rief Paolo. „Ich weiß jetzt auch, der einzige Weg, Tonino zu finden, ist . . ."

„Warte!“ sagte Lucia. „Mir scheint, der Nebel lichtet sich!“
Sie hatte recht. Man konnte ein Stück des Corsos drüben erkennen, Pflastersteine, die dunkel und naß aussahen, aber zu seinem Erstaunen waren sie nicht mehr dreckig, und sie lagen auch wieder auf ihrem alten Platz.
„Irgendwer hat Ordnung gemacht und sie zurückgezaubert“, sagte Lucia.
Man konnte jetzt die schimmernden Tore des Arsenals sehen und die ganze Weite des noch ein wenig vernebelten Corsos. Ungefähr in der Mitte des Corsos standen Antonio und Guido einander Auge in Auge gegenüber.
„Oje, sie werden doch nicht noch einmal anfangen?“ jammerte Paolo.
Aber fast gleichzeitig vollführten Antonio und Guido jeder eine Kehrtwendung und marschierten voneinander weg.
„Gott sei Dank“, sagte Lucia. Sie und Paolo wandten sich einander zu und lächelten erleichtert. Nur – das war doch nicht Lucia! Paolo starrte in ein weißes, spitziges Gesicht und in Augen, die dunkler, größer, schlauer waren als Lucias Augen. Das Gesicht war von rötlichen Korkzieherlocken umrahmt.
Er hatte sich an einer Petrocchi gewärmt! Er wußte sogar an welcher. Es war das ältere der beiden Petrocchimädchen, die damals in den Palast mitgekommen waren, Renata. Ja, so hieß sie. Und sie erkannte ihn auch.
„Du bist doch dieser blauäugige Montanajunge!“ schrie Renata.
Beide sprangen auf. Renata zog sich zwischen die Säulen zurück, als wollte sie in den Stein hineinkriechen, und Paolo zog sich über die Treppe zurück.

„Ich hab dich für meine Schwester Lucia gehalten", sagte er.
„Und ich dich für meinen Cousin Claudio", antwortete Renata.
„Ich bin nicht schuld", erklärte Paolo ärgerlich. „Beschwer dich bei dem, der diesen Nebel gemacht hat. Es gibt einen feindlichen Zauberer, falls du das nicht weißt."
„Kenn ich. Weiß ich. Chrestomanci hat es uns mitgeteilt", sagte Renata.
Paolo fühlte, wie Haß gegen Chrestomanci in ihm aufstieg. Der hatte nicht das Recht, hinzugehen und den Petrocchis dieselben Dinge zu eröffnen wie den Montanas. Aber den Feindzauberer haßte er noch mehr. Der war verantwortlich für die größte Verlegenheit, in der Paolo sich jemals befunden hatte. Er wollte nichts als weg.
„Renn nicht! Warte!" sagte Renata so gebieterisch, daß Paolo, ohne zu überlegen, stehenblieb und Renata Zeit gab, seinen Arm zu erwischen und festzuhalten.
Paolo stand ganz still und versuchte, sich mit der Würde zu benehmen, die einem Montana anstand. Er blickte auf Renatas Hand, die ihn hielt, als wäre sie eine schleimige Kröte. „Schau drein, wie du willst", sagte sie. „Ich laß dich nicht los, bis du mir gesagt hast, was deine Familie mit Angelica gemacht hat."
„Nichts hat sie mit ihr gemacht", sagte Paolo verächtlich. „Wir würden keinen von euch auch nur mit der Feuerzange anfassen. Was habt ihr mit Tonino gemacht?!"
„Ist das dein Bruder? Ist der wirklich auch weg?"
„Irgendwer hat ihm ein Buch geschickt mit einem Rufzauber drin", sagte Paolo.
„Angelica hat auch ein Buch bekommen", sagte Renata langsam. „Wir haben die Sache erst bemerkt, als es weggeschrumpft ist."

Sie ließ Paolos Arm los. Sie starrten einander an. Der Nebel lichtete sich weiter.
„Es muß der Feindzauberer sein", sagte Paolo.
„Er will unsere Gedanken vom Krieg ablenken", sagte Renata. „Das mußt du deiner Familie sagen, ja?"
„Wenn du's deiner sagst", sagte Paolo.
„Natürlich werde ich. Für was hältst du mich?"
„Für eine Petrocchi", sagte Paolo und mußte zu seiner Verwunderung plötzlich lachen.
Aber als Renata nun auch zu lachen anfing, fand er, das ginge denn doch zu weit. Er wandte sich um und rannte los.
Er rannte den ganzen Weg zur Casa Montana. Der Nebel und die Nässe breiteten sich nicht weiter aus. Jenseits des Corsos war es trocken. Sobald Paolo in eine Seitengasse einbog, befand er sich in der rasch sinkenden Dämmerung eines Winterabends, dessen Sonne rot leuchtete. Es war, als hätte ihn jemand in eine andere Welt zurückgeschleudert, in eine Welt, wo die Dinge geschahen, wie eben Dinge normalerweise geschehen. In eine Welt, in der nicht der eigene Vater sich in einen wahnsinnigen Elefanten verwandelt, eine Welt, in der nicht die eigene Schwester sich plötzlich als eine Petrocchi herausstellt.
Die Casa Montana mit dem vertrauten Engel über dem Eingangstor kam in Sicht. Paolo schoß unter ihm durch und stieß beinahe seinen Vater um. Antonio stand unter dem Torbogen und keuchte, als wäre er den ganzen Weg nach Hause gerannt.
„Ach, du bist es, Paolo", sagte Antonio. „Bleib, wo du bist!"
„Warum?" fragte Paolo. Er wollte hinein, wo er in Sicherheit war, und ein Stück Honigbrot essen.

Der Arm, den Antonio ausstreckte, um Paolo in der Einfahrt festzuhalten, war halbnackt und voller Kratzer. Paolo wollte sich losreißen, aber da sah er, daß etwas Ungutes geschehen sein mußte. Beinahe alle Katzen drängten sich in der Toreinfahrt, sie duckten sich mit flachgelegten Ohren; Benvenuto bewachte den Eingang zum Hof wie ein dunkles, mageres Frettchen. Paolo konnte ihn brummen hören.
Antonios Hand faßte Paolo an der Schulter und zog ihn vorwärts, so daß er in den Hof sehen konnte. „Schau!"
Paolo blinzelte auf fußhohe Buchstaben, die mitten im Hof in der Luft zu hängen schienen. Im schwindenden Tageslicht glühten sie in einem widerlich-fahlen Gelb:

STOPPT ALLE ZAUBERSPRÜCHE ODER EUER KIND WIRD
ES BÜSSEN
CASA PETROCCHI

Die Botschaft war so abgefaßt, daß kein Irrtum entstehen konnte, woher sie kam. Nach dem, was Renata gesagt hatte, wußte Paolo, daß die Botschaft nicht stimmte. „Es *waren* nicht die Petrocchis", sagte er. „Es war der Zauberer, von dem uns Chrestomanci erzählt hat."
Antonio seufzte und riß sich zusammen, um Paolo die Sache zu erklären. „Paolo", sagte er, „niemand außer Chrestomanci glaubt an diesen Zauberer. In der Zauberei wie überall ist die einfachste Erklärung die beste. Mit anderen Worten: Warum einen unbekannten Zauberer erfinden, wenn du einen Feind hast, den du kennst, einen, der glaubwürdige, bekannte Gründe hat, dich zu hassen? Warum sollten es nicht die Petrocchis sein?"

Paolo wollte etwas einwenden, aber er war noch immer viel zu durcheinander wegen Renata, um zu sagen, daß Angelica Petrocchi gleichfalls verschwunden war.
Da sprang ein Lichterviereck in der Galerie auf. Eine Tür hatte sich dort geöffnet.
„Rosa!" schrie Antonio. Seine Stimme knisterte vor Sorge. Rosas Gestalt erschien im Licht. Sie trug Cousine Claudias Baby. Das Licht selbst war so orangefarben und so anheimelnd neben dem gruslig fahlen Glühen der Buchstaben im Hof, daß Paolo von Erleichterung nur so überflutet wurde. Hinter Rosa stand Marco. Er trug ein anderes Kleines.
„Gottlob", flüsterte Antonio. Dann schrie er: „Ist euch nichts passiert, Rosa? Wo ist diese Botschaft hergekommen?"
„Das wissen wir auch nicht!" rief Rosa zurück. „Sie ist einfach erschienen! Wir haben versucht, sie wegzukriegen, aber wir bringen es nicht fertig."
Marco beugte sich über das Geländer und rief herunter: „Diese Worte lügen, Antonio! Die Petrocchis würden so etwas nie tun!"
Antonio rief zurück: „Geh nicht herum und verbreite solche Ansichten, Marco!" Er sagte es so gebieterisch, daß Paolo wußte, Antonio würde auch ihm nicht glauben, was immer er vorbringen würde. Wenn Paolo je eine Chance gehabt hatte, Antonio von der Unschuld der Petrocchis zu überzeugen, nun hatte er keine mehr.

Achtes Kapitel

Als Tonino wieder zu sich kam, in ungefähr genau dem Augenblick, als dieses verwünschte Buch zu schrumpeln anfing, hatte er zuerst das Gefühl, alles wäre ein Alptraum. Er fühlte sich wie in einer Pappschachtel eingesperrt. Anscheinend lag er auf einem harten, aber leicht flauschigen Fußboden. Etwas weiter weg konnte er undeutlich jemand sehen, der wie eine Puppe gegen eine Wand lehnte, aber er fühlte sich zu sonderbar, als daß er sich für diese Puppe interessiert hätte.

Er schloß die Augen und versuchte sich zu erinnern, was eigentlich passiert war.

Er erinnerte sich, daß er einen Weg nahe der Neuen Brücke gegangen war. Er war ganz aufgeregt gewesen, denn er hatte vorher ein Buch gelesen, in dem stand, wie er Caprona retten könnte. Er müßte, hieß es in dem Buch, eine Allee finden, eine Allee mit einem abblätternden blauen Haus am Ende. Nun kam ihm das ein bißchen einfältig vor. Tonino wußte, daß Dinge in Wirklichkeit nie so ablaufen wie in Büchern. Trotzdem war er glücklich gewesen, als er wirklich die Allee entdeckt hatte und am Ende der Allee wirklich und wahrhaftig ein abblätterndes blaues Haus. Und zu seiner ungeheuren Aufregung kam tatsächlich ein Papierstreifen vor seine Füße geflattert. Tonino hatte sich niedergebeugt und das Papier aufgehoben.

Und dann hatte er nichts mehr von sich gewußt bis zu diesem Augenblick.
Tonino dachte alles, was ihm passiert war, ein paarmal durch, aber jedesmal stockten seine Erinnerungen an genau demselben Punkt: wie er sich bückte, um den Papierstreifen aufzuheben.
Er merkte plötzlich, daß er sich anscheinend noch immer mitten in einem Traum befand: Er war in einer Pappschachtel eingeschlossen. Der Raum, in dem er saß, war lang und niedrig und hatte fast die Form einer Schuhschachtel. Die Wände und Decke waren cremefarbig angemalt, schienen aber aus Holz zu sein, weil goldbemalte Schnitzereien sich von ihnen abhoben. Ein Kristallüster hing von der Decke.
Etwas war mit dem Tageslicht los, das durch die vier hohen Fenster fiel, so, als wäre die Sonne weiter weg, als sie sein konnte. Toninos Augen wanderten zu den vier Bändern allzu blassen Sonnenlichts, das durch die Fenster auf den Teppich fiel, und dann den Teppich entlang. Endlich gerieten sie an die Person, die gegen die Wand lehnte. Es war Angelica Petrocchi. Ihre Augen waren geschlossen, und sie sah elend aus.
Tonino blickte wieder auf den Teppich, und es wurde ihm ungemütlich. Das war ja gar kein richtiger Teppich. Er war auf die sanftpelzige Oberfläche des Fußbodens gemalt. Tonino konnte die Pinselstriche in dem unregelmäßigen Muster sehen.
Tonino bemühte sich, auf die Füße zu kommen. Er faßte mit einer Hand nach der vergoldeten Schnitzerei an der Wand, um sich festzuhalten.
Es fühlte sich an wie – Tonino dachte nach, aber ihm fiel kein anderer Vergleich ein: wie Farbe. Wie ein Farbanstrich. Seine Hand glitt

über die Holzschnitzerei. Nichts als Schwindel. Die Wand war nicht aus Holz. Und die Schnitzerei war auch nur draufgemalt, in braunen und blauen und goldenen Linien.
Da rührte sich etwas am anderen Ende des Raumes. Angelica Petrocchi stand wacklig auf ihren Füßen, und auch sie ließ ihre Hand über die gemalte Schnitzerei gleiten. Sehr ängstlich und vorsichtig wandte sie sich um und betrachtete Tonino.
„Wirst du mich jetzt bitte gehen lassen?“ sagte sie.
Ihre Stimme bebte. Tonino merkte, daß sie große Angst hatte. Er fürchtete sich jetzt auch. „Ich kann dich gar nicht gehen lassen“, sagte er. „Wir können beide nicht weg. Ich seh hier nirgends eine Tür!“
Sobald er es gesagt hatte, wünschte Tonino, er hätte den Mund gehalten. Angelica fing an zu schreien, und ihr Geschrei versetzte auch Tonino in Panik. Es gab keine Tür! Er war in eine Pappschachtel eingesperrt, mit einem Petrocchikind noch dazu!
Plötzlich sprach eine großmächtige Stimme durch die Pappschachtel-Zimmerdecke: „Seid still, oder ihr kriegt nichts zu essen! Verstanden?“
„Laßt uns hinaus!“ brüllten Tonino und Angelica.
Aber sie bekamen keine Antwort. Nur ein entferntes Schlurfen war zu hören. Der Eigentümer der großmächtigen Stimme schien davonzugehen.
Sie schlichen zu einem der Fenster. Ein paar spitz zulaufende schlanke Bäume waren deutlich draußen zu sehen, und dann eine Art Terrasse. Aber die Kinder mochten gucken, wie sie wollten, alles, was sie sonst noch erkennen konnten, war ein verschwommenes Blau mit einem oder zwei viereckigen Bergen und einer Glanzpapier-

sonne in einer Ecke. Himmel schien es dort draußen keinen zu geben.
„Wir sind verzaubert", sagte Angelica.
Tonino glaubte auch, daß es so war. Eine andere Erklärung gab es wohl nicht. „Aber ich bin trotzdem sicher, ich kenne die Gegend", sagte er. „An diesen Bäumen. Wir sind in einer der reichen Villen neben dem Herzogspalast."
Angelica wandte sich vom Fenster ab und stelzte ins Zimmer zurück. Dann setzte sie sich auf einen Stuhl und stützte die Ellbogen auf den Tisch. Sie sah niedergeschlagen aus.
Nach einer Weile setzte sich Tonino ihr gegenüber. Der Stuhl unter ihm quietschte. Auch der Tisch quietschte und knackte, obwohl seine Oberfläche so täuschend gemalt war, daß sie wie poliertes Mahagoni aussah.
„Also, das ist doch wirklich das Letzte, mit einem Montana eingesperrt zu sein", sagte Angelica.
Tonino fiel es plötzlich schwer aufs Herz, daß er allein war, fern vom freundlichen Trubel in der Casa Montana. Wenn er sich dort auch mit einem Buch in einem Winkel verkroch, wußte er doch, daß die ganze Familie in der Nähe war. Und Benvenuto käme schnurrend, um ihn zu erinnern, daß er nicht allein war. Lieber alter Benvenuto! Tonino hatte Angst, er würde zu heulen anfangen, noch dazu vor einer Petrocchi. „Wie haben sie dich erwischt?" fragte er, um sich abzulenken.
„Mit einem Buch." Ein wehes Lächeln erschien auf Angelicas strengem Gesicht. „Es hieß ‚Das Mädchen, das sein Land rettete'. Ich hab geglaubt, es kommt von Großonkel Luigi. Ich glaub immer noch, daß es eine schöne Geschichte war." Sie sah Tonino herausfordernd an.

Tonino ärgerte sich. Es war nicht angenehm zu denken, daß er mit demselben Zaubertrick erwischt worden war wie eine Petrocchi. „Ich auch", sagte er schroff. „Wie kommen wir bloß hinaus?" fragte er dann ratlos.
„Durch die Decke", sagte Angelica höhnisch.
Tonino schaute nach oben. Dort hing der Kronleuchter. Wenn sie ihm einen Stoß gaben, würde er vielleicht ein Loch in die Pappe reißen.
„Sei nicht blöd", sagte Angelica. „Draußen hängt bestimmt ein Zauberspruch und versperrt uns den Weg. Sonst wären wir doch schon längst draußen!"
Tonino befürchtete, daß sie recht hatte, aber die Sache war ihm trotzdem einen Versuch wert. Er kletterte von seinem Stuhl auf den Tisch. Vielleicht konnte er von dort den Kronleuchter erreichen. Da krachte es heftig, und bevor Tonino sich aufrichten konnte, legte der Tisch sich schief, als wären alle vier Beine locker.
„Steig schnell herunter", sagte Angelica.
Tonino sprang hinunter. Es war klar, daß der Tisch aus dem Leim gehen würde, wenn er oben blieb. „So geht das also nicht", sagte er düster.
„Außer", sagte Angelica plötzlich strahlend, „wir machen ihn fest. Mit einem Zauberspruch."
Tonino seufzte. Die Sache war also zur Sprache gekommen. „*Du* wirst den Zauberspruch machen müssen", sagte er. Angelica starrte ihn an. Er fühlte, wie er rot wurde. „Ich kann nämlich keine Zaubersprüche machen", sagte er verlegen. „Ich – ich bin nämlich ein Langsamer. Zaubre du!"
„Ich kann doch auch nicht!" sagte Angelica. Ein dünnes, leuchtendes

Rosa stieg ihr bis in die Stirn, und sie schob trotzig das Kinn vor. „Ich bin ein hoffnungsloser Fall von Zaubertalent. Ich hab noch nie in meinem Leben einen Zauberspruch richtig gesagt oder gesungen. Ich bin *viel* schlechter im Zaubern als du!"

Tonino konnte das nicht glauben. „Was? Wirklich? Warum? Kannst du dir auch keine Sprüche merken? Oder was?"

„Oh, auswendiglernen kann ich sie sehr gut!" Angelica nahm einen Kerzenleuchter und kratzte damit zornig tiefe Kratzer in die gefirnißte Tischplatte. „Ich kenne Hunderte von Zaubersprüchen", sagte sie. „Aber ich mach immer was falsch dabei. Zuerst einmal bin ich unmusikalisch. Ich kann keine Note richtig singen, und wenn es um mein Leben ginge. So wie jetzt zum Beispiel." Sorgfältig schälte sie eine lange Locke Firnis vom Tisch ab. „Aber es ist nicht nur das", sagte sie ärgerlich und arbeitete emsig weiter. „Ich krieg auch falsche Wörter dazwischen. Alles ist falsch. Aber meine Sprüche funktionieren immer. Das ist das allerschlimmste. Ich habe meiner Familie schon alle Regenbogenfarben angehext. Ich habe das Wasser in der Babybadewanne in Bratensoße verwandelt. Einmal habe ich mir selber den Kopf verdreht, mit dem Gesicht nach hinten. Ich kann bestimmt viel schlechter zaubern als du. Ich *trau* mich einfach nicht, Zaubersprüche zu verwenden. Katzen versteh ich gut. Und trotzdem hab ich meine Katze unabsichtlich purpurrot gezaubert."

Tonino sah ihr mit ziemlich gemischten Gefühlen zu, wie sie mit dem Kerzenleuchter Kerben in den Tisch schnitzte. Keiner von beiden konnte also hoffen, gegen den machtvollen Spruchmacher, der sie gefangen hatte, aufzukommen. Andererseits war Tonino noch nie jemandem begegnet, der noch schlechter im Zaubern war als er selbst. Ein wenig hochmütig dachte er, daß er noch nie einen Fehler

im Spruchzaubern begangen hatte, und fühlte sich gleich viel besser. „Macht sich deine Familie was draus?“ fragte er.
„Nicht besonders“, sagte Angelica überraschenderweise. „Es macht ihnen genausowenig aus wie mir. Nein, es macht ihnen nicht einmal halb soviel aus wie mir. Alle lachen freundlich, immer, wenn ich wieder einmal einen Fehler mache. Aber sie haben es nicht gern, wenn jemand außerhalb der Casa es erfährt. Papa sagt, alle Leute wissen, daß ich ihn grün gehext habe, und er möchte nicht, daß mich draußen jemand auch nur sieht, bevor ich es nicht besser kann.“
„Aber du bist doch im Palast gewesen!“ sagte Tonino.
„Nur weil alle andern unbedingt bei der Alten Brücke mitarbeiten mußten“, sagte Angelica.
„Wir waren fünf!“ sagte Tonino mit erhobener Nase.
„Unsere Pferde sind im Regen eingegangen.“ Angelica wandte sich von ihrer Schnitzerei ab und schaute Tonino tapfer an. „Mein Bruder hat gesagt, eure mußten auch zergehen, wo ihr doch nur einen Kutscher aus Pappe gehabt habt.“
Jetzt wird's ungemütlich, dachte Tonino. Es stand eins zu null für Angelica. „Unser Kutscher ist auch zergangen“, gab er zu.
„Das hab ich mir gedacht“, sagte Angelica. „Ich hab es dir gleich angesehen.“
„Es war nicht unsere Schuld“, protestierte Tonino. „Chrestomanci behauptet, daß es einen Feindzauberer gibt.“
Angelica grub mit solcher Heftigkeit einen Span aus dem Firnis, daß der Tisch sich seitwärts legte und Tonino ihm einen Stoß geben mußte, damit er wieder gerade stand. „Und jetzt hat er *uns* erwischt“, sagte sie. „Und er hat sich genau die ausgesucht, die nicht

gut zaubern können. Wie kommen wir da bloß hinaus und wischen ihm eins aus, Tonino Montana?"
Das Kinn in die Hand gestützt, saß Tonino da und dachte nach. In Büchern wurden häufig Leute gekidnappt, und in seinen Lieblingsbüchern – und das war wie ein schlechter Witz – entwischten sie, ohne Zauberkräfte irgendwelcher Art zu verwenden. Aber hier gab es keine Türen. Und das war es, was eine Flucht unmöglich erscheinen ließ. Aber die Donnerstimme hatte ihnen Essen versprochen.
„Wenn sie glauben, daß wir uns gut benehmen", sagte Tonino, „bringen sie uns wahrscheinlich ein Nachtmahl. Und das müssen sie doch irgendwie hereintragen. Und wenn wir achtgeben, wie es hereinkommt, können wir vielleicht auf demselben Weg hinaus!"
„Vergiß nicht den Zauberspruch draußen", sagte Angelica.
Tonino saß bleich auf seinem krachenden Stuhl und überdachte das bißchen Zaubern, das er wirklich beherrschte. Das Nützlichste schien ihm ein einfacher Gegenzauberspruch zu sein.
„Ein Gegenzauberspruch", sagte Angelica, „ein richtiger Gegenzauberspruch hält vielleicht den Eingang offen. Weißt du einen?"
„Ich weiß einen", sagte Tonino.
Das Nachtmahl erschien. Es erschien ohne Vorwarnung auf einem Tablett, das von den Fenstern her auf die Kinder zuschwebte. Tonino war völlig überrumpelt.
„Zauberspruch singen!" rief Angelica. „Nicht glotzen!"
Tonino sang den Spruch, in aller Eile und überrascht wie er war, aber er war doch sicher, daß der Gegenzauber richtig herauskam. Leider war es das Tablett, auf das der Zauber wirkte. Das Tablett begann zu wachsen. Innerhalb von Sekunden war es größer als die Tischplatte. Tonino wich vor zwei dampfenden, badewannengroßen

Schüsseln mit Suppe und einem orangefarbenen Dickicht Spaghetti zurück.
Angelica quetschte sich an eine Seitenwand.
„Schmeiß dich auf den Fußboden!" schrie Tonino.
Sie krochen unter das Tablett, das nun über ihnen hing wie eine zu niedrige Zimmerdecke. Der ungeheure Duft der Spaghetti erdrückte sie fast.
„Was hast du bloß gemacht?" sagte Angelica und kam auf Händen und Knien auf Tonino zugekrochen. „Du hast den Spruch nicht richtig erwischt!"
„Ja, aber das Tablett wird größer. Vielleicht bricht es das Zimmer auseinander!" sagte Tonino.
Angelica sank auf die Knie zurück und sah ihn beinahe respektvoll an. „Das ist fast eine gute Idee."
Aber es war eben nur fast eine. Das Tablett stieß an alle vier Wände, aber die Wände gaben nicht nach.
Tonino sang den Gegenzauberspruch nun sorgfältig und korrekt. Das Tablett schrumpfte plötzlich. Die Kinder blieben auf dem Fußboden knien und sahen ihr Abendessen in vernünftiger Größe hübsch in der Mitte des Tisches serviert. „Wir können essen", sagte Tonino.
Er ärgerte sich schon wieder, als Angelica ihren Löffel aufhob und sagte: „Ich bin froh, daß ich nicht der einzige Mensch bin, dem Sprüche schiefgehen."
„Ich weiß genau, ich hab ihn richtig hingekriegt", murmelte Tonino.
Plötzlich merkte er, daß Angelica ihn neugierig ansah, wenn er aufblickte. „Was ist denn jetzt schon wieder los?" knurrte er.
„Ich habe auf deine schlechten Eßmanieren gewartet", sagte sie. „Aber mir scheint, du hast heute deinen Gut-benimm-Tag."

„Ich esse immer so ordentlich!" Tonino merkte, daß er zu viele Spaghetti auf die Gabel gerollt hatte. Eilig wickelte er sie wieder ab.
„Nein. Montanas essen immer unappetitlich", sagte Angelica. „Das kommt davon, weil der Alte Ricardo Petrocchi sie ihre eigenen Worte hat schlucken lassen."
„Erzähl keinen Unsinn", sagte Tonino. „Es war der alte Francesco Montana, der die *Petrocchis* gezwungen hat, *ihre* Worte zu schlucken."
„Nein!" sagte Angelica hitzig. „Das war die erste Geschichte, die ich überhaupt gelernt habe. Die Petrocchis haben die Montanas gezwungen, ihre ekelhaften Sprüche als Spaghetti zu essen."
„Haben sie nicht. Es war genau umgekehrt!" sagte Tonino. „Bei mir war es *auch* die erste Geschichte, die ich überhaupt gelernt habe."
Sie hatten plötzlich keine Lust mehr, ihre Spaghetti aufzuessen. Sie legten die Gabeln nieder und stritten weiter.
„Und weil sie diese Sprüche geschluckt haben", sagte Angelica, „sind die Montanas so unappetitlich geworden und haben angefangen, ihre Onkel und Tanten aufzuessen."
„Nein! So was tun wir nie!" sagte Tonino. „Aber ihr freßt Babys!"
„Wie kannst du es wagen!" schrie Angelica. „Ihr freßt Kuhfladen statt der Pizza, und man kann das Haus Montana schon riechen, wenn man auf dem Corso ist!"
„Die Casa Petrocchi riecht man schon von der Via Sant' Angelo!" sagte Tonino. „Und eure Fliegen hört man schon auf der Neuen Brücke surren! Ihr kriegt Kinder wie Kaninchen, und . . ."
„Lüge!" quietschte Angelica. „Du denkst dir das alles nur aus, damit die Leute nicht erfahren, daß die Montanas nie ordentlich heiraten!"
„Doch! Wir heiraten!" keifte Tonino. „*Ihr* heiratet nicht!"

„Das hab ich schon gern!" schrie Angelica gellend. „Ich kann dir beweisen, daß mein Bruder geheiratet hat, in der Kirche! Gerade nach Weihnachten! So!"
„Das glaub ich dir nicht", sagte Tonino. „Und meine Schwester wird im Frühjahr heiraten! So!"
„Ich war *Brautjungfer*!" kreischte Angelica.
Während sie noch stritten, schwebte das Tablett ruhig vom Tisch und verschwand irgendwo in der Nähe der Fenster. Tonino und Angelica sahen sich danach um und ärgerten sich, daß sie versäumt hatten zu beobachten, wie es herein- und hinausgelangt war.
„Schau, was du angestellt hast!" sagte Angelica.
„Es ist deine Schuld, weil du Lügen über meine Familie erzählst!" sagte Tonino.

Neuntes Kapitel

„Wenn du nicht aufpaßt," sagte Angelica, „dann sing ich den ersten Spruch, der mir einfällt. Und hoffentlich verwandelt er dich in eine Schnecke."

Das war wirklich eine Drohung. Tonino sank der Mut. Aber die Ehre der Montanas stand auf dem Spiel. „Nimm sofort zurück, was du über meine Familie gesagt hast!"

„Nur wenn du zurücknimmst, was du über meine Familie gesagt hast", sagte Angelica. „Schwöre beim Engel von Caprona, daß keine einzige von diesen scheußlichen Lügen wahr ist. Schau, da ist der Engel. Komm her und schwöre!" Ihr Finger zeigte auf die Tischplatte. Sie erinnerte Tonino an seinen Lehrer in der Schule, wenn er einen schlechten Tag hatte.

Tonino verließ seinen quietschenden Stuhl und beugte sich über den Tisch, um zu sehen, worauf sie zeigte. Angelica wischte einen Berg kleiner gelber Lacksplitter fort und zeigte ihm, daß sie mit dem Leuchter tatsächlich einen Engel in die Tischplatte geritzt hatte.

„Du hast die Schriftrolle vergessen", sagte Tonino.

Angelica sprang so heftig auf, daß ihr Stuhl krachend umfiel. „Das reicht! Du willst es ja so haben!" Sie marschierte zu dem leeren Zwischenraum zwischen den Fenstern hinüber und stellte sich in Imponierhaltung auf. Die Hände erhoben, blickte sie nach Tonino, um zu sehen, ob er klein beigeben würde.

Tonino hätte gern klein beigegeben. Er wollte keine Schnecke sein. Er grub in seinem Hirn nach einem Ausweg, wie er nachgeben könnte, ohne daß es nach Feigheit aussah, aber er war auch da ein Langsamer. Angelica wand und drehte sich, so daß ihre Arme sich nicht mehr im rechten Winkel befanden.

„Also gut", sagte sie. „Jetzt verzaubere ich dich." Und sie begann zu singen.

Angelicas Stimme klang schrecklich. Einmal schneidend scharf und einmal weich wie Watte. Und außerdem wechselte sie ständig die Tonart.

Angelica hob beim dritten Vers die Arme höher und kreischte:

„Kehr den Spruch um brich den Spruch ab!"

„Du singst falsch!" sagte Tonino.

„Jetzt hast du mich rausgebracht!" keifte Angelica und drehte sich um, was den Engel, den ihre Armstellung ausdrücken sollte, noch schiefer machte. Eine Hand zeigte nun zum Fenster. *„Ich befehle das Losbinden des Gebundenen, das Entfesseln des Gefesselten!"* sang sie schrill.

Tonino blickte eilig an sich herunter, aber er schien noch immer vorhanden zu sein und war auch gefärbt wie gewöhnlich. Er sagte sich, er hätte schon immer gewußt, daß ein so verpfuschter Pfusch-Spruch nicht wirken konnte.

Da gab's ein lautes Krachen an der Decke direkt über dem Fenster. Der Raum schwankte. Zu Toninos Freude sprang die ganze Vorderwand des Zimmers mitsamt Fenstern und allem ab und fiel mit einem leisen Klappen nach draußen. Es war ein merkwürdig leises Geräusch für den Einsturz einer ganzen Zimmerwand. Modergeruch kam durch die Öffnung gezogen.

Angelica war ebenso überrascht wie Tonino, aber das hinderte sie nicht daran, sich mit einem reizenden und triumphierenden Lächeln zu ihm herumzudrehen. „Na, siehst du? Meine Sprüche wirken immer!"
„Gehn wir!" sagte Tonino. „Schnell! Bevor wer kommt!"
Sie rannten hinaus. Sie rannten über die gemalte Holzvertäfelung zwischen den Fenstern. Sie stiegen über die überraschend saubere Kante, dort, wo die Wand die Decke berührt hatte, auf eine Terrasse vor dem Haus. Sie schien aus Holz zu sein und nicht aus Stein, wie Tonino erwartet hatte. Und jenseits davon . . .
Sie blieben stehen, gerade noch rechtzeitig, am Rand einer hohen Klippe. Beide schwankten sie vorwärts und fingen sich aneinander. Die Klippe ging steil senkrecht nach unten in undurchdringliche Dunkelheit. Sie konnten nicht bis ganz unten sehen. Sie konnten auch nicht viel mehr sehen, als sie dann aufwärts blickten, und auch nicht, als sie geradeaus sahen. Von dort kam gleißend rotgoldenes Sonnenlicht und blendete sie.
„Mir scheint, diese Aussicht ist noch verhext", sagte Tonino.
„In diesem Fall", erklärte Angelica, „gehn wir einfach weiter. Es muß eine Straße oder ein Garten da sein. Wir sehen sie bloß nicht."
Es mußte gewiß etwas dergleichen dort sein, aber es fühlte sich weder so an, noch sah es so aus. Tonino konnte die Leere unter den Klippen förmlich spüren. Man hörte keinerlei Stadtlärm, aber da war dieser befremdende Modergeruch.
„Feigling!" sagte Angelica.
„Geh doch du!" sagte Tonino.
„Ich geh nur, wenn du gehst!" sagte sie.

Sie schwebten plötzlich in der Luft.
Und als sie so schwebten, wurde der Glanz der Sonne von einer riesigen schwarzen Gestalt verdeckt. *„Abscheußlich!"* sagte die Donnerstimme. „Schlimme Kinder muß man strafen!"
Eine gewaltige Kraft schwemmte die Kinder zurück auf die herabgestürzte Zimmerwand. Die Wand erhob sich energisch auf ihren Platz und riß Angelica und Tonino mit sich. Hilflos rutschten und rollten sie, bis sie mit einem Plumps auf dem gemalten Teppich landeten. Mit einem Klick schnappte die Wand wieder zurück an ihren Platz. Tonino erkannte, daß er sich in der Macht eines weiteren Zauberspruchs befand. Er kämpfte wütend dagegen an, aber wer immer den Spruch geschleudert hatte, er war ungeheuer stark. Tonino fühlte ein Wogen und Stoßen. Das Licht von den Fenstern her wechselte wieder und wieder. Er hätte schwören können, daß das Zimmer getragen wurde! Mit einem Ruck hielt es an. Und dann verlor er das Bewußtsein.
Als er wieder zu sich kam, befand er sich in einem Wirbel von Licht und Lärm. Auf einer Seite war ein riesiger undeutlicher Fleck. Und Tonino raste auf einer schmalen hölzernen Plattform auf und ab und schleppte eine Kette von Würsten hinter sich her. Er trug ein leuchtend rotes Nachthemd, und in seinem Gesicht vorn war etwas Schweres. Jedesmal wenn er das eine Ende der hölzernen Plattform erreichte, fand er dort einen weißen Hund aus Pappe, der das Maul öffnete und wieder zuklappte. Er machte papp-schwache Versuche, die Würste zu erwischen.
„Oh, was für ein intelligenter Bursche! Oh, was für ein intelligenter Bursche!" hörte er sich selbst quäken mit einer Stimme, die mit der seinen keinerlei Ähnlichkeit hatte.

Lärm kam von der erleuchteten Öffnung auf der einen Seite. Laute Stimmen brüllten und lachten, und dazu erklang blecherne Musik. Ich träume, dachte Tonino, aber er wußte, daß er nicht träumte. Er hatte eine leise Vorstellung, was geschah, obwohl sein Kopf noch immer benommen war und seine Augen nur trüb sahen. Als er auf der kleinen Plattform zurück raste, schielte er nach innen gegen das Schwere in seinem Gesicht. Verschwommen, doppelt so groß wie seine eigene, konnte er eine große, rosarote Nase dort sehen. Er, Tonino selbst, war Hanswurstel!

Natürlich versuchte er sofort, die Fersen in den Boden zu stemmen und das ewige Auf- und Abgerenne zu stoppen. Und er versuchte, die Hand zu heben und die ungeheure rosarote Nase abzureißen. Er brachte beides nicht fertig. Noch schlimmer: Wer immer ihn in den Hanswurstel verwandelt hatte, schien ein gemeines Vergnügen daran zu haben, ihn immer schneller laufen zu lassen und die Würste immer heftiger um ihn herumwirbeln zu sehen.

„Sehr gut, sehr gut, bravo!" schrie jemand gellend aus der erleuchteten Öffnung.

Tonino kannte die Stimme. Er hastete vorwärts gegen den Papp-Hund Peppino, wirbelte ihm die Würste vom Pappmaul fort und wartete, daß sein Kopf und seine Augen wieder klarer würden.

Als er wieder zurück raste, warf er einen Blick über seine Riesennase gegen die erleuchtete Öffnung. Aber dort war alles verschwommen. So blickte er zur anderen Seite.

Er sah dort die Wand einer goldenen Villa mit vier hohen Fenstern. Neben jedem Fenster stand ein kleiner, dunkler Zypressenbaum. Nun wußte er, warum ihm der fremde Raum so unecht vorgekommen war. Er war als Szenerie gedacht, als Kulisse. Die Tür an der

Außenwand war nur aufgemalt. Zwischen der Villa und der Bühne war ein Abgrund. Die Person, die die Puppen führte, mußte dort unten gewesen sein, aber Tonino konnte nur schwarze Dunkelheit erkennen. Wahrscheinlich war das alles Zauberei.

Gerade als er dies dachte, wurde er von einer Person aus Pappe abgelenkt, die aus dem Abgrund auftauchte und quäkte, Hanswurstel hätte ihre Würste gestohlen. Tonino war gezwungen, stillzustehn und zurückzuquäken, und war froh, daß er wenigstens nicht schon wieder rennen mußte. Inzwischen packte der Hund aus Pappe die Würste und verschwand damit außer Sichtweite. Die Zuschauer klatschten und brüllten.

Wieder versuchte Tonino, einen Blick in den Zuschauerraum zu werfen. Diesmal konnte er undeutlich einen glänzend erhellten Raum erkennen und schwarze große Gestalten, die auf Stühlen saßen, aber er sah das alles wie jemand, der gegen die Sonne zu sehen versucht. Die Augen tränten ihm. Eine Träne rollte an seiner rosaroten Nase hinunter. Tonino konnte fühlen, daß im Zuschauerraum jemand saß, der entzückt war, ihn weinen zu sehen.

Tonino ärgerte sich, aber er freute sich auch. Denn er weinte ja nicht wirklich. Es sah ganz so aus, als könne die gemeine Person im Zuschauerraum mit ihren eigenen bösen Gedanken irregeführt werden. Tonino starrte hinaus trotz der Blendung und versuchte, den Betreffenden zu erkennen. Aber alles, was er deutlicher sehen konnte, war eine Schnitzerei. Es war der Engel von Caprona. Eine Hand hielt er segnend ausgestreckt, in der anderen hielt er die Schriftrolle.

Dann wurde Tonino umgedreht und sah sich Margarita gegenüber. Sie kam über die Bühne daher und trug ein weißes Wickelkind. Sie

hatte ein blaues Nachthemd an und eine blaue Mütze auf. Ihr Gesicht war malvenfarben mit einer Nase in der Mitte, die fast so groß und rosa war wie die Toninos. Aber die Augen zu beiden Seiten der Nase gehörten Angelica. Flehend blinzelte sie Tonino zu, während sie quäkte: „Ich muß ausgehn, Hanswurstel! Paß auf das Baby auf!"
„Ich will nicht auf das Baby aufpassen!" quäkte er zurück.
Das ganze lange dumme nun folgende Gespräch lang konnte er Angelicas Augen zwinkern sehen. Sie flehten ihn an, sich einen Zauberspruch auszudenken, damit all dies hier endlich aufhöre. Aber natürlich konnte Tonino das nicht. Er war überzeugt, nicht einmal Rinaldo oder nicht einmal Antonio hätten einen so mächtigen Zauber wie diesen hier aufhalten können. Engel von Caprona, dachte er. Hilf uns! Er fühlte sich gleich besser, obwohl der Zauber weiterging. Angelica pflanzte das Baby in seine Arme, duckte sich und verschwand.
Das Baby fing an zu plärren. Tonino nahm es am unteren Zipfel des weißen Wickelkissens und schlug es mit dem Kopf gegen die Bühne. Und dann schleuderte er es in den Zuschauerraum. Er blickte zu den klatschenden Zuschauern hinüber und konnte sie endlich ganz deutlich sehen.
Die erste Person, die er erkannte, war der Herzog von Caprona. Er saß auf einem vergoldeten Stuhl in einem Geglitzer von Knöpfen und lachte gigantisch. Tonino hätte gern gewußt, wie er über so etwas Schreckliches lachen konnte, bis er sich erinnerte, daß ja auch er selber schon des öfteren da unten gestanden hatte und sich über dasselbe Schreckliche fast kaputtgelacht hatte. Aber es waren ja nur Puppen gewesen. Da fiel ihm ein, daß der Herzog natürlich glaubte,

sie *wären* Puppen. Der Herzog lachte über die Geschicklichkeit des Puppenspielers.
Und dann sah Tonino die Herzogin. Und sobald er sie sah, den amüsiert hochgezogenen Bogen ihrer Augenbrauen, ihr heimliches Lächeln auf den schmalen Lippen – da wußte er, daß *sie* es war, die so mit ihm umsprang.
Er beobachtete ihre Augen. Ja, sie war eine Zauberin. Das war es also, was ihn bei seinem Besuch im Herzogspalast so beunruhigt hatte.
Aber nun kam Angelica angestürzt mit einem dicken Prügel in den Armen, und er hatte keine Zeit mehr, über die Herzogin nachzudenken.
„Was hast du mit dem Baby getan?" quäkte Angelica. Und sie bearbeitete Tonino mit dem Stock. Es tat wirklich weh. Tonino konnte Angelicas Lippen zittern sehen. Trotz ihrer dummen, quäkenden Stimme, die immerzu sagte „Ich werd dich lehren, ein Baby umzubringen", formte ihr Mund die Worte des ‚Engels von Caprona'.
Tonino sprach auch die Worte des Engels und versuchte sich zu ducken, aber jemand zwang ihn aufzuspringen, Margarita den Stock zu entreißen und damit Angelica zu verprügeln. Er versuchte, den Stock so zu halten, daß er Angelica nur streifte. Sie mochte eine Petrocchi sein und ein ganz und gar und durch und durch ärgerniserregendes Mädchen, *das* hatte sie jedoch nicht verdient. Aber der Stock sprang auf und ab nach seinem eigenen Takt und riß Toninos Arme mit.
Angelica fiel hin. Sie lag da, mit über die Vorderbühne hinabhängendem Kopf, und sah genau wie eine Puppe aus. Tonino mußte sie in den Abgrund zwischen der falschen Villa und der Bühne hinunterstoßen. Er hörte sie weit unten aufschlagen. Und jetzt mußte er noch

hopsen und vor Freude gackern, während die Herzogin den Kopf zurückwarf und herzlich lachte.

Tonino war so wütend, und es war ihm so elend dabei, daß er sich nicht darum scherte, als ein Polizist aus Pappe erschien. Er jagte ihn mit dem Prügel und fiel über den Polizisten her, als wäre der die Herzogin und nicht bloß ein Männchen aus Pappe.

„Geht's dir gut, Lucrezia? Gefällt es dir?" hörte er den Herzog fragen.

Tonino blinzelte seitwärts, als er den nächsten mächtigen Schlag auf den Helm des Papp-Polizisten niedersausen ließ. Er sah die Herzogin zusammenzucken, als der Schlag traf, und war gar nicht überrascht, als der Polizist plötzlich davonwischte. Denn er begriff nun, wie das alles zusammenhing. Die Herzogin *war* der Polizist. Sie tat irgend etwas von sich selbst in all diese Puppen hinein und ließ sie tanzen und handeln. Aber er durfte sie nicht wissen lassen, daß er das wußte.

Und nun erschien der Henker. Er schleppte einen kleinen hölzernen Galgen an.

Die dumme Szene begann. Tonino hatte sich noch nie in seinem Leben so bemüht. Ununterbrochen wiederholte er in seinem Kopf die Worte des Engels, als Gebet und zugleich als Täuschungsmanöver, damit die Herzogin nicht mitbekam, was er vorhatte. Zur selben Zeit dachte er rachedurstig daran, daß der Henker nicht bloß eine Puppe war. Es war die Herzogin selbst, die ihm ans Leben wollte. Und ebenfalls zur selben Zeit blödelte er hanswurstelig mit all seiner Kraft. So konnte es hoffentlich nicht schiefgehen.

„Komm doch, Hanswurstel", krächzte der Henker. „Steck doch bitte nur ein bißchen deinen Kopf in diese Schlinge!"

„Wie macht man denn das?" fragte Hanswurstel-Tonino schlau.
„Du tust einfach deinen dummen Kopf hier hinein!" krächzte der Henker und steckte eine Hand durch die Schlinge.
Hanswurstel-Tonino hielt den Kopf erst an die eine Seite der Schlinge, dann an die andere. „Ist es so richtig? Oder besser so? Ich weiß nicht, wie man das macht! Willst du's mir nicht zeigen?" Er schaute den Henker an und dachte ununterbrochen: Das ist die Herzogin. Und sagte dabei aus Leibeskräften den Engel auf.
„Na schön!" krächzte der Henker. „Wenn du so blöd bist!" Und steckte seinen Kopf aus Pappe durch die Schlinge.
Hanswurstel-Tonino zog eilig die Seilschlinge zu, und Tonino dachte: Das ist die Herzogin. Er warf einen schnellen Blick auf die Herzogin im Zuschauerraum. Sie war aufgesprungen, die Hände an der Kehle. Dann wurde Tonino aufs Gesicht geschleudert und rutschte halb bewußtlos quer über die Bühne. Sein Kopf hing von der Vorderbühne hinunter. Er konnte fast nichts mehr sehen, aber er bekam doch mit, daß die Herzogin behutsam fortgeführt wurde.
Jetzt freu ich mich wie ein Hanswurstel, dachte Tonino.

Zehntes Kapitel

Paolo starrte noch immer auf die fahlgelb leuchtende Botschaft im Hof, als die übrige Familie ankam. Aber Benvenuto fauchte und spuckte wie heißes Fett im Feuer und wollte niemanden durchlassen.
„Still, mein Guter", sagte der Alte Niccolo. „Du hast dein Bestes getan." Er wandte sich an Tante Francesca. „Das verzeih ich den Petrocchis nie", sagte er. „Niemals!" Paolo erschrak, so elend sah der Großvater aus. „Wir müssen diese entsetzliche Botschaft loswerden", sagte der Alte Niccolo gereizt zu den anderen.
Er hob die Arme, um der Familie den Einsatz für das Sprechen eines Zauberspruchs zu geben – und sackte zusammen. Seine Hände griffen nach dem Herzen. Paolo dachte, der Großvater sei tot. Elizabeth, Onkel Lorenzo und Tante Maria stürzten auf den Alten Niccolo zu.
„Ein Herzanfall!" sagte Onkel Lorenzo zu Antonio. „Kümmre du dich um den Zauberspruch. Wir müssen ihn hineintragen."
„Paolo, lauf zum Doktor!" sagte Elizabeth.
Paolo rannte los, hinter ihm brach der Gesang los. Als er mit dem Doktor zurückkam, war die gelbe Botschaft verschwunden, und der Alte Niccolo war zu Bett gebracht worden. Tante Francesca – immer noch schlammverschmiert und zerrauft – ging im Hof herum wie ein wandelnder Berg, weinte und rang die Hände.
„Sprüche sind verboten!" rief sie. „Ich hab alles gestoppt!"

„Schau, daß deine Großtante sich hinlegt, Paolo", sagte der Doktor. „Sie gehört als nächste ins Bett."
Tante Francesca wollte aber allerhöchstens in den Salon gehen und sich dort hinsetzen. Die Kinder heulten vor Müdigkeit. Elizabeth und die Tanten ängstigten sich um den Alten Niccolo und um Tante Francesca. Im Scriptorium mitten unter den verlassen Zaubersprüchen hockten Antonio und die Onkel starr vor Kummer, und der Rest der Casa war angefüllt mit älteren Cousins und Cousinen, die auf und ab liefen und die Petrocchis verfluchten.
Paolo fand Rinaldo mißlaunig am Geländer der Galerie. „Fluch den Petrocchis", sagte Rinaldo düster. „Wenn wir nicht zaubern dürfen, können wir uns nicht mehr unser Brot verdienen, geschweige denn eine Hilfe sein, falls Krieg kommt."
Paolo fühlte sich trotz seines Jammers sehr geschmeichelt, daß Rinaldo ihn für alt genug zu halten schien, mit ihm Familienprobleme zu erörtern. Er sagte: „Ja, es ist gräßlich" und versuchte, sich mit derselben eleganten Gebärde über das Geländer zu lümmeln wie Rinaldo. Das war nicht leicht, denn Paolo war nicht annähernd groß genug dazu, aber er versuchte es zumindest und sann über Argumente nach, mit denen er Rinaldo überzeugen wollte, daß Tonino sich in den Händen eines feindlichen Zauberers befand. Das war nicht leicht. Paolo wußte, Rinaldo würde ihm nicht zuhören, falls er die leiseste Anspielung machte, er hätte mit einer Petrocchi gesprochen.
Während Paolo noch grübelte, sagte Rinaldo ärgerlich: „Was hat diesen blöden Fratz Tonino bloß dazu gebracht, das verdammte Buch zu lesen?"
Paolo reckte sich ein wenig – diese elegante Haltung war höchst unbequem – und fragte schüchtern: „Wie werden wir ihn denn

zurückkriegen?" Das war eigentlich nicht das, was er hatte sagen wollen.
„Frag nicht so dumm", sagte Rinaldo. „Wir wissen, wo er ist – in der Casa Petrocchi. Und wenn er's dort ungemütlich hat, ist er selber schuld."
„Aber er ist nicht in der Casa Petrocchi!" protestierte Paolo. Im Licht der Lampe im Hof sah er, wie Rinaldo ihn spöttisch ansah. Paolo hatte sich dieses Gespräch ganz anders vorgestellt. „Ein feindlicher Zauberer hat ihn erwischt", sagte er. „Und zwar genau der, von dem Chrestomanci geredet hat."
Rinaldo lachte. „Kalter Kaffee, Paolo. Unser Freund hat auch mit den Petrocchis über die Sache gesprochen. Er macht es sich bequem. Er hat diesen Zauberer einfach erfunden, weil er will, daß wir alle miteinander für Caprona schuften. Die meisten von uns haben das sofort durchschaut."
„Und wer bitte hat dann den Nebel auf dem Corso erzeugt? Wir waren's nicht. Und die Petrocchis auch nicht."
Aber Rinaldo äußerte nur: „Wer sagt denn, daß sie es nicht waren?"
Da Paolo nicht erklären konnte, Renata Petrocchi hätte das gesagt, konnte er nichts darauf antworten. „Komm mit zur Casa Petrocchi", sagte er ganz verzweifelt. „Wenn du einen Such-und-Finde-Zauberspruch singst, könntest du gleich herauskriegen, daß Tonino nicht dort ist."
„Für was für einen Narren hältst du mich, Paolo?" fragte Rinaldo erstaunt. „Ich geh doch nicht als einzelner eine ganze Familie von Zaubersprüchlern an! Und *wenn* ich hingehe und einen Spruch sage und sie tun Tonino was an? Jeder würde mir die Schuld daran geben. Etwas wissen wir jedenfalls . . ."

Er wurde von Tante Gina unterbrochen, die unten im Hof trompetete: „Notti ist der einzige Apotheker, der noch offen hat. Sagt ihm, es ist für Niccolo Montana!"
Mit einiger Erleichterung gab Paolo die elegante Haltung ganz auf und lehnte sich gemütlich über das Geländer, um Corinna und Lucia zu beobachten, die mit dem Rezept des Doktors über den Hof rannten. Der Anblick verursachte ihm Magenschmerzen. „Glaubst du, wird der Alte Niccolo sterben?"
Rinaldo zuckte die Achseln. „Kann sein. Er hat ja schon ein schönes Alter. Es war ohnehin Zeit, daß der alte Trottel aufgibt. Wieder ein Schritt näher für mich zum Familienoberhaupt!"
Paolo hatte nie viel darüber nachgedacht, wer auf Antonio als Familienoberhaupt der Casa Montana folgen würde – denn es war klar, sein Vater würde auf den Alten Niccolo folgen. Aus irgendeinem Grund aber hatte er nie daran gedacht, es könnte Rinaldo sein. Nun sah er im Geist Rinaldo vor sich, wie er die Aufgaben des Alten Niccolo übernahm. Und im selben Augenblick wußte er, daß Rinaldo dazu völlig ungeeignet war. Rinaldo war eitel und selbstsüchtig – und ein bißchen feige – vorausgesetzt, er konnte ein Feigling sein und trotzdem eine gute Figur machen. Es war, als hätte Rinaldo einen kräftigen Zauberspruch gesagt, der Paolo die Augen öffnete.
Obwohl Rinaldo doch ein Spruchmachexperte war, kam es ihm nicht in den Sinn, daß ein paar Worte alles verändern könnten. Er beugte sich gegen Paolo hin und senkte die Stimme zu einem melodiösen Gemurmel. „Ich war im Begriff, es dir zu sagen, Paolo: Ich geh herum und werbe unsere jungen Leute an. Wir arbeiten einen Geheimracheplan gegen die Petrocchis aus. Wir werden etwas

Gräßlicheres tun, als sie ihre eigenen Worte schlucken lassen. Machst du mit? Willst du schwören, bei unserem Plan mitzumachen?"
Paolo rückte ein Stück am Geländer weiter.
„Bist du bereit?" flüsterte Rinaldo und lachte ein wenig.
Paolo setzte sich außer Rufweite ab. „Sag ich dir später." Er wandte sich um und stürzte fort. Rinaldo lachte und versuchte nicht, ihn zu fangen. Er dachte, Paolo hätte einfach Angst.
Paolo lief in den Hof hinunter und fühlte sich einsamer als je in seinem ganzen Leben. Tonino war nicht da. Tonino war nicht eitel oder selbstsüchtig oder feig. Und niemand würde ihm, Paolo, helfen, Tonino zu finden. Paolo hatte bisher nie bemerkt, wie abhängig er von Tonino war. Immer hatten sie alles Wichtige zusammen gemacht.
Er ging in die Küche, und dort schien wenigstens irgend etwas vorzugehen. Alle kleinen Cousins und Cousinen waren versammelt.
Rosa und Marco versuchten, Suppe für sie zu kochen.
„Komm herein und hilf uns, Paolo", sagte Rosa. „Es gibt da ein kleines Problem."
Der ganze Jammer kam von Lucias Zauberspruch. Paolo begriff das, als Marco ihm das Baby in die Arme legte. Sein Wickeltuch war schmierig von orangefarbenem Fett.
Paolo blickte nervös zur Tür. War der feindliche Zauber mächtig genug, ihn zu hören? „Sprecht doch einen Gegenzauberspruch!" flüsterte er.
„Tante Gina hat sie schon heute nachmittag alle ausprobiert", sagte Rosa. „Keiner hat genützt. Weil Lucia die Engel-von-Caprona-

Melodie benützt hat. Jetzt versuchen wir's mit einer Idee von Marco. Fertig, Marco?"
Rosa öffnete das Suppenpäckchen und hielt es über den Kochtopf. Das trockene rosa Pulver rieselte ins Wasser, Marco beugte sich über den Topf und sang wild. Als alles Pulver im Wasser war, schauten Rosa und Marco ängstlich gespannt in den Topf. „Haben wir's geschafft?" fragte Marco.
Die kleinen Teigmuscheln im Suppenpulver hatten sich jedoch in kleine graue, echte Seemuscheln verwandelt. „So ein Viehzeug!" sagte Rosa verzweifelt und holte einen Löffel voll heraus. „Wo ist Lucia? Hol sie her! Sag ihr, ich – nein, sag ihr nichts. Hol sie bloß her, Paolo."
„Sie ist zur Apotheke gegangen", sagte Paolo.
Da ertönte Geschrei vom Hof her. Paolo reichte das schmierige Baby dem nächsten Cousin und schoß hinaus. Er befürchtete, eine neue fahlgelbe Botschaft zu finden. Aber es war etwas anderes. Rinaldo veranstaltete in der Mitte des Hofs ein Freudenfeuer aus Zaubersprüchen. Domenico, Carlo und Luigi schleppten geschäftig Arme voll von Manuskripten, Kuverts und Schriftrollen von der Galerie herunter. Paolo entdeckte in den Flammen die sich bereits krümmenden Kriegszaubersprüche, die zu kopieren ihn und die anderen Kinder so viel Zeit gekostet hatte. Es war eine schreckliche Vergeudung von Arbeit.
„Die Petrocchis sind schuld!" brüllte Rinaldo mit einer großartigen Geste. Er stand wirkungsvoll neben den Flammen.
Paolo war sehr froh, als er Antonio und Onkel Lorenzo aus dem Salon stürzen sah.
„Rinaldo!" brüllte Antonio. „Rinaldo, wir machen uns Sorgen

wegen Umberto. Du mußt zur Universität gehn und nachfragen!"
„Schickt doch Domenico", sagte Rinaldo und wandte sich wieder den Flammen zu.
„Nein", sagte Antonio. „*Du* gehst." In der Art, wie er das sagte, lag etwas, das Rinaldo veranlaßte, vor ihm zurückzuweichen.
„Ich geh ja schon", sagte er. „Ich hab doch nur Spaß gemacht, Onkel Antonio!"
Er hatte es dann plötzlich sehr eilig. „Tragt die Sprüche zurück", sagte Onkel Lorenzo zu den andern drei Cousins. „Ich finde es abscheulich, gute Arbeit zu vergeuden!" Domenico, Carlo und Luigi gehorchten wortlos. Antonio und Onkel Lorenzo gingen zu dem Freudenfeuer hin und versuchten, die Flammen auszutreten, aber die brannten zu heftig. Paolo sah die beiden einen schuldbewußten Blick wechseln und dann sich vorneigen und einen Spruch über das Feuer murmeln. Es erlosch augenblicklich. Paolo seufzte beunruhigt. Es war klar, daß niemand in der Casa sich abgewöhnen konnte, Zaubersprüche zu verwenden. Er hätte gern gewußt, wie lange es dauerte, bis der Feind-Zauberer das bemerkte.
„Hol dir Licht!" brüllte Antonio Domenico zu. „Und klaub die Sprüche heraus, die nicht verbrannt sind."
Paolo verzog sich in die Küche, bevor sie ihn baten, ihnen zu helfen. Das Freudenfeuer hatte ihn auf eine Idee gebracht.
„Warum trägst du die Lebensmittel nicht ins Eßzimmer?" fragte Paolo. „Ich mach euch dort Feuer, und dann könnt ihr darauf kochen."
„Der Junge ist ein Genie", sagte Marco.
Sie folgten Paolos Rat. Rosa kochte auf dem Behelfsherd, und Marco

machte Kakao. Die Kinder, Paolo eingeschlossen, bekamen ihr Essen zuerst. Paolo saß auf einer der langen Bänke und war beinahe glücklich. Unversehens landete plötzlich ein Bündel aus Krallen und kuschelwarmen, eisenharten Muskeln auf seinen Knien. Auch Benvenuto vermißte Tonino. Er rieb sich an Paolo, aber er schnurrte nicht.

Rosa und Marco machten sich eben daran, die Kleinen zu Bett zu bringen, als in der Dunkelheit draußen plötzlich ein lauter, metallischer Ton erdröhnte.

„Heiliger Himmel!" sagte Rosa und öffnete die Tür zum Hof.

Der Lärm flutete herein, mächtig und schallend. Das nächste Dröhnen klang so nahe, daß es nur die Glocke von Sant' Angelo sein konnte. Und von noch weiter her schlugen und läuteten alle Kirchenglocken von Caprona. Corinna und Lucia kamen gerast, die Gesichter glühend vor Kälte und Aufregung.

„Der Herzog hat den Krieg erklärt!"

Marco und Rosa sahen einander an. „Drei Staaten sind gegen uns, und wir haben keine Zaubersprüche", sagte Marco und flüsterte Rosa zu: „Ein kurzes Eheglück war das für uns, Liebste!"

Während die Kinder zu Bett gebracht wurden, saß Paolo da und streichelte Benvenuto und war trauriger und ratloser denn je. Ob die Soldaten von Florenz, Pisa und Siena vielleicht schon morgen in Caprona waren? Würden sie in den Straßen schießen? Er dachte an große Marmorsplitter, die dann von der Kathedrale heruntergeschossen würden, und auch die Neue Brücke würde vielleicht kaputtgeschossen trotz all der Zaubersprüche darin. Er wußte, daß all das wirklich geschehen konnte, noch bevor die Woche zu Ende war.

Und im selben Augenblick wußte er auch, daß Benvenuto ihm etwas mitteilen wollte. Er konnte es aus dem eindringlichen Starren der gelben Katzenaugen erkennen. Aber er konnte nicht verstehen, *was* Benvenuto ihm sagen wollte.

„Ich möchte dich ja verstehen!" sagte er zu dem Kater. „Wirklich!"

Er hatte das Gefühl, daß Benvenuto froh war, und blickte in die starrenden Augen. Aber alles was er herausbekommen konnte, war ein Bild vor seinem inneren Auge – ein Bild von irgendwo, das Bild der farbigen Marmorfront eines großen, prachtvollen Gebäudes.

„Meinst du die Kirche von Sant' Angelo?" fragte er.

Benvenutos Schwanz begann ärgerlich zu schlagen und schlug noch immer, als Rosa und Marco zurückkamen. „Du meine Güte", sagte Rosa zu Marco. „Jetzt sitzt der arme Paolo da und macht sich Sorgen."

„Ich versteh Benvenuto einfach nicht!" sagte Paolo verzweifelt.

Marco setzte sich neben ihn auf den Tisch. „Dann muß er eben einen andern Weg finden, uns zu sagen, was er möchte", sagte er. „Benvenuto ist ein gescheiter Kater – der gescheiteste, den ich jemals gekannt habe. Er wird's schaffen." Marco streckte eine Hand aus, und Benvenuto ließ sich den Kopf kraulen.

Rosa setzte sich nun auf der anderen Seite neben Paolo auf den Tisch. „Was hast du, Brüderchen? Machst du dir Sorgen wegen Tonino?"

Paolo nickte. „Niemand glaubt mir, daß der Feind-Zauberer ihn gefangen hat."

„Wir glauben dir", sagte Marco.

Rosa sagte: „Paolo, es ist gut, daß er Tonino erwischt hat und nicht dich. Tonino nimmt so was ruhiger hin."

Paolo war ein wenig verwirrt. „Warum glaubt ausgerechnet ihr zwei an den Zauberer und sonst niemand?"

„Warum glaubst du, daß es ihn gibt?" fragte Marco zurück.
Sogar Rosa und Marco gegenüber konnte Paolo es nicht über sich bringen, seine Begegnung mit einer Petrocchi zu gestehen. „Da war so ein schrecklicher Nebel gegen Schluß bei dem Kampf am Corso", sagte er.
Rosa und Marco sprangen auf und führten einen Freudentanz auf. „*Wir* haben diesen Nebel erzeugt!" rief Rosa. „Marco und ich! Wir haben gehofft, daß damit der Kampf aufhört, aber es hat eine kleine Ewigkeit gedauert, bis wir ihn fertiggebracht haben. Die ganze Zauberkraft von Caprona war ja im Kampf eingesetzt."
Paolo überlegte. Der Nebel war ihm als einziger Beweis einer fremden Zauberei erschienen.
Der Feind-Zauberer existierte also doch nicht. Vielleicht befand sich Tonino tatsächlich in der Casa Petrocchi. Er erinnerte sich, daß Renata nicht erwähnt hatte, Angelica werde vermißt, bevor der Nebel sich aufklärte und bevor sie wußte, wer er war. „Bitte", sagte er, „wollt ihr nicht mitkommen in die Casa Petrocchi und nachsehen, ob Tonino dort ist?"
„Ich fürchte, wir können nicht mitkommen", sagte Marco. Es klang ehrlich bedauernd. „Du würdest es verstehen, wenn du wüßtest warum nicht. Glaub mir!"
Rosa legte den Arm um ihn. „Du bist genau wie unser Vater, Paolo. Du glaubst, du mußt alles allein machen. Wir können ja auch etwas tun."
„Meinst du, wir sollten Chrestomanci rufen?" fragte Marco.
Paolo fühlte, daß Rosa nickte. „Aber der ist doch in Rom!" wandte er ein.
„Das macht nichts", sagte Marco. „Wenn man ihn dringend ge-

nug braucht, dann kommt er, wenn man ihn ruft, wo immer er ist."
„Ich muß mich ums Essen kümmern!" rief Rosa plötzlich und sprang vom Tisch.

Gerade als die Mitternachtssuppe fertig war, kam Rinaldo zurück. Er war allerbester Laune. Onkel Umberto und der alte Luigi Petrocchi hatten wieder einmal Streit gehabt, und zwar im Speisesaal der Universität. Das war auch der Grund, warum Onkel Umberto nicht sofort nachsehen gekommen war, wie es dem Alten Niccolo ginge. Er und Luigi lagen nun beide zu Bett darnieder vor Erschöpfung.

Paolo hörte kaum zu. Er dachte an Tonino und hätte gern gewußt, ob er es wagen sollte, auf das Wort einer Petrocchi zu bauen.

Elftes Kapitel

Nach einer Weile kam jemand und hob Tonino auf. Seine Beine und Arme schleiften und baumelten, und er konnte nichts dagegen tun. Er wurde irgendwohin gestoßen. Und dann lag er allein inmitten von Gepolter und Gescharr, als wäre er in einer Schachtel, die über den Fußboden gestoßen wird. Als die Schachtel anhielt, tastete er um sich. Am ganzen Körper zitternd setzte er sich auf.

Er befand sich im selben Raum wie zuvor, aber der Raum schien nun viel kleiner zu sein. Wenn Tonino aufstand, streifte sein Kopf den kleinen Kronleuchter an der Decke. So war Tonino also größer geworden. Zuerst war er etwa drei Zoll groß gewesen, nun mußte er gegen neun Zoll messen. Die Puppen mußten in der Größe zu dem Bühnchen passen, und die falsche Villa sah aus, als wäre sie ziemlich weit weg. Weil die Herzogin plötzlich erkrankt war, hatte sich wohl keiner ihrer Helfer darum gekümmert, wie groß Tonino nun war. Sie hatten sich nur dessen versichert, daß er wieder eingeschlossen war.

„Tonino!" wisperte Angelica.

Tonino wirbelte herum. Die Hälfte des Raums war mit einem Haufen von schlaffen Puppenkörpern gefüllt. Toninos Blick streifte rasch den Papp-Kopf des Polizisten, dann seinen Feind, den Henker, und die weiße Wickelwurst von Baby und geriet an Angelica. Sie lag auf halber Höhe des Puppenhaufens. Tonino fuhr mit den Händen an

seine Nase. Zu seiner Erleichterung war der rote Zinken fort, obwohl er selbst noch immer Hanswurstels scharlachrotes Nachthemd trug.
„Tut mir leid", sagte Tonino. „Ich hab versucht, dir nicht weh zu tun. Hast du dir was gebrochen?" Seine Zähne klapperten. Plötzlich brach er in Tränen aus, und es war ihm egal, daß er vor einer Petrocchi heulte.
„O du meine Güte!" sagte Angelica. „Tonino! Hör auf, bitte!" Sie kämpfte sich aus dem Puppenhaufen heraus, und er sah durch einen Tränenschleier, wie sie durch den Raum humpelte. Sie trug noch immer Margaritas blaues Gewand. Sie nahm die blaue Mütze ab und hielt sie ihm hin. „Da hast du! Putz dir die Nase!" Sie versuchte, ihn anzulächeln, aber es sah ein bißchen komisch aus, weil ihr Gesichtchen ganz verschwollen war.
Tonino lächelte zurück, so gut er das mit seinen klappernden Zähnen fertigbrachte. Er schneuzte sich in die blaue Mütze und fühlte sich gleich wohler.
„Tonino, hast du so was für möglich gehalten?"
„Nicht wirklich", sagte er. „Aber irgendwie doch." Er hatte es von dem Augenblick an gewußt, als sein Blick auf die Herzogin gefallen war. Sie war der Zauberer, der die Kraft Capronas lähmte und die Zaubersprüche der Casa Montana zunichte machte. Aber trotz der Zaubereien der Herzogin mußten die Sprüche der Casa Montana – und der Casa Petrocchi – noch immer soviel Kraft bewahrt haben, um ihr ein Ärgernis zu sein. So waren er und Angelica gekidnappt worden, um die beiden Casas dahingehend zu erpressen, keine Zaubersprüche mehr herzustellen. Und wenn sie tatsächlich aufhörten, Zaubersprüche zu erfinden und zu erzeugen, würde Caprona besiegt werden. Das Entsetzliche war, daß Tonino und Angelica die

einzigen waren, die das wußten. Und genauso schrecklich war, daß sogar jemand, der so klug wie Paolo war, nie auf den Gedanken kommen würde, in einer Hanswurstelbühne im Palast nachzusehen. Das alles konnte nur bedeuten, daß sie beide tot sein würden, bevor irgend jemand sie fand.

„Wir müssen hier weg", sagte Angelica. „Unbedingt! Bevor sich die Herzogin erholt hat. Es wird jetzt leichter sein, weil wir ja nun größer sind. Aber wie kommen wir aus dieser Pappschachtel heraus?"

Der Tisch schwankte und ächzte. „Ich weiß was!" sagte Tonino. „Du mußt den Engel fertigzeichnen."

„Ich bin nicht zum Herumkritzeln aufgelegt!" sagte Angelica.

„Das ist doch kein Herumkritzeln, das ist ein Zauber", erklärte Tonino. „Und dann halten wir den Tisch über uns und reißen dabei ein Loch in den Fußboden."

Er mußte Angelica nichts weiter erklären. Sie griff nach dem Kerzenleuchter. „Er braucht seine Schriftrolle", sagte sie. „Und vielleicht sollte ich ihm auch einen Heiligenschein um den Kopf kratzen, damit er ganz bestimmt heilig ist."

Angelica war nun so viel größer und stärker als zuvor, daß sie den Kerzenleuchter kräftiger handhabte. Sie kratzte den Heiligenschein zu groß und zu tief ein, und die Schriftrolle gelang auch nicht recht. Der Tisch schwankte dahin und dorthin, der Kerzenleuchter zog tiefe Kerben und rutschte immer wieder ab.

„Er ist nicht sehr gut geworden", sagte Angelica endlich. „Reicht das?"

„Nein", sagte Tonino. „Soll das da eine Schriftrolle sein? Du mußt sie abgerollter zeichnen. Und ein paar Worte muß man sehen!"

Weil er recht hatte, verlor Angelica die Laune. „Schön! Dann mach's doch selber, wenn du's besser kannst, du Montana, du!" Sie hielt Tonino den Kerzenleuchter hin, und er riß ihn ihr aus der Hand, ganz böse und zornig. „So macht man das!" sagte er und schälte eine lange Spanlocke aus der Politur. „Da muß es herunterhängen. Und die goldenen Worte gehn mehr nach der Seite. Schau, da steht's: *Carmen pa, Venit ang, Cap* und noch eine Menge, aber dafür ist kein Platz mehr."
„Unser Engel", sagte Angelica, „singt *sic saeculare, elus cantare* und *virtus data* zum Schluß."
Tonino kratzte weiter und hörte ihr gar nicht zu. Es war schwer genug, mit einem Kerzenleuchter winzige Buchstaben zu ritzen.
„So, das reicht", sagte Angelica. „Ich hab mich schon oft gewundert, warum wir eigentlich andere Wörter singen als die über unserer Haustür!"
Beiden kam derselbe Gedanke gleichzeitig. Sie starrten einander, Nase an Nase über der zerkratzten Tischplatte, an.
„Die Worte finden, heißt sie suchen!" sagte Tonino.
„Und sie stehen die ganze Zeit über unseren Haustüren! Oh, waren wir blöd!" rief Angelica. „Komm, wir müssen jetzt weg!"
Die Kinder zerrten den quietschenden, schwankenden Tisch über das Loch, das sie in den Fußboden gerissen hatten, und begannen, es im Schutz des Tisches zu erweitern. Bald konnten sie unterhalb eine Art Gitterwerk aus silbrigem Metall sehen.
„Da liegt ein Zauber drauf", sagte Tonino.
„Engel von Caprona!" rief Angelica in diesem Augenblick. Und das Gitter glitt zur Seite. Ein großes, rechteckiges Stück Fußboden klappte vor ihren Knien nach unten.

„Holen wir das Seil!" sagte Angelica.
Sie tasteten sich zu dem Puppenhaufen zurück und lösten den Strick von dem kleinen Puppengalgen. Tonino band ihn an den Tischfuß und ließ Angelica zuerst hinunterklettern. Knacks, machte der Tisch, quietsch – und legte sich schief gegen das Bein, an dem das Seil befestigt war.
„Engel von Caprona!" flüsterte Tonino.
Der Tisch rutschte mit einer Ecke voran in die Öffnung. Das Pappschachtel-Zimmer schwankte. Und dann klang es wie Zersplittern und Krachen von Holz, und plötzlich steckte der Tisch fast gänzlich in dem Loch. Eine Tischecke jedoch verkeilte sich in der Öffnung. Von unten kam ein dumpfer Aufschlag.
„Ich bin schon unten!" flüsterte Angelica herauf. „Du kannst herunterklettern. Das Seil reicht fast bis zum Boden!"
Tonino sagte noch einmal leise: „Engel von Caprona", dann glitt er in die Dunkelheit hinab. Der Tisch ächzte, aber er hielt. Toninos Füße schlugen plötzlich auf dem Boden auf. „Uff!" sagte er.
Unten standen die Kinder nun auf dem schimmernden Fußboden eines Saals im Herzogspalast.
Es war derselbe Saal, in dem die Hofgesellschaft dem Puppenspiel von Hanswurstel und Margarita zugesehen hatte. Die Bühne war nicht weggeschafft worden. Tonino dachte daran, wie er und Angelica auf dem Rand der Bühne hin und hergetorkelt waren. Es hätte ihr Tod sein können.
Dann mußten sie in einer Art Puppengarderobe oder Lagerraum gewesen sein. Aber als die Herzogin so wunderlich krank geworden war, hatte niemand sich die Mühe gemacht, die Puppen wieder dort zu verstauen.

Das Mondlicht glitzerte auf dem blanken Angesicht des Engels, der hoch oben auf der anderen Seite des Raums über einem Paar hoher Doppeltüren hing. Tonino und Angelica brachen ohne Zögern Richtung Engel auf.
„Oje!" sagte Angelica, bevor sie den ersten Block Mondlicht erreichten. „Wir sind ja noch immer klein. Ich hab gedacht, wir kriegten die richtige Größe, wenn wir erst einmal draußen sind. Du nicht?"
Tonino wollte nur fort, ohne Rücksicht auf seine Körpergröße. „Wenn wir so klein sind, können wir uns besser verstecken", sagte er. „Irgendwer aus der Casa kann uns dann leicht zurücktragen."
In dem großen Raum war es viel kälter. Tonino konnte den Mond durch die großen Fenster sehen, wie er hoch oben und kalt in dem winterlichen dunklen Blau des Himmels ritt. Es würde kein Spaß werden, nachher in einem roten Nachthemd durch die Straßen zu laufen.
„Aber ich will nicht so klein sein!" jammerte Angelica. „Wir werden nie über die Treppen hinunterkommen."
Auf der anderen Seite war ein sogar noch größerer Raum. Er war voll von Stühlen und kleinen Tischen. Der einzige Vorteil ihrer Puppengröße war, daß sie unter den Möbelstücken in gerader Linie zu der weit entfernten nächsten Tür durchwandern konnten. Es war ihnen, als schleppten sie sich durch einen goldenen, monderleuchteten Wald, in dem jeder Baumstamm elegant gebogen war wie ein Schwanenhals.
Als sie endlich bei der halboffenen Tür ankamen, war dahinter noch ein Zimmer, aber ein kleines. Darin lag ein Teppich. Vergoldete Sofas standen herum, groß wie Scheunen, und riesige, rüschenbe-

setzte Armlehnsessel. Angelica stieß ein verzweifeltes Wimmern aus.

Sie marschierten einfach drauflos in den Teppich hinein. Es war wie ein Waten in hohem, buschigen Gras – und jeder, der schon ein gutes Stück so gewandert ist, weiß, wie ermüdend das sein kann.

Als sie die nächste offene Tür erreicht hatten, waren sie so erschöpft, daß ihnen alles unwirklich vorkam. Vier Stufen führten jenseits der Tür hinab. Irgendwie gelangten die Kinder hinunter. Unten gab es einen noch viel rauheren Teppich. Und durch das Fenster fiel kein Schimmer Mondlicht.

Hier war es stockfinster. Angelica schnupperte in die Dunkelheit. „Hier riecht's nach Zigarren!" sagte sie.

Tonino war es völlig egal, wonach es roch. Er wollte nichts als wieder die nächste Tür und den Weg hinaus finden. Er ging im Zimmer herum und tastete die Wände nach einer Tür ab, und Angelica stolperte hinter ihm drein. Sie stießen gegen ein hohes Riesenmöbel, tasteten sich den Weg daran entlang und krachten an ein zweites, das noch weiter in den Raum ragte. Und so gingen sie, stolpernd und gegen Möbel stoßend weiter, wateten im Teppich, bis sie endlich wieder bei den vier Stufen ankamen. Es war – für einen Palast – ein kleiner Raum, und er hatte nur eine einzige Tür. Tonino tastete nach der ersten Stufe. Sie befand sich in der Höhe seines Kopfes, und er glaubte nicht, daß er kräftig genug war, sie wieder hinaufzuklettern. Der Engel hatte sie also doch nicht recht geführt.

„Da hat doch vorhin so ein Stück vorgestanden", sagte Angelica, „ich weiß nicht, was es war, aber es war hohl, wie eine Schachtel. Sollen wir es riskieren und uns drin verstecken?"

„Suchen wir's!" sagte Tonino.

Sie fanden das Ding oder etwas, das ihm ähnlich war, indem sie unversehens daran stießen. Es war eine steilwandige Schachtel, die ihnen bis zu den Achselhöhlen reichte. Und ein großes Stück Metall wie ein breiter Türklopfer hing davor. Drinnen angekommen, ertasteten sie Blätter steifen Leders und etwas Raschelndes, Zerknittertes, das vielleicht Papier war.
„Ich glaube, das ist eine offene Schublade", sagte Tonino.
Angelica antwortete nicht. Sie stieg einfach hinein. Tonino hörte sie rascheln und im Papier knistern – wenn es Papier war. Na schön, dachte er. Er war so müde, daß er auch hineinkletterte. Er fiel in ein warmes, kuschliges, knisterndes Nest, in dem Angelica bereits schlief. Tonino war zu müde, sich jetzt noch Gedanken zu machen, ob man sie hier fand oder nicht. Aber er hatte noch Verstand genug, ein Stück Pergament oder was es war, über sie beide zu zerren, bevor auch er in Schlaf fiel.

Zwölftes Kapitel

Tonino erwachte frierend und verstört. Fahlgelbes Licht beschien ihn, weil etwas Gelbliches auf seinem Gesicht lag. Tonino starrte hinauf und überlegte, was für ein merkwürdiges flaches, steifes Ding das war. Es war mit großen schwarzen Lettern beschrieben. Toninos Augen wanderten die Buchstaben entlang. KRIEGSERKLÄRUNG (Duplikat, Kopie) las er.

Plötzlich wußte er, daß er nur neun Zoll groß war und in einer Schublade im Herzogspalast lag. Es war schon heller Tag. Man würde sie finden. Und fast hätte sie auch jemand gefunden. Das war es wohl gewesen, was ihn aufgeweckt hatte. Er konnte jemand durchs Zimmer gehen hören. Es war ein undeutliches Tappen und Schlurfen. Wer immer es war, er hatte nun die Schublade erreicht. Bevor Tonino oder Angelica noch einen Gedanken fassen konnten, was sie nun tun sollten, bewegte sich die Schublade. Hilflos wurden sie nach drinnen geschoben, in die Dunkelheit, Füße voran, und die Lade wurde hinter ihren Köpfen zugeknallt.

„Hilfe!" wisperte Angelica.

„Scht!"

Sie konnten hören, wie draußen jemand etwas zurechtrückte, und dann ein Geklimper, wie wenn jemand ein Klavier abstaubt. Und endlich nichts mehr.

Sie konnten in der Schublade aufrecht sitzen, aber nicht aufstehen.

Dazu war sie nicht hoch genug. Von dort, wo die Schublade den Schrank berührte, drang ein Lichtschimmer herein. Es gab keine Möglichkeit, die Lade zu öffnen. Aber sehen konnten sie ganz gut. Das Licht fiel von hinten, wo ihre Füße waren, herein. Die Kinder streckten die Hände nach dem Holz über ihren Köpfen und wollten es hoch- oder sich dagegen abstemmen. Aber sie brachten die Lade nicht vom Fleck.

„Jetzt sind wir schon wieder wo eingesperrt, wo es keine Türen gibt!" schrie Angelica. Sie wühlte sich mühsam durch die Papiere an das andere Ende der Lade, wo das Licht hereinfiel. Tonino kroch ihr nach.

Sobald sie dort ankamen, bemerkten sie, daß es hier einen Ausweg gab. An der Hinterseite war die Lade niedriger als vorn, sie reichte nicht bis ganz hinauf an den hölzernen Rahmen, in dem sie steckte. Es war ein recht breiter Spalt dort. Als sie ihre Köpfe durch den Spalt schoben, konnten sie die Rückseiten der anderen Schubladen sehen, wie die Tritte einer Leiter, und einen Streifen Tageslicht ganz oben. Sie quetschten sich durch den Spalt und kletterten Seite an Seite hoch. Es war so leicht zu klettern wie auf einer Leiter. Sie waren nur noch eine Schublade von dem Streifen Tageslicht entfernt – es war dort sehr eng –, als sie hörten, daß noch jemand im Zimmer war.

„Sie sind hier heruntergekommen, Madam", sagte eine weibliche Stimme.

„Dann haben wir sie erwischt", antwortete die Herzogin. „Sehen Sie sorgfältigst nach!"

Tonino und Angelica hingen an Fingern und Zehen an der Hinterwand einer Schublade und wagten keine Bewegung. Seidene

Gewänder rauschten, als die Herzogin und ihre Dame durch den Raum gingen.
„Hier an diesem Ende ist nichts, Madam!"
„Und ich könnte schwören, daß dieses Fenster nicht offen war", sagte die Herzogin. „Machen Sie alle Schubladen an dem Schrank auf!"
Es gab ein heftiges Rumpeln über Toninos Kopf. Staubiges helles Licht floß herunter, als die oberste Lade aufgezogen wurde. Papiere wurden raschelnd durchstöbert. „Nichts", sagte die Dame. Die oberste Lade wurde wieder zugestoßen. Tonino und Angelica hingen an der zweiten Lade von oben. So schnell und so leise sie konnten, kletterten sie abwärts zur dritten Lade. Die zweitoberste Lade wurde aufgerumpelt – und zugeschmettert. Es war ohrenbetäubend. Die Lade, an der sie nun hingen, wurde gerüttelt. Glücklicherweise klemmte sie. Die Dame zerrte und zog an ihr, und das gab Tonino und Angelica Zeit, eiligst wieder zu der zweitobersten Lade hinaufzuklettern und sich daran festzuhalten. Und dort hingen sie dann, während die Dame die dritte Lade öffnete und zustieß und dann die unterste aufzog.
„Sehen Sie sich das an!" schrie die Dame. „Sie sind hiergewesen! Es sieht aus wie ein Mäusenest!"
Seide raschelte, als die Herzogin daherknisterte. „Verflucht und zugenäht", sagte sie. „Und ganz vor kurzem! Ich kann sie sogar durch den Zigarrengestank riechen! Schnell! Sie können noch nicht weit gekommen sein! Sie müssen hinausgelangt sein, bevor das Zimmer saubergemacht wurde!"
Die Lade rumpelte nach drinnen und brachte wieder staubige Dunkelheit mit sich. Seide knisterte, eilige Schritte entfernten sich, und dann hörten die Kinder das heftige Zuschlagen der Tür.

„Glaubst du, sitzen wir jetzt in der Falle?" wisperte Angelica.
„Nein", sagte Tonino. Er war sicher, daß die Herzogin keine Ahnung hatte, wo sie waren. Aber sie waren nun in diesem Zimmer gefangen, und er konnte sich nicht vorstellen, wie sie die Tür aufkriegen sollten.
Angelica und Tonino drängten sich durch den Spalt Tageslicht und kletterten endlich auf die Platte eines Schreibtisches. Ehe sich ihre Augen an das Licht gewöhnt hatten, stieß Tonino sich die Zehe an einem großen Federstiel wund. Der Federstiel schien ihm so groß wie ein junger Baum. Angelica stieß gegen ein Porzellanfigürchen hinten auf dem Schreibtisch. Es war ein Hanswurstel mit roter Nase, rotem Nachthemd, und er war genauso groß wie sie. Eine porzellanene Margarita stand auf dem anderen Ende des Schreibtisches.
„Wir kommen nicht los von diesem Gesindel", sagte sie.
Der Schreibtisch war mit glattem roten Leder bezogen. Daneben stand ein Klavier, und unweit davon war das Fenster. Um es zu erreichen, mußte man nur einen großen Schritt vom Klavier hinüber tun. Das Fenster war geschlossen, aber es hatte einen Hebel. Wenn sie nur hinaufreichten, würden sie es leicht öffnen können.
„Schau!" sagte Angelica und zeigte auf eine ganze Reihe von Hanswurstel- und Margarita-Puppen, die oben auf dem Klavier standen.
„Ich glaube, das ist das Studierzimmer des Herzogs", sagte Angelica. Und beide mußten plötzlich kichern.
Tonino stieg auf das Klavier und wanderte über die Tasten auf das Fenster zu. „Do-re-mi-fa", klang es.
„Komm zurück!" Angelica lachte.
Tonino kam eilig zurückgesaust – „fa-mi-re-do" –, denn die Tür des

Zimmers öffnete sich, und jemand kam die Stufen herunter. Angelica und Tonino fiel nichts Besseres ein, als steif und still stehenzubleiben, wo sie waren, und zu hoffen, daß man sie für Hanswurstel und Margarita hielt. Glücklicherweise war der Mann, der hereinkam, ganz durcheinander. Er schleuderte einen Stoß Papiere auf den Schreibtisch, ohne auch nur einen Blick auf die zwei neuen Puppen zu werfen, und rannte wieder hinaus, sacht die Tür hinter sich schließend.
„Puh!“ sagte Angelica.
Sie gingen um die Papiere herum nach vorn und betrachteten sie neugierig. Auf einem stand:

„Frontbericht von 8.00 Uhr.
Kurzer Überblick: Truppen nähern sich an allen Fronten, um den Angriff zurückzuschlagen. Schwere Artillerie und Reservisten kommen ihnen zu Hilfe. Berichte von schweren Verlusten an der Pisafront. Flotte gesichtet – pisanisch? Sie fährt mit Volldampf auf die Voltavamündung zu.“

„Wir haben Krieg“, sagte Tonino. „Warum?“
„Weil die Herzogin uns erwischt hat, natürlich“, sagte Angelica. „Und weil unsere Familien sich deswegen nicht trauten, Kriegsabwehrsprüche zu erzeugen. Tonino, wir *müssen* hinaus. Wir müssen ihnen sagen, wo der Text zum Engel ist!“
„Aber warum will die Herzogin, daß Caprona geschlagen wird?“ fragte Tonino.
„Das weiß ich nicht“, sagte Angelica. „Aber irgend etwas stimmt mit ihr nicht, das weiß ich. Niemand kann sie ausstehn!“

„Vielleicht können wir das Fenster aufmachen", sagte Tonino.
Er machte sich wieder auf den Weg über die Klaviatur. Do-re-mi-fa-so-la... Tonino war schon halb drüben, und Angelica hatte schon einen Fuß vorgestreckt, um ihm zu folgen, als sie wieder jemand die Tür öffnen hörten.
Angelica floh Richtung Schreibtisch zurück. Tonino fiel mit einer schrecklichen Dissonanz über die Tasten, krabbelte hoch und zwängte sich unter die Noten auf dem Ständer.
Er kam gerade noch zurecht. Nun stand er – Füße und Kopf seitwärts gedreht wie ein alter Ägypter – und blinzelte zum Schreibtisch hinüber. Dort stand der Herzog von Caprona höchstselbst.
„Aber ich *habe* doch den Krieg nicht erklärt", murmelte er vor sich hin. „Ich hab doch dem Puppenspieler zugesehen." Er seufzte und nahm den Bericht einen Augenblick lang verstört zwischen die Zähne. „Hab ich den Verstand verloren?" fragte er dann und schien damit Angelica anzusprechen. Sie hatte so viel Geistesgegenwart, nicht zu antworten. „Ich muß Lucrezia fragen gehn!" sagte der Herzog. Er schleuderte den Kriegsbericht Angelica vor die Füße und stürzte eilig aus dem Studierzimmer.
Tonino rutschte vorsichtig den Klavierdeckel hinunter auf die Klaviatur zurück -plum-plim. Angelica stand auf dem Klavier und zeigte auf das Fenster. Sie brachte vor Entsetzen kein Wort über die Lippen.
Einen Augenblick lang war Tonino ebenso entsetzt wie Angelica. Draußen vor dem Fenster saß ein dunkles Ungeheuer. Es starrte ihn durch das Glas an, breitgesichtig und ganz zerlumpt. Das Wesen hatte Augen wie gelbe Lampen.
Und dann kam ganz zart durch das Glas hindurch das leise, gereizte Ersuchen, sich zusammenzureißen und das Fenster zu öffnen.

„Benvenuto!" brüllte Tonino.
„Oh, das ist ja nur eine Katze!" sagte Angelica zitternd. „Wie schrecklich, wenn ich jetzt eine Maus wäre!"
Tonino versuchte, dem Kater zu erklären, daß es nicht so leicht ist, ein Fenster zu öffnen, wenn man nur neun Zoll mißt.
Benvenutos ungeduldige Antwort war, Toninos letztes magisches Übungsheft vor dessen inneres Auge zu schubsen, mit aufgeschlagener erster Seite.
„Danke", sagte Tonino und schämte sich. Schon auf dieser Seite standen drei Öffne-dich-Sprüche, und er hatte sich keinen einzigen davon gemerkt.
Er wählte den leichtesten, schloß die Augen, damit er die unsichtbare Seite besser lesen konnte, und sang den Spruch.
Sanft und leise schwangen die Fensterflügel auf und ließen einen kalten Windstoß herein. Benvenuto kam herein mit dem Wind und fast so leicht wie der Wind. Als Benvenuto sanft die Tonleiter herauf auf ihn zutrottete, hatte auch Tonino einen Augenblick das Gefühl, wie es sein muß, wenn man eine Maus ist. Dann vergaß er es über der Freude, Benvenuto wiederzusehen. Er streckte dem Kater die Arme entgegen, um die narbigen Ohren zu kraulen. Benvenuto rieb die stumpfe schwarze Nase an Toninos Gesicht, und beide standen sie wie entrückt auf der Klaviatur, einen endlosen, summenden Akkord lang.
Benvenuto berichtete, daß Paolo nicht schnell genug reagierte. Er konnte ihn einfach nicht dazu bringen zu begreifen, wo Tonino war. Tonino müsse Paolo eine Botschaft senden. Aber könne ein so winziger Tonino überhaupt schreiben?
„Auf dem Schreibtisch ist ein Federstiel!" rief Angelica.

Tonino erinnerte sich, daß sie gesagt hatte, sie verstünde die Katzensprache.
„Geht vom Klavier herunter“, sagte Angelica. „Alle zwei. Dieses Gesumm ist schrecklich!“
Benvenuto gab den Kindern den Rat, ja nicht aus dem Fenster zu klettern. Das Zimmer befand sich im dritten Stock. Das Gemäuer sei brüchig, und sogar eine Katze hätte gewisse Schwierigkeiten, darauf Halt zu finden. Wenn sie warteten, würde Benvenuto Hilfe holen.
„Aber die Herzogin!“ sagte Tonino.
„Und der Herzog“, sagte Angelica. „Das hier ist nämlich seine Studierstube.“
Benvenuto hielt den Herzog selbst für harmlos. Er meinte, sie befänden sich an dem sichersten Ort im ganzen Palast. Sie müßten sich nur verborgen halten und ihm, Benvenuto, eine Nachricht auf einen Zettel schreiben, der klein genug war, daß er ihn im Maul transportieren könne.
„Sollen wir ihn dir nicht lieber um den Hals hängen?“ fragte Angelica.
Benvenuto hatte niemals zugelassen, daß man irgendwas um seinen Hals hängte, und er hatte auch nicht die Absicht, jetzt damit anzufangen. Außerdem könnte jemand im Palast dann die Botschaft bemerken.
Also stellte Tonino einen Fuß auf den Frontbericht, und es gelang ihm, mit beiden Händen eine Ecke davon abzureißen. Angelica reichte ihm den Federstielprügel, den er gleichfalls mit beiden Händen packte. Das Federstielende mußte er mit der Schulter abstützen. Dann stellte Angelica sich auf das Papier, damit es nicht

verrutschte, während Tonino die Feder führte. Es war Schwerarbeit, und er faßte die Botschaft daher so kurz wie nur möglich ab: *Im Herzogspalast. Herzogin ist Zauberin, T. M. & A. P.*

„Schreib ihnen, wo der Engeltext ist", sagte Angelica. „Nur für alle Fälle!"

Tonino drehte das Blatt um und schrieb: *Engeltext bei Engel über Tor. T. & A.* Dann faltete er das Papier und trat es flach. Benvenuto öffnete das Maul. Angelica erschrak vor der rosa Höhle mit ihrem gewölbten Gaumendach und den Reihen weißer spitzer Zähne und überließ es Tonino, die Botschaft zu verstauen. Benvenuto warf Tonino einen liebevollen Blick zu und sprang fort. Er streifte das eingestrichene C, landete mit dem leichtesten Plumpser der Welt auf dem Fensterbrett und verschwand.

Tonino und Angelica starrten ihm nach und bemerkten nicht, daß der Herzog zurückgekommen war, bis es zu spät war.

„Komisch", sagte der Herzog. „Da steht ja jetzt ein neuer Hanswurstel! Und eine neue Margarita ist auch da!"

Tonino und Angelica standen steif wie Säulenheilige in zum Sterben unbequemen Stellungen. Glücklicherweise bemerkte der Herzog das geöffnete Fenster. „Diese Zofen und ihre Sucht nach frischer Luft!" knurrte er und ging hinüber, um es zu schließen. Tonino ergriff die Gelegenheit, sich auf beide Füße zu stellen, Angelica, ihren verrenkten Hals grade zu richten. Dann sprangen sie beide hoch. Ein unmißverständlicher Gewehrschuß krachte draußen von irgendwo unterhalb. Und dann ein zweiter. Der Herzog beugte sich aus dem Fenster und schien irgend etwas zu beobachten. „Armes Kätzchen", sagte er. „Warum bist du nicht daheimgeblieben? Sie haßt Katzen!"

Wieder krachte ein Schuß. Der Herzog reckte sich und schüttelte traurig den Kopf. „Naja", sagte er und schloß das Fenster. Dann ging er zum Schreibtisch.
Tonino und Angelica hätten sich nicht rühren können, wenn sie es auch gewollt hätten. Sie waren vor Traurigkeit wie gelähmt.
Das Gesicht des Herzogs zog sich in glänzende Falten. Er hatte bemerkt, daß von dem Kriegsbericht eine Ecke abgerissen war. „Jetzt esse ich auch schon Papier!" sagte er. Sein verwirrtes Gesicht wandte sich Tonino und Angelica zu. „Das ist ein schlimmes Zeichen. Und an euch zwei kann ich mich wirklich nicht erinnern. Das heißt, an die neue Margarita kann ich mich wohl erinnern, aber", sagte er zu Tonino, „an dich nicht. Wie seid ihr denn überhaupt hergekommen?"
Tonino war viel zu durcheinander wegen Benvenuto, um zu überlegen. Außerdem sprach der Herzog ihn direkt an. „Bitte, Signore", sagte er, „ich will es Ihnen erklären . . ."
„Halt doch den Mund!" zischte Angelica.
„Sagen Sie mir nur bitte, ob die meine Katze erschossen haben", sagte Tonino.
„Ich glaube", sagte der Herzog. „Es hat ausgesehen, als hätten sie sie erwischt." Er holte tief Atem, wandte die Augen zur Zimmerdecke und betrachtete sie eine Weile, bevor er Tonino und Angelica wieder ansah. Keines der beiden Kinder regte sich. Angelica starrte Tonino an und versprach ihm unausdenkbare Verwünschungen, falls er noch ein einziges Wort sagte. Und Tonino begriff, daß er sich wie der blödeste Idiot benommen hatte. Benvenuto war tot, und nichts und niemand konnte das ändern.
Inzwischen hatte der Herzog ein großes Taschentuch aus seiner

Tasche gezogen. Eine leicht verbogene Zigarre kam ans Tageslicht. Er steckte sie zwischen die glitzernden Zähne. Gleich darauf holte er ein Feuerzeug hervor. „So etwas kennt ihr doch?" fragte der Herzog. Er warf einen verstohlenen Blick rundum, klickte an dem Feuerzeug und zündete sich die Zigarre an. Rauch wölkte aus seinem Mund, so viel Rauch, als wäre der Herzog ein Drache.

Angelica nieste. Tonino dachte, er würde auch gleich niesen. Als er tief Atem holte, um es zu unterdrücken, brach er in fürchterliches Husten aus.

„Aha!" schrie der Herzog. „Hab ich euch erwischt!" Seine großen, feuchten Hände griffen zu und packten die beiden Kinder an den Beinen und hielten sie auf der Löschunterlage fest. Dabei setzte er sich auf den Stuhl und neigte triumphierend sein Gesicht, bis es in gleicher Höhe mit den Gesichtern der Kinder war. Die Zigarre im Mundwinkel festgekeilt, fuhr er fort, Rauch über sie zu blasen. Sie wedelten mit den Armen, um sich im Gleichgewicht zu halten, und konnten nicht aufhören zu husten.

Der Herzog lachte. „Die alte chinesische Zigarren-Tortur!" sagte er fröhlich. „Erweckt garantiert jede Statue zum Leben. Laßt euch mal anschauen!"

Sie rieben sich die tränenden Augen und blickten ängstlich zu dem großen, grinsenden Gesicht auf.

„Verflixt", sagte der Herzog. „Ihr seid doch die Spruchzaubererkinder, die in meine Pantomime kommen sollten! Warum seid ihr nicht gekommen?" Er nahm die Zigarre aus dem Mund und legte sie auf den Rand des Schreibtisches.

„Wir haben nie eine Einladung erhalten, Euer Gnaden", sagte Angelica. „Du vielleicht, Tonino?"

„Nein", sagte Tonino betrübt.
„Also deshalb", sagte der Herzog nachdenklich. „Ich hab die Einladungen selbst geschrieben. Aber so ist mein Leben. Keiner meiner Befehle ist noch jemals befolgt worden, und schreckliche Sachen sind geschehen, die ich nie angeordnet habe. Wenn ich euch laufen lasse, sagt ihr mir dann, wie ihr hereingekommen seid?"
Sie erzählten es ihm. Aber als sie zu Ende waren, sagte der Herzog: „Dieses Puppenspiel hat um halb neun angefangen und bis Viertel vor zehn gedauert. Ich weiß das genau, weil gerade oberhalb der Bühne eine Uhr war. Sie behaupten alle, daß ich gestern abend um neun Uhr den Krieg erklärt habe. Hat einer von euch beiden bemerkt, wie ich den Krieg erklärt habe?"
„Nein", antworteten sie im Chor.
„Man nimmt wohl auch an, daß ich hier sitze und nicht bemerke, wie Caprona in Trümmer geschossen wird." Er legte das Kinn in die Hände und blickte die Kinder jammervoll an. „Ich weiß, daß ich närrisch bin", sagte er. „Aber nur weil ich das Theater liebe und das Puppentheater, bin ich noch lange kein Idiot! Doch jetzt ist die Frage, wie wir euch beide hier hinauskriegen, ohne daß Lucrezia es merkt."
Tonino und Angelica blieb vor Überraschung die Sprache weg. Und während sie noch vergeblich versuchten, danke schön zu sagen, sprang der Herzog auf und starrte auf die Tür.
„Sie kommt! Ich hab da einen Instinkt entwickelt! Schnell! Springt in meine Tasche!"
Er trat seitlich an den Schreibtisch und hielt eine Tasche seines Rocks mit zwei Fingern auf. Angelica rutschte hinein und versteckte sich in einem Taschentuch. Der Herzog drückte seine Zigarre am Schreibtisch aus und stopfte sie Angelica nach. Dann wandte er sich um und

hielt die andere Rocktasche für Tonino auf. Als Tonino in die kuschelige Dunkelheit hinabkletterte, hörte er, wie draußen die Tür des Studierzimmers geöffnet wurde, und er hörte die Stimme der Herzogin sagen:

„Herr Herzog, Sie haben schon wieder Zigarren geraucht!"

Dreizehntes Kapitel

Paolo wachte an diesem Morgen auf und wußte, daß er selbst nun nach Tonino suchen mußte. Wenn sein Vater und Rinaldo und sogar Rosa und Marco ablehnten, es zu versuchen, dann hatte es keinen Sinn, jemand anderen darum zu bitten.

Er setzte sich auf und bemerkte, daß die Casa voll ungewöhnlichen Lärms war. Unten im Hof war das Tor offen. Er konnte die Stimmen Elizabeths und die Stimmen von Tante Anna, Tante Maria und Cousine Claudia hören. Sie hatten Brot geholt.

„Schaut euch den Engel an!" sagte seine Mutter. „Wie ist denn das passiert!"

„Weil wir unsere Zaubersprüche gestoppt haben", sagte Cousine Claudia.

Gleich darauf folgte ein einzelner Ton, den Tante Anna sang, und der von einem Quietschlaut abgeschnitten wurde. Tante Maria sagte zornig: „Keine Zaubersprüche, Anna! Denk an Tonino!"

Noch viel mehr interessierten Paolo die Geräusche außerhalb: marschierende Füße, gebrüllte Befehle, Trommelgedröhn, Pferdegetrappel, lautes Gerumpel und Fluchen. Paolo schoß aus dem Bett. Das konnte nur die Armee sein.

„Hunderte sind das!" hörte er Tante Anna sagen.

„Und die meisten jünger als mein Domenico", sagte Tante Maria. „Claudia, nimm bitte den Korb, ich will das Tor schließen."

Paolo rannte die Galerie entlang und zog sich dabei die Jacke an. Doch so sehr er sich beeilte, er kam zu spät. Das Tor war schon verrammelt und der kriegerische Lärm ausgeschlossen. Die Damen gingen mit ihren Körben über den Hof.

„Wo willst du denn hin?!" rief ihm Elizabeth zu. „Niemand verläßt heute das Haus. Es wird Kämpfe geben. Die Schulen haben alle geschlossen."

Sie stellten ihre Körbe nieder, um die Küchentür zu öffnen. Paolo sah, wie sie zurückschraken, und hörte sie entsetzt aufschreien.

„Ach, du meine Güte!" sagte Elizabeth.

„Daß mir das keiner Gina erzählt!" sagte Tante Maria.

Im gleichen Augenblick klopfte jemand dröhnend ans Tor der Casa.

„Schau nach, wer das ist, Paolo!" rief Tante Anna.

Paolo ging in die Einfahrt und öffnete das Guckloch am Tor. Jetzt konnte er wenigstens einen Blick auf die Armee werfen. Und daß die Schulen geschlossen waren, freute ihn besonders. Er hatte ohnehin nicht vorgehabt, zur Schule zu gehen.

Draußen stand ein Mann in Uniform, der brüllte: „Aufmachen! Im Namen des Herzogs!" Hinter dem Mann konnte Paolo ein bißchen was vom Glänzen marschierender Stiefel sehen und weitere Uniformen. Er öffnete das verrammelte Tor.

Inzwischen wurde es klar, daß man Tante Gina nicht von der Küche fernhalten konnte. Ihre Schritte klapperten schon auf der Treppe. Gleich darauf war die ganze Casa von Ginas Geschrei erfüllt.

„O mein Gott! Madonna mia! Ungeziefer!" Ihr Geschrei erstickte sogar den Lärm der Militärkapelle, die eben vorbeimarschierte, als Paolo das Tor öffnete.

Der Mann draußen warf Paolo ein Blatt Papier zu, stürzte weiter und hämmerte gegen das nächste Tor. Paolo betrachtete das Papier und las:

„Staat Caprona, Blatt Fr3, Einberufung der Letzten Reservisten. Die Folgenden mögen sich am 14. Januar 1979, 3 Uhr, beim Arsenal zum sofortigen Dienst melden: Antonio Montana, Lorenzo Montana, Piero Montana, Ricardo Montana, Arturo Montana (ne Notti), Carlo Montana, Luigi Montana, Angelo Montana, Luca Montana, Giovanni Montana, Piero Jacopo Montana, Rinaldo Montana, Domenico Montana, Francesco Montana."

Das waren praktisch alle. Paolo hatte nicht daran gedacht, daß auch sein Vater zur Letzten Reserve gehörte.
„Mach das Tor zu!" quiekte Tante Maria.
Paolo wollte eben gehorchen, als er sich erinnerte, daß er noch nicht auf den Engel geblickt hatte. Er drückte sich nach draußen und starrte hinauf, während ein halbes Regiment Infanterie hinter ihm vorbeimarschierte. Es schien, als hätten in der letzten Nacht alle Tauben Capronas sich einen Sitzplatz auf dem goldenen Schnitzwerk gesucht. Es war über und über voll Vogelkot. Auf dem ausgestreckten Arm, der die Schriftrolle hielt, lag besonders viel. Und die Rolle selbst war eine einzige verkrustete weiße Masse. Paolo schauderte. Es erschien ihm wie ein Omen. Er bemerkte nicht, wie einer der marschierenden Soldaten sich aus seiner Abteilung löste und hinter ihn trat. „An deiner Stelle würde ich das Tor schließen", sagte Chrestomanci.
Paolo blickte zu ihm auf und hätte gern gewußt, warum Leute so anders aussahen, wenn sie Uniform trugen. Er riß sich zusammen

und zog die beiden Torflügel zu. Chrestomanci half ihm, die großen Eisenstangen einzuhaken, um das Tor zu verschließen. Dabei sagte er: „Ich war schon in aller Früh in der Casa Petrocchi, ihr braucht mir also nicht viel zu erklären. Aber wissen möchte ich, was mit eurer Küche los ist."

Paolo riß die Augen auf. Acht Körbe, bis oben gefüllt mit gelbbraunen Brotlaiben, standen vor der Küchentür. Aufgeregte Geräusche drangen aus der Küche und ein merkwürdiger Summ-Brummton.

„Ich glaube, das ist schon wieder wegen Lucias Zauberspruch", sagte er. Paolo und Chrestomanci rannten durch den Hof, aber noch bevor sie drei Schritte zurückgelegt hatten, brachen sämtliche Tanten aus der Küche und stürzten auf die beiden los. Antonio und die Onkel eilten von der Galerie herab, und von sonst überallher strömten Cousins und Cousinen. Tante Francesca wogte aus dem Salon. Chrestomanci befand sich bald mitten in der Menge und mußte überallhin zugleich Erklärungen abgeben.

„Es war ganz richtig, daß ihr mich zu Hilfe gerufen habt", sagte er zu Rosa und Tante Francesca. „Der Alte Niccolo wird noch hundert Jahre alt. Aber ihr solltet euch ein bißchen ausruhen." Zu Elizabeth und Antonio sagte Chrestomanci: „Ich weiß etwas von Tonino." Und zu Rinaldo äußerte er: „Das ist heute schon meine vierte Uniform. In den Hügeln wird schwer gekämpft. Und irgendwie mußte ich ja durchkommen. Was ist bloß in den Herzog gefahren", fragte er die Onkel, „daß er den Krieg so früh erklärt hat? Ich hätte Hilfe von Rom haben können. Er hätte nur Geduld haben müssen!" Keiner von ihnen wußte, was in den Herzog gefahren war, das teilten ihm alle zugleich mit. „Ich weiß", sagte Chrestomanci, „ich weiß. Keine Kriegszaubersprüche. Ich glaube, unser Feind-Zauberer hat bezüglich Tonino und Angelica einen Fehler begangen. Das gibt mir, wenn schon sonst nichts, wenigstens freie Hand." Als Aufregung und Lärm trotzdem nicht geringer wurden, sagte Chrestomanci: „Übrigens, die Letzte Reserve ist einberufen." Er gab Paolo einen Wink, das Papier Antonio zu überreichen.

In der ernüchterten Stille, die darauf eintrat, bahnte Chrestomanci sich seinen Weg zur Küche und steckte den Kopf hinein. Paolo hörte ihn murmeln: „Oh, du mein lieber Gott!"

Paolo verzog sich aus der Menge, die sich um Antonio drängte, und blickte unter Chrestomancis Ellbogen durch in die Küche. Er sah ganze Gebirge von wimmelndem Ungeziefer, und die Luft war voll Geschwirr, Gesumm und Gebrumm von Fliegen aller Art, Stechmücken, Wespen. Käfer, Ameisen, Küchenschaben und hunderterlei anderes Krabbelzeug saßen und krochen auf dem Fußboden, auf den Regalen und dem Abwaschbecken. Paolo glaubte, auf dem Küchenofen einen Heuschreckenschwarm zu sehen. Es war sogar noch schlimmer, als er sich als kleines Kind die Petrocchiküche vorgestellt hatte.

„Ich bin sicher", sagte Chrestomanci zu Lucia, die auf einem Bein zwischen den Brotkörben stand und überlegte, ob sie nicht lieber wegrennen sollte, „ich bin sicher, daß du schon was von Zauberspruchmißbrauch gehört hast. Ich frage nur aus Interesse: Was für einen hast du verwendet?"

„Ihren eigenen Text zum ‚Engel von Caprona'", sagte Tante Maria, zornsprühend aus der Menge brechend. „Gina hat darüber fast den Verstand verloren."

„Alle Kinder haben mitgemacht", erklärte Lucia herausfordernd. „Ich war es schließlich nicht allein."

Chrestomanci sah Paolo an, und Paolo nickte. „Meine Hochachtung für die Kräfte der jungen Montanas!“ sagte Chrestomanci. Er wandte sich um und schnalzte mit den Fingern in die summende, krabbelnde Küche. Es passierte überhaupt nichts. Er trat zurück und blickte nachdenklich drein.

„Mit allem schuldigen Respekt für den Engel von Caprona“, sagte er zu Paolo und Lucia, „aber diese Kraft kann nicht von ihm allein stammen. Ich fürchte, dieser Spruch wird bloß durch eigene Abnützung verschwinden.“ Und zu Tante Maria sagte er: „Kein Wunder, daß der Feind-Zauberer vor der Casa Montana solche Angst hat. Bedeutet das Gehexe da vielleicht, daß es nichts zu essen gibt?“

„Nein, nein, wir kochen im Eßzimmer“, sagte Tante Maria verwirrt.

„Gut“, antwortete Chrestomanci. „Aber es gibt da etwas, das ich sagen muß, wenn alle hier sind.“

Und als alle um die Tische versammelt waren, um trockene Semmeln zu essen und schwarzen Kaffee zu trinken, der über dem Kaminfeuer gekocht worden war, stellte Chrestomanci sich vor das Feuer hin, eine Kaffeetasse in Händen, und sagte: „Ich weiß, einige wenige von euch sind der Meinung, daß Tonino sich in der Casa Petrocchi befindet. Ich schwöre euch aber, daß er wirklich nicht dort ist und daß Angelica Petrocchi auch vermißt wird. Ich glaube, ihr habt ganz recht damit, daß ihr aufhört, Zaubersprüche zu erzeugen, bis die Kinder gefunden sind. Was ich aber sagen will, ist folgendes: Sogar dann, wenn ich Tonino und Angelica in dieser selben Minute fände, könnten alle Zaubersprüche der Casa Montana und der Casa Petrocchi zusammen Caprona jetzt nicht mehr retten. Das *einzige*, was helfen kann, ist der echte Text vom ‚Engel von Caprona‘. Habt ihr das alle begriffen?“

Sie hatten es alle begriffen. Eine Zeitlang sprach niemand. Dann begann Onkel Lorenzo zu murren, weil Motten in seine Reservistenuniform geraten waren. „Jemand hat den Mottenzauberspruch herausgetrennt!" beschwerte er sich. „Ich kann mich ja so nicht sehen lassen."
„Sei doch still!" fuhr Domenico ihn an.
Das Frühstück wurde unter niedergeschlagenem Gemurmel beendet.
Paolo stand auf und glitt hinter die Bank, auf der Chrestomanci saß. „Entschuldigen Sie, Signore, wissen Sie, wo Tonino ist?"
„Ich wollte, ich wüßte es", sagte Chrestomanci. „Ich habe nur zwei Anhaltspunkte. In der letzten Nacht arbeitete jemand irgendwo vor mir an sehr merkwürdigen Zaubersprüchen."
„Tonino?" fragte Paolo eifrig.
Chrestomanci schüttelte den Kopf. „Der erste war eindeutig von Angelica. Sie hat etwas, das man einen individuellen Stil nennen könnte. Aber der zweite Spruch hat mich verwirrt. Glaubst du, ist dein Bruder in der Lage, etwas so Starkes zustande zu bringen, daß er einen anderen Zauber durchbricht? Angelica ist das durch reinen Überraschungszauber gelungen. Hätte Tonino das gekonnt?"
„Ich glaube schon", sagte Paolo. „Er weiß nicht viele Sprüche, aber die verwendet er immer richtig, und sie wirken."
„Dann bleibt die Sache ein Geheimnis", sagte Chrestomanci. Er seufzte.
Er sieht müde aus, dachte Paolo. „Danke, Chrestomanci", sagte er und lief weg. Er dachte sich sorgfältig ein Durcheinander von unwahrscheinlichen Gedanken zusammen, was er jetzt, da die

Schule doch geschlossen war, tun würde. Er wollte nämlich nicht, daß irgend jemand merkte, was er wirklich vorhatte.

Er schlüpfte durch den Wagenschuppen an den zerknitterten Pferden, dem Kutscher und an der Kutsche vorüber und öffnete die kleine Tür an der Hinterseite. Er war schon fast draußen, als er Rosa am Vordereingang des Schuppens fragen hörte: „Paolo? Bist du da drin?"

Nein, bin ich nicht, dachte Paolo und schloß die kleine Tür hinter sich, so behutsam er konnte. Dann rannte er los.

Zu diesem Zeitpunkt waren keine Soldaten auf den Straßen und auch sonst niemand. Paolo rannte an gelben Häusern mit verrammelten Fensterläden vorüber. Er rannte in einer Stille dahin, die nur immer wieder von unbehaglichem Glockengeläut unterbrochen wurde. Von Zeit zu Zeit glaubte er, ein schwaches, entferntes Dröhnen zu hören, mit Geknatter mittendrin. Wo immer die Häuser den Blick freigaben und Paolo die Hügel sehen konnte, sah er Soldaten. Er sah sie nicht als Soldaten, sondern als kriechende, huschende, funkelnde Linie, die sich aufwärts schlängelte. Und dann gab es vereinzelte kleine Rauchwolken. Chrestomanci hatte recht. Der Kampf war sehr nahe.

Paolo war der einzige Mensch in der Via Cantello. Die Casa Petrocchi war genauso verrammelt und verbarrikadiert wie die Casa Montana. Und ihr Engel war gleichfalls mit weißem Vogelkot bedeckt. Wie die Montanas hatten die Petrocchis aufgehört, Sprüche herzustellen. Das zeigt, dachte Paolo, Chrestomanci hat recht gehabt in bezug auf Angelica. Das munterte ihn auf und machte ihm mehr Mut, an das alte Tor zu hämmern.

Von innen war kein Laut zu hören. Aber nach höchstens einer

Sekunde sprang eine weiße Katze auf das Tor und schaute mit Augen herunter, die noch blauer waren als die Paolos.
Diese Augen erinnerten Paolo daran, daß seine eigene Augenfarbe ihn verraten würde. Er würde vermutlich nicht wagen, sie mit einem Spruch zu verändern, falls die Petrocchis es bemerkten. So sagte er sich, daß er die einzige Person auftreiben mußte, die geeignet war, Tonino suchen zu helfen. Und er sagte zu der Katze: „Renata. Könnte ich mit Renata sprechen?"
Die weiße Katze starrte ihn an. Dann sprang sie nach drinnen hinunter und ließ Paolo mit dem unbehaglichen Gefühl zurück, daß sie wußte, wer er war. Endlich wurde das Guckloch geöffnet. Erleichtert sah er Renatas Gesicht.
„Holla!" sagte sie. „Jetzt weiß ich, warum Vittoria mich geholt hat. Gut, daß du kommst."
„Hilf mir, Tonino und Angelica suchen", sagte Paolo. „Niemand hört auf mich!"
„Hm." Renata zog eine Strähne ihres roten Haars in den Mund und kaute daran. „Wir dürfen nicht einfach weggehen. Denk dir einen Grund aus."
„Deine Lehrerin ist krank und hat einen Schock gekriegt vom Krieg. Sie will, daß wir bei ihr sitzen und Händchen halten", schlug Paolo vor.
„Das wird genügen", sagte Renata. „Komm herein, bis ich gefragt hab." Paolo hörte, wie innen die Eisenstangen ausgehakt wurden. „Sie heißt Frau Grimaldi", flüsterte Renata und öffnete das Tor. „Sie wohnt in der Via Sant' Angelo. Und es geht ihr ganz fürchterlich schlecht, falls sie dich fragen. Komm herein!"
Mit großem Vergnügen betrat Paolo die Casa Petrocchi und merkte

erfreut, daß er sich nicht besonders fürchtete. Er fühlte sich wie vor einer Prüfung, für die er besonders viel gelernt hatte.
Er sah einen Hof und eine Galerie. Sie waren dem Hof und der Galerie in der Casa Montana so ähnlich, daß er hätte glauben können, er sei auf zauberhafte Weise nach Hause geraten. Natürlich gab es Unterschiede. Das Geländer der Galerie war aus phantastisch gearbeitetem Schmiedeeisen mit eisernen Leoparden darauf. Die Katzen, die auf den Wassertonnen saßen und sich sonnten, waren meist rothaarig oder getigert oder gefleckt, während man in der Casa Montana merkte, daß Benvenuto der Oberkater war. Die meisten Katzen dort waren entweder schwarz oder schwarz und weiß. Und hier in der Casa Petrocchi kam nun ein Strom Küchenduft geweht – gebratene Zwiebeln. Paolo hatte keinen solchen Duft gerochen, seit Lucia ihren unglückseligen Zauberspruch gesungen hatte.
„Mutter!" schrie Renata.
Aber die erste Person, die erschien, war Marco. Marco kam die Stufen der Galerie heruntergaloppiert, ein Paar hoher glänzender Stiefel in einer Hand, eine verknitterte rote Uniform über dem Arm. „Mutter!" brüllte er in der großzügigen und schmissigen Art, in der Leute immer nach ihren Müttern brüllen. „Mutter! In meiner Uniform sind Motten! Wer hat den Mottenzauberspruch herausgetrennt?"
„Blödian!" sagte Renata zu ihm. „Wir haben doch letzte Nacht alle Zaubersprüche weggeräumt!" Und zu Paolo sagte sie: „Das ist mein Bruder Marco!"
Es ist schwer zu sagen, wer von beiden mehr erschrak.
In eben dem Augenblick kam eine rothaarige Dame über den Hof. Sie trug einen kleinen Jungen.

„Ich weiß nicht, Marco", sagte sie. „Bitte Rosa, daß sie sie stopft. Was ist los, Renata?"
Marco unterbrach sie. „Rosa", sagte er und sah Paolo dabei streng an, „ist bei ihrer *Schwester*. Wer ist dein Freund, Renata?"
Paolo konnte nicht widerstehen. „ Ich bin Paolo Andretti", sagte er boshaft. Marco warf ihm einen vielsagenden Blick zu, worauf Paolo kein weiteres Wort zu äußern wagte.
Renata war erleichtert. Jetzt wußte sie, wie sie Paolo vorstellen sollte. „Paolo möchte, daß ich mitkomme und mich um Frau Grimaldi kümmere. Sie liegt krank zu Bett, Mutter."
Paolo merkte, daß Marco besorgt war und Renata nicht fortlassen wollte. Aber wie wollte er das durchsetzen? Marco konnte doch nicht verraten, daß er Paolo kannte, ohne sich und Rosa zu verraten.
„Die arme Frau Grimaldi", sagte Signora Petrocchi. „Aber ich glaube nicht, Renata, daß . . ."
„Weiß Frau Grimaldi denn nicht, daß Krieg ist?" fragte Marco. „Hat Paolo dir berichtet, daß sie krank ist?"
„Jawohl", antwortete Paolo schlagfertig. „Meine Mutter ist mit Frau Grimaldi eng befreundet. Meine Mutter macht sich Sorgen um sie, weil es ihr gar so schlecht geht."
„Und selbstverständlich weiß sie, daß Krieg ist", sagte Renata. „Hab ich dir nie erzählt, Marco, wie sie sich unter ihrem Pult verkriecht, wenn's irgendwo kracht? Und sie wird sofort steif vor Schreck, wenn sie nur einen Schuß hört!"
„Und es war eben alles zuviel für sie, sagt meine Mutter", setzte Paolo hinzu.
Marco versuchte es anders herum. „Aber warum will denn Frau

Grimaldi ausgerechnet *dich* sehen, Renata? Und seit wann bist du ein Lehrer-Liebling?"

„Bin ich doch gar nicht", sagte Renata, die Paolo an Zungenfertigkeit nicht nachstand. „Sie möchte bloß, daß ich sie mit ein paar Sprüchen unterhalte."

„Du darfst doch keine Sprüche verwenden! Wegen Angelica!" riefen Frau Petrocchi und Marco fast gleichzeitig.

„Aber natürlich nicht", fuhr Renata geschmeidig fort. „Ich will ihr bloß ein paar Lieder vorsingen. Sie hat es so gern, wenn ich singe. Und Paolo soll ihr aus der Bibel vorlesen. Sag doch schon, daß wir gehen dürfen, Mama! Stell dir vor, die Arme liegt im Bett, ganz allein!"

„Also gut", sagte Frau Petrocchi.

„Die Straßen sind nicht sicher", sagte Marco.

„Ich hab überhaupt niemanden gesehen", entgegnete Paolo. Es war fast wie Ping-Pong.

„Mutter", sagte Renata. „Du wirst doch bitte Marcos Uniform stopfen, ja?"

„Jaja, natürlich!" sagte Frau Petrocchi.

Renata nahm das als Erlaubnis, mit Paolo wegzugehen. „Komm", sagte sie zu ihm und raste an Marcos Nase vorüber auf ein Gebäude zu, das augenscheinlich der Wagenschuppen war. Paolo flitzte ihr nach.

Aber Marco war noch nicht besiegt. Bevor Renata die Hand nach dem Riegel des Tors ausstrecken konnte, lehnte sich jemand, offensichtlich ein Onkel, über das Galeriegeländer. „Renata, sei ein liebes Mädchen und such mir meinen Tabak!" Jemand anders, offensichtlich eine Tante, schoß aus der Küche. Sie sah aus, wie Tante Gina mit rotem Haar ausgesehen hätte, und heulte mit der gleichen Stimme: „Renata! Hast du mein einziges scharfes Messer genommen?" Ein paar kleine Cousins und Cousinen schossen aus der nächsten Tür: „Renata, du hast versprochen, du spielst mit uns Verkleiden!" Und Frau Petrocchi hielt Renata besorgt und unentschlossen den kleinen Bruder hin und sagte: „Renata, du mußt auf Roberto aufpassen, solange ich nähe!"

„Ich hab keine Zeit mehr!" schrie Renata zurück. „Die arme Frau Grimaldi!" Sie riß das große Tor des Schuppens auf und stieß Paolo hinein. „Was ist denn los?" flüsterte sie.

Paolo war es klar, was da los war. Es war genauso wie in der Casa Montana. Marco hatte einen Zauber ausgesendet, nicht einen Schreckzauber, das wagte er nicht, aber eine Art allgemeine Unbehaglichkeit. Sie liefen an der glänzenden Petrocchikutsche vorüber – Paolo fand das sehr interessant –, an vier schwarzen Papp-Pferden, die so verknittert und verdreckt waren wie die Pferde in der Casa Montana.

„Warum tut er das? Warum will er uns denn aufhalten? Wieso weiß er denn, daß . . ." fragte Renata atemlos.

Hinter ihnen erhob sich ein Brausen von Petrocchistimmen, die alle nach Renata riefen. „Er weiß es eben", sagte Paolo. „Beeil dich!"

Die kleine Tür zur Straße hatte einen großen, unhandlichen Schlüssel. Renata nahm ihn in beide Hände und bemühte sich, ihn umzudrehen. „Kennt er dich?" fragte sie.

Wie als Antwort klang Marcos Stimme hinter der Kutsche hervor: „Renata!" und dann, sanfter: „Paolo! Paolo Montana – kommt her!"

Die Tür war offen. „Lauf jetzt, wenn du mitkommen willst!" sagte Paolo zu Renata. Sie schossen auf die Straße hinaus und rannten.

Marco stand in der Tür und schrie ihnen etwas nach, aber er schien sie nicht zu verfolgen. Trotzdem rannte Paolo weiter, und Renata mußte mitrennen. Paolo wollte nicht reden. Er mußte den Schock verdauen. Marco – Marco Andretti war tatsächlich Marco Petrocchi! Er mußte Guidos ältester Sohn sein. Rosa Montana und Marco Petrocchi . . .

„Schon gut, das reicht!" keuchte Renata. Sie hatten den Corso überquert und befanden sich am Flußufer.

„Jetzt erzähl mir, wieso Marco dich kennt!" sagte Renata. „Oder ich geh keinen Schritt weiter!"

Paolo betrachtete sie prüfend. Er hatte bereits entdeckt, daß Renata, wie Tante Gina sagen würde, einen solchen Scharfblick hatte, daß man sich daran schneiden konnte, und er mochte es nicht, wie sie ihn ansah. „Marco hat mich natürlich im Palast gesehen", sagte er.

„Nein, hat er nicht", sagte Renata. „Er hat nämlich unsere Kutsche gefahren. Er war unser Kutscher. Er kennt deinen Namen *und* weiß, warum du gekommen bist. Na?"

„Vielleicht hat er auf den Stufen zur Kunstgalerie gestanden und wir haben ihn im Nebel nicht bemerkt!" sagte Paolo.

„Gut gebrüllt, Löwe", sagte sie. Paolo versuchte, ihrem Blick auszuweichen, indem er sich umwandte und am Kai weiterschlenderte. Renata folgte ihm und bemerkte: „Damit wolltest du mich bloß verwirren, damit ich nicht weiterfrage. Aber da haben Sie sich geschnitten, Signor Montana! Denn, schade, Marco war gar nicht bei dem Gerangel auf dem Corso dabei! Sie wollten ihn für den Zweikampf haben, darum weiß ich es. Aber er war nicht da. Und so mußte Papa kämpfen. Und ich sag dir, du willst einfach nicht, daß ich weiß, wieso Marco dich kennt. Und ich sag dir,

Marco weiß gar nichts. Sonst hätte er mir gesagt, wer du bist. Denn er hätte bestimmt geglaubt, daß er mich damit zurückhalten kann."

„*Du* hast dich geschnitten!" sagte Paolo über die Schulter zurück. „Weil du gar so gescheit sein willst. Ich weiß nicht, wieso Marco mich kennt. Aber es war jedenfalls freundlich von ihm, nichts zu sagen . . ." Er hielt inne. Er schnupperte. Er befand sich in gleicher Höhe mit einer Allee, an deren Ende ein abblätterndes blaues Haus stand. Paolo schnupperte in der Luft rund um diese Allee mit einem Gespür, von dem er kaum wußte, daß er es besaß. Es lag im Blut. Es war Generationen von Spruchzauberern angeboren. Er spürte: Hier war ein Zauber geworfen worden, ein sehr starker, und erst vor kurzem.

Renata holte ihn ein. „Du wirst dich nicht herauswinden!" Sie hielt inne. „Da hat doch jemand einen Zauber gelegt!"

„Angelica vielleicht? Kannst du das erkennen?" fragte Paolo.

„Warum fragst du?"

Paolo teilte ihr mit, was Chrestomanci gesagt hatte. Ihr Gesicht rötete sich. „Individueller Stil", sagte sie. „Der macht Witze! Es ist nicht Angelicas Schuld. Sie hat's von Geburt an. Und einen Spruch zur Wirkung bringen, wenn er alles falsch macht, das kann wirklich nicht jeder. Ich glaube, sie ist so etwas wie ein Hintenherum-Genie. Und ich hab das auch der Herzogin von Caprona gesagt, als sie so lachte."

„Aber ist es Angelicas Spruch?" fragte Paolo. Er konnte von irgendwo unten flußabwärts Gewehrfeuer hören, vermischt mit dem dumpfen Gedröhn von den Hügeln. Es war ein grobes Klopfen – bumm bumm –, wie wenn ein Riese Holz hackt. Paolo hob den

Kopf, um zu lauschen, und er sagte: „Ich weiß, daß es nicht Tonino ist, der zaubert genauer."
„Kann sein", sagte Renata und hob gleichfalls den Kopf. „Aber es fühlt sich ein wenig abgedroschen an, nicht? Jedenfalls nicht sehr gut. Der Krieg klingt schrecklich nahe. Ich glaube, wir sollten vom Kai weg."
Sie hatte wahrscheinlich recht. Paolo zögerte. Er war sicher, sie waren dem Zauber dicht auf der Spur. Der schale Spruch hatte etwas leicht Krankhaftes an sich, das ihn an die fahlgelbe Botschaft im Hof erinnerte.
Und während er noch zögerte, schien der Krieg plötzlich über ihnen zu toben. Ohrenbetäubend, metallen-schmetternd, schrecklich. Es hörte sich an, als schlüge jemand mit einem ungeheuren Stück Blech um sich oder als rassle ein riesiger Wecker. Aber auch das wurde dem Lärm nicht gerecht. Da war noch ein überlautes, metallisches Kreischen. Paolo und Renata duckten sich und legten die Hände an die Ohren, und ungeheure Dinge wirbelten über sie hin. Was immer es war, sie flogen über sie hinweg auf den Fluß hinaus. Paolo und Renata kauerten auf dem Kai und starrten ihnen nach. Die metallenen Trümmer flatterten jetzt in einer Gruppe dahin. Es waren mindestens acht Stück. Sie gongten und kreischten. Paolo dachte zuerst an Flugapparate und dann an das Flügelpferd der Montanas. An den großen dunklen Körpern schienen Beine zu baumeln, und ihre Metallflügel wirbelten wütend. Etliche flogen nicht sehr gut. Einer verlor an Höhe, obwohl er wie verrückt mit den Flügeln klapperte, und stürzte aufklatschend in den Fluß. Ein anderes dieser Dinger verlor gleichfalls an Höhe und wirbelte mit dem Eisenschwanz, um sich im Gleichgewicht zu halten. Paolo erkannte es als

einen der Vögel Greife von der Piazza Nuova. Der Vogel fiel gleichfalls platschend ins Wasser.
Renata begann zu lachen. „Also das *war* Angelica!" sagte sie. „Ihren Zauber würde ich überall herauskennen."
Sie sprangen auf und rasten über die Treppe zur Piazza Nuova hinauf. Das Getöse der Vögel übertönte fast das Geknatter des Gewehrfeuers. Renata und Paolo rannten die Stufen hinauf und wandten sich auf jedem Treppenabsatz um, um zu sehen, was mit den übrigen Vögeln geschah. Weitere zwei stürzten in den Fluß. Die nächsten beiden plumpsten in die Gärten reicher Villen. Aber die letzten beiden Vögel flogen gut. Als Paolo wieder hinsah, kämpften sie darum, Höhe zu gewinnen, um über die Hügel jenseits des Palastes zu gelangen. Das entfernte Gedröhn klang heftig und wütend, und die Metallflügel schwirrten verschwommen.
Paolo und Renata wandten sich ab und stiegen weiter hinauf. „Was ist das? Ein Hilferuf?" keuchte Paolo.
„Muß es sein!" schnaufte Renata. „Angelicas Zaubersprüche – haben – immer – eine Art verrückte Vernunft."
Das Echogedröhn ließ die Kinder herumwirbeln. Noch ein Vogel war abgestürzt, aber sie sahen nicht, wo. Wie gebannt beobachteten sie dann die Bemühungen des allerletzten. Er hatte nun die marmorne Front des Herzogspalastes erreicht, aber er flog nicht hoch genug, um ihn überfliegen zu können. Der Greif schien das zu wissen. Er streckte die Krallen aus und schien auf den marmornen Zinnen der Brustwehr landen zu wollen. Aber es gelang nicht. Sie sahen, wie er als dunkler Fleck die bunte Marmorfassade herabglitt – sie konnten sogar hören, wie er daran schürfte, tiefer und tiefer, bis er endlich auf das Dach der marmornen Toreinfahrt krachte und hängenblieb. Und

über dem Vogel konnten sie von ihrem Platz aus sogar zwei lange Kratzfurchen sehen, die ganze Front des Palastes herunter.
„Auweh!" sagte Paolo.
Er und Renata stiegen nun zu der seltsam leeren Piazza Nuova hinauf. Sie war jetzt nichts als eine große, gepflasterte, von einer niedrigen Mauer umgebene Plattform. In Abständen waren rundum in der Mauer die abgebrochenen Sockel und Stümpfe der Vögel Greife zu sehen mit je einer zerbrochenen grünen oder scharlachroten Plakette daneben. In der Mitte, dort, wo der verschlungene Vogel-Greife-Brunnen gewesen war, rann ein dünner Wasserstrahl aus einem abgebrochenen Rohr.
„Schau doch! Was für Zaubersprüche sie zerbrochen hat!" schrie Renata. „Ich hätte nie geglaubt, daß sie so etwas fertigbringt! Das ist ja ungeheuerlich!"
Paolo schaute neidvoll zu dem zerkratzten Palast hinüber. Da standen in den Marmor gemeißelte Abwehrzaubersprüche. Angelica mußte sie alle gebrochen haben. Das seltsamste war, daß er diesen Zauber nicht spüren konnte. Die Piazza Nuova hätte nach Zauber stinken müssen, aber er empfand sie als ganz leer. Verwirrt sah er sich um. Und da kam, langsam und müde, eine vertraute braune Gestalt mit einem hängenden Schwanzbusch die niedrige Mauer entlanggetrottet.
„Benvenuto!" flüsterte er.
Einen Augenblick lang sah es aus, als würde Benvenuto an Paolo vorübergehen, wie er es so oft tat. Aber Benvenuto blieb stehen. Er starrte Paolo drängend an. Vorsichtig öffnete er das Maul und spie einen enggefalteten Papierstreifen aus. Dann legte er sich nieder und verlor das Interesse an der Welt. Paolo sah, wie seine braunen

Flanken bebten. Er hob das Papier auf. Renata blickte Paolo über die Schulter. Die Schrift war eindeutig Toninos Handschrift, obwohl viel zu klein geschrieben. Und nicht viel von Toninos Botschaft hatte in Benvenutos Maul überlebt – aber das konnte Paolo nicht wissen. Paolo und Renata lasen:

gel ext ei En ü or

Es war kein Wunder, daß sie das mißverstanden. Von der Piazza Nuova aus war jetzt, da die Greife fort waren, ein Engel klar sichtbar. Golden und streng, ein Caprona bewachend, das schon umringt war vom Rauch der Gewehrfeuer, stand er oben auf der großen Kathedrale.
„Glaubst du, können wir dort hinauf?" fragte Paolo.
Renatas Gesicht war bleich. „Versuchen wir es. Aber ich warne dich. Mir wird leicht schwindlig!"
Sie eilten hinunter zwischen den roten Dächern und golden leuchtenden Wänden und ließen Benvenuto auf der Mauer schlafend zurück. Nach einer Weile rappelte Benvenuto sich auf und trottete weiter. Er hatte sich völlig erholt. Es waren mehr als ein paar schlechtgezielte Gewehrschüsse nötig, um Benvenuto fertigzumachen.

Vierzehntes Kapitel

Die warme Rocktasche, in der Tonino saß, schwankte und stieß, als der Herzog aufstand. „Natürlich rauch ich eine Zigarre", sagte er beleidigt zu der Herzogin. „Jeder Mensch würde eine Zigarre rauchen, wenn er draufkommt, daß er Krieg erklärt hat. Und zwar ohne es zu wissen; und wenn er noch dazu sicher ist, daß er geschlagen wird."

„Ich hab dir gesagt, Herr Herzog, Zigarrenrauchen schadet deiner Gesundheit", sagte die Herzogin. „Wo gehst du hin?"

„Ich? Oh!" sagte der Herzog. Die Rocktaschen stießen, schwankten und stießen wieder, als er die Stufen zur Tür hinaufstieg. „In die Küche natürlich. Ich hab Hunger!"

„Du könntest dir doch etwas zu essen bringen lassen", sagte die Herzogin, aber es klang nicht ungehalten. Tonino wußte, daß sie glaubte, er und Angelica wären die ganze Zeit im Studierzimmer des Herzogs gewesen. Sie wollte den Herzog so lange draußen haben, bis sie die Kinder gefunden hätte.

Tonino hörte, wie die Tür geschlossen wurde. Die Rocktaschen schwangen rhythmisch, wie der Herzog so dahinging. Es war eine große Tasche. Darin war Platz für Tonino und des Herzogs Feuerzeug und sein Taschentuch, eine weitere Zigarre, ein Stück Bindfaden, ein paar Münzen, einen Rosenkranz und etliche Würfel. Tonino machte es sich mit dem Taschentuch als Polster bequem.

„Geht's euch gut da drin?" brummte der Herzog. „Niemand da. Ihr könnt den Kopf herausstrecken. Ich hab an die Küche gedacht, denn ihr seht mir nicht danach aus, als hättet ihr schon Frühstück gegessen."

„Sie sind sehr freundlich", sagte Angelicas Stimme zart. Tonino kämpfte sich auf die Füße und steckte im Schutz der Taschenklappe den Kopf heraus. Er konnte Angelica nicht sehen – des Herzogs mächtiger Leib war im Weg –, aber er hörte sie sagen: „Sie haben allerhand in Ihren Rocktaschen, nicht? Wissen Sie vielleicht, was da an meinem Fuß klebt?"

„Äh – ein Karamellbonbon, nehme ich an", sagte der Herzog. „Würdest du mir die Freude machen, ihn aufzuessen?"

„Danke", sagte Angelica zögernd.

„Sagen Sie bitte", fragte Tonino, „wieso hat die Herzogin nicht gewußt, daß wir in Ihren Taschen stecken? Vorher hat sie uns riechen können!"

Des Herzogs lautes Gelächter durchrumpelte ihn. „Zigarren, mein Junge", sagte der Herzog. „Warum, glaubst du, rauche ich Zigarren? Sie kann nichts durchriechen, und eben das kann sie nicht ausstehen. Sie hat versucht, mir einen Zauber anzuhängen, damit ich aufhöre zu rauchen, aber da bin ich so grantig geworden, daß sie den Zauber wieder aufheben mußte."

„Entschuldigen Sie, Euer Gnaden", sagte Angelicas Stimme von der andern Seite. „Merkt das keiner, wenn Sie mit sich selber reden?"

Der Herzog lachte wieder. „Keine Seele merkt was! Ich rede immer mit mir selbst. Sie glauben alle, ich bin komplett verrückt. Nun, habt ihr zwei schon daran gedacht, wie wir euch hier hinausbringen? Der sicherste Weg wäre, eure Familien herzuholen. Dann könnte ich euch im Geheimen übergeben, und sie ist die Dumme."

„Können Sie sie nicht sofort holen lassen?" schlug Tonino vor. „Sagen Sie einfach, Sie brauchen sie wegen des Kriegs!"

„Sie würde den Braten riechen", sagte der Herzog. „Sie behauptet, daß eure Kriegsspruchkunst ein für allemal erledigt und erschöpft ist. Denkt euch etwas aus, das nichts mit dem Krieg zu tun hat."

„Sondereffekte für eine neue Pantomimenaufführung, Theaterzauber", schlug Tonino vor. Aber er merkte, daß sogar der Herzog nicht gut ein Stück aufführen konnte, während Caprona angegriffen wurde.

„Ich weiß was", sagte Angelica. „Ich werde einen Spruch schleudern."

„Nein, bitte nicht!" rief Tonino. „Dann passiert wieder irgendwas!"

„Das spielt keine Rolle", erklärte Angelica. „Meine Familie würde dann wissen, daß ich es bin, und wie aus der Pistole geschossen daherkommen."

„Aber du hext vielleicht den Herzog grün!" sagte Tonino.

„Das würde mir nicht viel ausmachen", sagte der Herzog milde. Er ging mit langen, gebieterischen Schritten durch Zimmer und Korridore des Palastes. Angelica und Tonino hielten sich an den Rändern seiner Rocktaschen fest und riefen einander über den herzoglichen Bauch hinweg weitere Überlegungen zu.

„Du könntest mir helfen!" schrie Angelica. „Und dein Teil Zauber würde bestimmt wirken. Nimm an, wir erzeugen miteinander einen Rufzauber und holen damit – sagen wir: alle Ratten und

Mäuse von Caprona in den Palast. Ich hab mir ausgedacht, was kommen soll, und du rufst."
„Und warum ausgerechnet Ratten und Mäuse?" fragte Tonino.
„Benvenuto zu Ehren, hab ich mir gedacht!" schrie Angelica. Es mußte Tonino doch Freude machen, wenn sie seinen Kater ehren wollte.
Aber Tonino sah Benvenuto vor sich, wie er irgendwo auf dem Palastdach lag. Er schrie zurück, er würde niemals etwas so Pietätloses tun.
„Willst du mir vielleicht erzählen, du bringst keinen Rufzauber fertig?" quietschte Angelica. „Das kann sogar mein kleiner Bruder!"
Sie brüllten so laut, daß der Herzog zweimal „Pst" sagen mußte. Ein Mann in Militäruniform eilte auf den Herzog zu.
„Kein Grund, mich so anzustarren, Major", sagte der Herzog. „Ich habe ‚Pst' gesagt, und ich habe ‚Pst' gemeint. Ihre Stiefel quietschen, Major. Was gibt's?"
„Ich fürchte, die Streitkräfte Capronas im Süden sind im Rückzug, Euer Gnaden", sagte der Major. „Und unsere Küstenbatterien sind in schwere Abwehrkämpfe mit der Pisanischen Flotte verwickelt!"
Beide Rocktaschen senkten sich, als der Herzog die Schultern sinken ließ. „Danke, Major", sagte er. „Berichten Sie mir persönlich, sobald Sie neue Nachrichten haben." Der Major salutierte und ging, zwei oder dreimal blickte er verstohlen über die Schulter zurück.
Der Herzog seufzte. „Der glaubt auch, daß ich verrückt bin. Habt ihr zwei nicht behauptet, ihr seid die einzigen, die wissen, wo man den Text zum Engel findet?"
Tonino und Angelica steckten die Köpfe wieder aus den Rocktaschen.
„Dann", meinte der Herzog, „solltet ihr euch zu einem Zauber-

spruch entschließen. Ihr müßt wirklich fort. Ihr müßt diesen Text retten, solange noch etwas von Caprona übrig ist."

„Also gut", sagte Tonino. „Rufen wir Mäuse!" Er hatte vorher nicht bedacht, wie dringend die Sache war.

So stand der Herzog nun in einem geräumigen Fenstererker und zündete sich den Zigarrenstummel aus der Tasche, in der Angelica sich befand, mit dem Feuerzeug aus der Rocktasche an, in der Tonino saß – um den entstehenden Zauberspruch mit dem Geruch von Zigarrenrauch zu überdecken und zu schützen. Tonino beugte sich aus der Rocktasche und sang; er sang genau und sorgfältig bis in jede Silbe richtig den einzigen Rufzauber, den er kannte. Angelica stand in der anderen Rocktasche, die Arme erhoben, und sprach schnell, zuversichtlich und – ganz gewiß etwas Falsches. Nachher schwor sie, es sei nur deshalb so gewesen, weil sie mit einem aufsteigenden Lachen habe kämpfen müssen.

Wieder erschien ein Mann. Tonino hielt ihn für einen der Höflinge, die bei der Puppentheateraufführung unter den Zuschauern gesessen hatten; er war aber nicht sicher, weil der Herzog die Taschenklappen über ihren Köpfen schloß und selber zu singen begann.

„Himmlische Musik erklingt,
seht, ein Engel kommt und singt ..."

brüllte der Herzog. Nicht einmal Angelica konnte so falsch singen. Tonino hatte die größten Schwierigkeiten, bei seinem eigenen Zauberspruch den richtigen Ton zu halten. Er hatte plötzlich das Gefühl, daß ein ungeheures Gewicht an seinen Worten hing.

Der Herzog brach seinen abscheulichen Gesang ab und sagte: „Es

geht doch nichts über ein schönes Lied, während Caprona brennt, nicht wahr, Pollio? Nero hat das auch gewußt!"
„Jawohl, Euer Gnaden", sagte der Mann leise. Die Kinder hörten, wie er forteilte.
„Jetzt ist er überzeugt, daß ich verrückt bin", sagte der Herzog. „Seid ihr fertig?"
Gerade da lösten sich Toninos Worte leicht und locker mit einer Art Ruck von seinen Lippen, und er wußte, der Spruch hatte, so oder so, gewirkt. „Ja", sagte Tonino.
Aber nichts schien zu geschehen. Der Herzog meinte philosophisch, daß eine Maus gewiß eine ganze Weile brauche, um vom Corso bis zum Palast zu rennen, und er marschierte weiter zur Küche.
In der Küche glauben sie jetzt auch, daß er verrückt ist, dachte Tonino. Der Herzog bat nämlich um zwei Semmeln und zwei Portionen Butter und steckte je eine Semmel und ein Butterstückchen feierlich in jede Tasche. Sicherlich hielten ihn die Leute für noch verrückter, als er – scheinbar zu niemandem – sagte: „In meiner rechten Rocktasche ist ein Zigarrenabschneider. Damit kann man gut Butter streichen."
„Wirklich, Euer Gnaden?" hörten die Kinder jemanden vorsichtig antworten.
In diesem Augenblick kam jemand schreiend hereingestürzt und brüllte etwas über Vögel Greife von der Piazza Nuova. Die Vögel kämen über den Fluß geradewegs auf den Palast zugeflogen. Allgemeine Panik brach aus. Alle kreischten und jammerten. Einer der Vögel hätte gerade den Palast erreicht und glitte die Marmorfront des Palastes herunter. Daraufhin erhob sich noch größeres

Geschrei Und gleich darauf behaupteten alle, der große goldene Engel an der Kathedrale würde fortfliegen.
Tonino nützte die allgemeine Verwirrung, um sich mit des Herzogs Feuerzeug ein Stück von der Semmel abzustemmen. Da schrie der Herzog: „Unsinn!", und plötzliche Stille trat ein. Tonino wagte nicht, sich zu rühren, weil in diesem Moment gewiß alle auf den Herzog blickten.
„Seht ihr denn nicht", sagte der Herzog, „das ist doch alles nur ein Trick des Feindes. Aber wir in Caprona fürchten uns nicht so leicht, oder? Ihr da – geht und holt die Montanas. Und ihr da – ihr geht und holt die Petrocchis. Sagt ihnen, es ist dringend. Sagt ihnen, es sollen so viele von ihnen kommen wie nur möglich. Ich werde in der Nordgalerie auf sie warten." Und damit entfernte sich der Herzog, und Tonino wurde gegen die Semmel geschleudert und versuchte, nicht in die Butter zu treten.
Als der Herzog die Galerie erreichte, setzte er sich auf einen Sitz am Fenster. Angelica und Tonino guckten aus seinen Rocktaschen und brachten es dabei fertig, ihre Buttersemmeln zu essen. Der Herzog reichte liebenswürdig nacheinander dem einen und dem anderen den Zigarrenabschneider, und zwischendurch schien er in Gedanken verloren. Er blickte auf die weißen Wölkchen der krepierenden Granaten über den Hügeln hinter Caprona.
Angelica schien mit sich und der Welt zufrieden zu sein. „Ich hab's dir doch gesagt", erklärte sie Tonino, „meine Sprüche wirken. Immer!"
„Eiserne Vögel Greife", sagte Tonino, „sind keine Mäuse."
„Nein, aber ich hab noch nie vorher so was Großes fertiggebracht", sagte Angelica. „Ich bin froh, daß ich nicht den Palast in Trümmer gelegt habe."

„Die Kanonen von Pisa werden das bald tun", meinte der Herzog niedergeschlagen. „Ich sehe Kanonenboote auf dem Fluß. Und ich bin sicher, daß das nicht unsere sind. Ich wollte, eure Familien würden sich beeilen!"
Aber es dauerte eine halbe Stunde, bis ein höflicher Diener erschien. Der Herzog ließ eilig die Taschenklappen über den Kindern zufallen. „Euer Gnaden, Mitglieder der Familien Montana und Petrocchi erwarten Euch im Großen Empfangssaal", sagte der Diener.
„Gut", erwiderte der Herzog. Er sprang auf und rannte so schnell, daß Tonino und Angelica die Füße auf den Säumen der Innennähte verspreizen und sich an den Rändern festhalten mußten. Sie verloren trotzdem mehrmals den Halt, obwohl der Herzog beim Rennen hilfreich seine Rocktaschen festhielt. Die Kinder spürten, wie er plötzlich stehenblieb. „Zum Teufel", sagte er, „immer wieder passiert mir das!"
„Was denn?" fragte Tonino atemlos. Er war völlig durchgebeutelt.
„Sie haben mir das falsche Zimmer gesagt!" rief der Herzog, und wieder fing das hopsende Gerenne an. Seine Taschen schwangen. Plötzlich blieb er stehen. „Lucrezia, das ist zu arg! Hast du mich deshalb in ein falsches Zimmer schicken lassen?"
„Mein Herr Herzog", antwortete die Herzogin mit ihrer kältesten Stimme. „Ich bin nicht für die Nachlässigkeit der Dienerschaft verantwortlich. Was ist denn los?"
„Das . . ." sagte der Herzog. Die Kinder merkten, wie er zitterte. „Das da sind – das da waren – waren doch die Montanas und die Petrocchis. Antworte mir Lucrezia, ich laß mich nicht mehr dumm machen. Ich habe nach diesen Leuten geschickt und . . ."

„Und wenn sie es wären . . ." sagte die Herzogin nun sehr nahe. „Willst du vielleicht ihr Schicksal teilen, mein Herr Herzog?"
Tonino und Angelica fühlten, wie der Herzog sich zurückzog. „Nein. Nein, natürlich nicht. meine Liebe. Dein Wunsch und Wille war und ist mir ein Vergnügen. Immer. Ich – ich möchte nur wissen, warum du so mit ihnen umspringst. Sie sind doch nur wegen ein paar Vögeln Greif gekommen!"
Die Stimme der Herzogin antwortete: „Wenn du es unbedingt wissen willst: Antonio Montana hat mich erkannt!"
„Aber – aber . . ." sagte der Herzog und lachte unfroh. „Jedermann kennt dich doch, meine Liebe. Du bist die Herzogin von Caprona!"
„Er hat erkannt, wer ich wirklich bin", sagte die Herzogin von fern. Eine Tür wurde zugeschlagen.
„Seht euch das an!" sagte der Herzog mit zitternder Stimme. „Seht euch das an!" Er wiederholte es immer wieder. Angelica und Tonino steckten die Köpfe unter den Klappen hervor. Sie sahen denselben fußbodenglänzenden Raum, in dem sie seinerzeit gewartet und Kuchen gegessen hatten, sie sahen dieselben vergoldeten Stühle und die engelgeschmückte Zimmerdecke. Aber diesmal lagen auf dem ganzen Fußboden Puppen verstreut. Überall lagen sie, schlaff, wunderlich komische Dinger, sie lagen, wie Leute liegen, die plötzlich umgefallen sind. Sie lagen in zwei Gruppen. Man konnte nicht sagen, welche Puppe wer war. Es gab Hanswursteln und Margaritas, Henker, Wurstverkäufer, Polizisten noch und noch. Von der Anzahl her sah es aus, als hätten beide Familien, die Montanas wie die Petrocchis, bemerkt, daß Tonino und Angelica hinter der mysteriösen Vögel-Greif-Angelegenheit steckten, und beinahe alle Erwachsenen der Casas geschickt.

Tonino brachte kein Wort hervor. Angelica sagte: „Dieses abscheuliche Weib!"
„Sie sieht die Leute so", sagte der Herzog unglücklich. „Es tut mir leid für euch beide. Sie ist uns über. Ich weiß nicht, warum ich sie geheiratet habe. Aber ich nehme an, daß ein Zauber dahintersteckt."
„Es ist nicht Ihre Schuld", sagte Angelica.
„Doch, doch!" antwortete der Herzog. „Ich zeige eben nie die geringste Entschlossenheit! Ich gehe immer den leichtesten, einfachsten Weg! Was ist denn ..." unterbrach er sich, und Dunkelheit sank um die Kinder nieder, als der Herzog die Rocktaschen-Klappen zumachte.
„Euer Gnaden", antwortete der Major, dessen Schuhe quietschten, „die Pisanische Flotte setzt bei den Neuen Kais Männer an Land. Unsere Truppen im Süden werden in die Vorstädte zurückgeworfen!"
Die Kinder fühlten, wie der Herzog zusammensackte. „Wir sind erledigt", sagte er. „Danke, Major – nein, warten Sie! Seien Sie so gut und gehen Sie zu den Ställen und befehlen Sie, daß meine Kutsche kommt. Die Lakaien sind alle davongerannt, wie Sie wissen. Die Kutsche soll in fünf Minuten am Tor vorfahren!"
„Aber Euer Gnaden!" sagte der Major.
„Ich habe vor, mich in die Stadt zu begeben und mit dem Volk zu sprechen. Ich will – wie heißt das doch – ja, also – ich will es moralisch stärken!"
„Ein sehr vornehmes Vorhaben!" sagte der Major mit einem guten Teil mehr Wärme als vorher. „In fünf Minuten, Herr!" Seine Stiefel eilten quietschend fort.
„Habt ihr das gehört?" fragte der Herzog. „‚Herr' hat er mich genannt! Und er wird diese Kutsche holen und *ihr* nicht verraten, daß er sie geholt hat. Schnell eine Pappschachtel!"

Die Vorhänge bewegten sich, als der Herzog durch eine Tür über einen Flur in einen anderen Raum eilte. Dort stand in der Mitte ein langer Tisch. „Ah!" sagte der Herzog und stürzte auf einen Stapel von Schachteln an der Wand zu. Die Schachteln enthielten Weingläser. Der Herzog stellte die Gläser mit fieberhafter Eile auf den Tisch.
„Was soll denn das?" sagte Tonino.
„Wir brauchen die Schachtel", erklärte der Herzog. „Wir können eure Familien doch nicht hierlassen und der Rache dieser schrecklichen Frau ausliefern. Jetzt bin ich einmal energisch. Ich werde in die Kutsche steigen und wegfahren. Und wehe, wenn sie mich daran hindern will!" Er stürmte mit der leeren Schachtel zum Empfangsraum zurück und kniete dort nieder, um die Puppen einzusammeln.
„Heben Sie die Puppen vorsichtig auf", sagte Tonino. „Es tut weh, wenn Sie hart zupacken!"
Sanft und hastig, für jede Puppe beide Hände nehmend, packte der Herzog die Puppen in Lagen in die Pappschachtel. Dabei kamen Montanas durcheinander mit Petrocchis zu liegen, aber das war kaum zu vermeiden. Der Herzog und die Kinder erwarteten jeden Augenblick, daß die Herzogin hereinkam. Der Herzog warf unaufhörlich nervöse Blicke um sich und murmelte: „Energisch bleiben!"
Er murmelte es noch immer, als er aufstand, die Pappschachtel ungeschickt in den Armen. „Eigentlich lustig zu denken", bemerkte er, „daß ich da fast sämtliche Spruchzauberer von Caprona in der Schachtel habe!"
Stiefel quietschten. „Ihre Kutsche wartet, Herr", sagte die Stimme des Majors.
„Energisch bleiben!" murmelte der Herzog. „Ich meine, ich danke Ihnen. Ich werde im Himmel an Sie denken, Major, ich glaube

nämlich, die meisten von uns werden bald dort sein. Könnten Sie bis dahin noch zwei Dinge für mich erledigen?"
„Herr?" sagte der Major dienstfertig.
„Also erst einmal: Wenn Sie an den Engel von Caprona denken, was fällt Ihnen da ein?" fragte der Herzog
„Meinen Sie das Lied oder die Engelsfigur, Signore?"
„Die Engelsfigur."
„Also..." Dem Major wurde klar, daß der Herzog wieder verrückt geworden war. „Ich – ich denke an den goldenen Engel an der Kathedrale, Euer Gnaden."
„Guter Mann!" rief der Herzog. „Ich auch! Und jetzt das zweite: Würden Sie diese Schachtel da nehmen und in meiner Kutsche für mich verstauen? Das sind Geschenke für das kriegsmüde Volk. Um es aufzumuntern."
„Jawohl, Euer Gnaden", sagte der Major, und seine Stiefel quietschten flink davon.
„Gott sei Dank", sagte der Herzog. „Jetzt kann sie mich nicht mehr mit der Schachtel erwischen. Ich spür sie kommen."
Der Herzog war vorhin glücklicherweise so schnell gerannt, daß die Herzogin ihn erst jetzt einholte. Tonino schloß hastig die Rocktaschenklappe, als er die kalte Stimme der Herzogin hörte.
„Der Feind ist bei der Neuen Brücke, mein Herr Herzog. Du wirst umgebracht, wenn du jetzt fortgehst!"
„Ich werde auch umgebracht, wenn ich hierbleibe!" sagte der Herzog. „Ich fahre hinunter zu meinem Volk und will ihm seine letzten Stunden verschönern."
„Sentimentaler Narr", sagte die Herzogin.
Der Herzog blies sich ein wenig auf. „Ich verstehe vielleicht nicht

viel vom Regieren", sagte er, „aber jetzt tue ich genau das, was ein guter Regent tun sollte: Ich werde – ich werde die Köpfchen von Kindern tätscheln und im Volkschor mitsingen!"
Die Herzogin lachte. „Ausgezeichnet. Du kannst dich auch dort unten umbringen lassen anstatt hier oben. Lauf und tätschle Kinderköpfchen!"
„Vielen Dank, meine Liebe", sagte der Herzog bescheiden. Er ging – bumm – bumm – die Marmorstufen hinunter. Die Kinder hörten das Geräusch von Pferdehufen auf Kies. „Fahr gleich los, wenn ich eingestiegen bin, Carlo!" sagte der Herzog. Er schwankte in die Kutsche.
Kutschenfedern ächzten, und eine Tür schlug zu. Der Herzog saß. „Endlich", hörten die Kinder ihn sagen und hörten, wie er die Pappschachtel tätschelte, die auf dem Sitz neben ihm stand. Dann fuhr die Kutsche mit Rädergekreisch über den Kies. Hufgeklapper. „Ihr könnt jetzt herauskommen!" sagte der Herzog.
Sie kletterten vorsichtig auf seine dicken Knie. Der Herzog schob sich freundlich zum Fenster hin, damit sie hinaussehen konnten. Und das erste, auf das ihr Blick fiel, war ein eiserner Vogel Greif. Ganz verkrümmt und verbogen lag er in einem großen Kraterloch im Hof des Palastes.
„Ihr wißt doch", sagte der Herzog, „wenn mein Palast nicht von Pisanern oder Sienesen oder Florentinern zerdroschen wird, krieg ich den Schaden von euch ersetzt! Ein Vogel Greif hat zwei tiefe Furchen in die Fassade gekratzt!" Der Herzog lachte und betupfte sein glänzendes Gesicht mit dem Taschentuch. Er war noch immer nervös.
Als die Kutsche aus dem Palasthof hinausfuhr und auf die Straße rollte, hörte man Schießen. Manchmal klang es nahe, ein Geratter

von Gewehrschüssen, das von unten vom Fluß kam. Zumeist hörte man es von weiter entfernt und als ungeheures, dumpfes Gedröhn von den Hügeln her. Die Einschläge folgten so kurz aufeinander, daß es wie ein unaufhörliches Grollen war. Und von diesem Hintergrund hob sich ein viel näheres ständiges Klak-klak-klak ab. Es riß sie alle drei immer wieder von den Sitzen.

„Trommelfeuer", sagte der Herzog unglücklich. Die Kutsche verlangsamte ihre Fahrt. Der Herzog stieß das Wagenfenster auf. Der Lärm verdoppelte sich. „Zur Kathedrale! Fahr flußaufwärts und schau, ob wir bei der Alten Brücke hinüber können!" Er stieß das Fenster zu. „Puh! Ich beneide Carlo auf dem Kutschbock wirklich nicht!"

„Warum fahren wir zur Kathedrale?" fragte Angelica besorgt. „Wir wollten doch zu den Engeln an unseren Casas!"

„Das geht nicht", sagte der Herzog. „Sie glaubt sicher, daß wir zu den Casas wollen. Der Engeltext, der immer in Sicherheit und immer unsichtbar ist, *muß* der sein, den der Kathedralenengel hat. Das fällt einem manchmal plötzlich ein, aber es ist so hoch oben und so weit weg, und da vergißt man es wieder."

„Aber der Engel ist ja *Meilen* hoch oben!" sagte Angelica.

„Leider gibt es keinen anderen Ort, den sie vielleicht vergessen hat", sagte der Herzog. Sie klapperten dahin. „Braver Mann, der Carlo", sagte der Herzog nach einer Weile. „Ziemlich der einzige ehrliche Diener, den sie nicht losgeworden ist."

Der Lärm wurde ein wenig leiser, als die Kutsche zum Fluß hinunter und auf die Piazza Martia fuhr – zumindest vermuteten Angelica und Tonino, daß sie sich jetzt dort befanden. Sie mußten entdecken, daß sie zu klein waren, um auf größere Entfernung etwas deutlich zu erkennen. Sie sahen die Kathedrale erst, als die Kutsche über die Pflastersteine darauf zurollte, und sie erkannten sie nur daran, daß sie so riesig und schneeweiß war. Ihre große Glocke schlug immer noch. Eine riesige Menschenmenge, meist Frauen und Kinder, bewegte sich langsam auf das Tor zu. Als die Kutsche vorfuhr, konnten Tonino und Angelica den Erzbischof von Caprona in seinen weiten Gewändern sehen, wie er jeden einzelnen mit Weihwasser besprengte und ihn murmelnd segnete.

„Das ist ein tapferer Mann", sagte der Herzog. „Ich möchte sein wie er. Gebt acht, ich lasse euch jetzt beide durch diese Kutschentür hinaus, und selber werde ich aus der andern Tür aussteigen. Ich werde alle Augen auf mich lenken, und so könnt ihr ungesehen den Dom hinaufklettern." Der Herzog beugte sich vor, umschloß die Kinder mit seinen warmen, feuchten Händen und setzte sie hinaus auf das kalte Pflaster. Dort standen die bibbernd neben dem ungeheuren Kutschenrad. „Ihr müßt vernünftig sein!" flüsterte ihnen der Herzog zu. „Wenn ich den Erzbischof bitte, Leitern aufzustellen, würde sie es merken!" Das war natürlich richtig. Sie hörten, wie er zur anderen Kutschentür schwankte und sie mit einem Krach aufstieß.

„Volk von Caprona!" brüllte der Herzog. „Ich bin gekommen, um bei euch zu sein in dieser eurer Stunde der Sorge. Glaubt mir, ich habe nicht gewollt, was da geschehen ist."

In der Menge erhob sich Gemurmel und sogar eine Reihe von Hochrufen. „Er macht das sehr gut", sagte Angelica.

„Wir sollten jetzt auch unser Teil tun", meinte Tonino. „Wir sind schließlich die einzigen in der Familie, die übriggeblieben sind und etwas tun können."

Fünfzehntes Kapitel

Tonino und Angelica trippelten verzagt hinüber zu der riesigen Marmorklippe der Kathedrale und näherten sich einem steil aufragenden Strebepfeiler. Der Marmor sah glatt aus, aber für so kleine Leute, wie sie es jetzt waren, erwies er sich als rauh genug, ihren Händen und Füßen Tritte zu bieten. Mit ihren paar Unzen Körpergewicht kamen sie kaum ins Schnaufen, als sie den hohen, kalten Steilhang der niedrigsten Kuppel hinaufhasteten. Aber oben angelangt, sahen sie die Kathedrale noch immer fast in ihrer gesamten Höhe vor sich emporwuchten, einen vielfältig gegliederten Steingletscher aus rosa, weißem und grünem Marmor. Von ihrem jetzigen Standort aus konnten sie den Engel nicht sehen.
Keiner von beiden wußte, wo sie weiterklettern sollten. Sie hielten sich an einem goldenen Kreuz fest und starrten hinauf. Und da – kamen ein braunschwarzer und ein weißer Pelz auf sie losgestürzt. Ein Paar goldfarbener und ein Paar blauer Augen blickten sie an. Eine schwarze und eine rosa Nase stupsten sie.
„Benvenuto!" brüllte Tonino.
„Vittoria!" schrie Angelica und schlang ihre Arme um den Hals der weißen Katze.
Aber beide Katzen hatten es eilig und schienen sehr beunruhigt zu sein. Sie hexten den Kindern ein Durcheinander von wirren Andeutungen über Paolo und Renata, Marco und Rosa ins Hirn.

Würden Tonino und Angelica bitte jetzt endlich kommen und sich *beeilen!*
Die Kinder begannen in einem Tempo hinaufzuhasten, das sie nicht für möglich gehalten hätten. Immerzu flehten die Katzen sie an, sich zu beeilen, und immer waren sie zur Stelle, wenn die Tritte und Griffe schwierig waren. Die Hand in Benvenutos drahtigem Rückenfell verklammert, stieg Tonino Marmorgletscher hinauf; er kroch durch schmale Röhren überhängender Wasserspeier und hastete gewölbte Flächen hoch, wo grüne Marmorrippen einer Kuppel wie Wände neben ihm aufragten. Sogar als sie die lange Plackerei an der größten Kuppel hinauf begannen, hatte keines der Kinder Angst. Einmal stolperte Angelica und rettete sich mit einem Griff nach Vittorias seidigem Schwanz; und einmal nahm Benvenuto Toninos rotes Nachthemd zwischen die Zähne und hob ihn über eine tiefe Abflußrinne.
Endlich kletterten sie zwischen dicken Marmorsäulen hindurch auf eine Plattform ganz oben auf der Kuppel. Und hier schwebte der goldene Engel über ihnen. Seine ungeheuer großen Füße ruhten auf einem goldenen Sockel. Ein Muster befand sich auf dem Sockel, das Tonino geistesabwesend in sich aufnahm. Es war ein Muster aus goldenen Leoparden, die mit geflügelten Pferden verflochten waren. Aber er blickte zu den wehenden Gewändern des Engels empor, betrachtete die ungeheuren, zu einer Weite von zwanzig oder mehr Fuß ausgebreiteten Schwingen, entdeckte die riesige, hoch über dem Kopf zum Segen erhobene Hand und die andere Hand, die gegen den Himmel wies und die große Schriftrolle hielt. Noch höher erschien des Engels mächtiges, stilles Antlitz, sorglos leuchtete es seinen Segen über Caprona.

„Das ist ja ein Riese!" sagte Angelica.
Die Katzen aber stubsten und drängten die Kinder auf der Plattform weiter. Neugierig gingen sie ein Stück um die Rundung, bis sie fast unter der Schriftrolle des Engels standen. Und da tauchte Paolos Kopf über der Balustrade auf, mit windzerzaustem Haar. Paolo hatte einen Arm über das Marmorgeländer geschlungen, den zweiten hielt er nach unten ausgestreckt, Tonino spähte zwischen den Marmorsäulen durch hinunter, und da sah er ein Häufchen Elend an Paolos Arm hängen.
„Aber ihr wird doch so leicht schwindlig!" sagte Angelica. „Wie ist sie überhaupt bis da heraufgekommen?"
Vittoria teilte Angelica mit, sie würde Renata sogleich hochziehen.
Es hat seine Vorteile, wenn man klein ist. Entfernungen, die für Renata und Paolo ungeheuerlich waren – für Angelica waren sie zu unübersehbar weit, als daß sie sich darüber hätte aufregen können.
Die Kuppel war für sie wie eine ganze kleine runde Welt für sich.
Paolo sagte: „Ich kann dich nicht länger halten, Renata. Traust du dich wieder weiter?" Renatas Antwort war ein Schluchzen.
„Renata!" brüllte Angelica.
Renatas Gesicht hob sich langsam. „Angelica! Bist du's? Du schaust so klein aus!"
„Ich *bin* klein!" schrie Angelica.
„Alle zwei sind sie klein", sagte Paolo und starrte auf Toninos Kopf.
Die Kleinheit Angelicas und Toninos verwirrte Renata und Paolo derart, daß sie vergaßen, wie hoch oben sie waren. Einander hochziehend und hochstemmend, kletterten Paolo und Renata über die Marmorbrüstung.
Die Kletterei hatte Tonino und Angelica warm gemacht, aber jetzt

fühlten sie den Wind schneidend durch ihre dürftigen Nachthemden blasen. Benvenuto sprang über Renata hinweg zu den beiden hin. Etwas mußte noch geschehen, und zwar schnell.
Tonino spähte zwischen den marmornen Säulen hindurch bis dahin, wo die Kuppel sich nach unten wölbte. Sie sah aus wie ein Eisfeld mit grün und golden schimmernden Graten. Da kam plötzlich eine leuchtend rote Uniform in Sicht, gegen die Marcos karottenfarbenes Haar sich matt gelblich ausnahm. Die Uniform paßte zu Marcos Haar noch weniger gut als das Scharlachrot der Livree, die er als Kutscher getragen hatte. Jenseits von Marcos Stiefeln wehte blondes Haar, und gleich darauf erschien Rosas vom Wind gerötetes Gesicht.
Benvenuto stand plötzlich dicht neben Tonino. Die beiden da unten sollten sich ein bißchen beeilen, es sei wichtig! ließ der Kater den Jungen wissen.
„Rosa und Marco sollen sich beeilen!" quietschte Tonino Paolo zu. Er wußte nicht, ob er nur die Bemerkung der Katze weitergab oder ob er es selbst gedacht hatte – er war jedenfalls sicher, daß Rosa und Marco in Gefahr waren.
Paolo ging widerwillig zur Brüstung und wich vor dem Abgrund zurück. „Sie sind uns nachgeklettert und haben den ganzen Weg gebrüllt!" sagte er. „Hierher! Macht schnell!" schrie er Marco und Rosa zu.
„Besten Dank!" schrie Marco zurück.
„Geht's Renata gut?" schrie Rosa gellend.
Angelicas und Toninos Anblick wirkte auf Rosa und Marco, wie er auf Renata und Paolo gewirkt hatte. Sie starrten die beiden puppengroßen Gestalten an. Sie kletterten eilig näher und nahmen die zwei in Augenschein. Marco taumelte über das Geländer und sagte,

während er Rosa nachzog: „Ich hab meinen Augen zuerst nicht getraut! Wir sollten vielleicht einen Püppchen-streck-dich-Zauber sprechen, bevor . . ."

„Duckt euch!" schrie Paolo. Benvenutos Botschaft war so überwältigend dringend, daß sogar auch er sie begriffen hatte. Beide Katzen preßten sich gegen den Boden, und Benvenutos flache Ohren wurden noch flacher. Rosa ging in die Hocke, Marco ließ sich widerwillig auf ein Knie nieder.

Eine wütende Sturmbö stieß gegen die Kuppel. Eiswind pfiff über die Plattform, heulte zwischen den Marmorsäulen und jagte über die Wölbung. Die Schwingen des Engels klimperten. Der Wind schleuderte stechenden Regen und Eisnadeln und stieß Tonino zu Boden. Paolo packte Tonino und deckte ihn mit seinem Körper zu. Renata krabbelte herum, bis sie Angelica fand, und schleppte sie an einem Arm in Deckung. Marco und Rosa beugten sich über die Balustrade. Es war klar, daß jeder, der jetzt noch versucht hätte, auf der Kuppel herumzuklettern, vom Sturm weggefegt worden wäre.

Das Geheul des Sturmwindes verwandelte sich in das Gewinsel eines Wolfs. Marco und Rosa blickten hoch. Die Sonne schien.

Plötzlich stand die Herzogin vor ihnen auf der Plattform. Schmelzendes Eis blinkte und tröpfelte aus ihrem Haar und aus jeder Falte ihres marmorgrauen Gewandes. Das Lächeln auf ihrem wächsernen Gesicht war scheußlich.

„O nein!" sagte sie. „Der Engel wird diesmal keinem helfen. Glaubt ihr, ich hätte ihn vergessen?"

Marco und Rosa blickten zu des Engels goldenem Arm empor, der die große Rolle hielt. Hätten sie es nicht vorher schon gewußt, nun hätten sie es begriffen. Von ihren plötzlich nachdenklichen Gesich-

tern konnte Tonino ablesen, daß sie an Sprüchen gegen die Herzogin arbeiteten.
Die Lippen der Herzogin verzerrten sich. Sie lächelte jetzt noch weit unangenehmer.
„Und außerdem", sagte sie und wies hinauf zum Engel, „soll der Text auf der Schriftrolle verschwinden ..."
Von der großen goldenen Statue kam ein Klicken und Knacken, von einem Laut gefolgt, als wäre ein Federmechanismus ausgelöst worden. Der Arm, der die Schriftrolle hielt, bewegte sich sanft und stetig hinunter und machte dabei ein ganz leises, leierndes Geräusch. Sie konnten es gut hören, trotz des plötzlichen Geknatters von Gewehrfeuer am jenseitigen Flußufer. Der Arm des Engels bewegte sich tiefer und tiefer und nach einwärts, bis er mit einem „Klick" innehielt. Die Schriftrolle hing nun, in der Sonne blitzend, zwischen ihnen und der Herzogin. Auf der Rolle standen große Buchstaben. *Angelus* lasen sie. *Capronensi populo.* Es war, als hielte der Engel ihnen die Schrift hin, damit sie sie lesen konnten.
„Das hab ich erwartet", sagte die Herzogin. Tonino sah die überrascht hochgezogenen Bogen ihrer Augenbrauen und dachte, daß es ganz und gar nicht das war, was sie erwartet hatte. Sie zeigte wieder auf die Rolle mit einem langen, weißen Finger, der wie ein wächserner Bleistift aussah. „Verschwinde!" sagte sie. „Wort für Wort!"
Alle Köpfe wandten sich besorgt den Schriftzeichen zu. Das erste Wort war *Carmen.* Und der erste goldene Buchstabe, das C, sank langsam in den metallenen Hintergrund. Paolo machte unwillkürlich eine Bewegung. Er mußte etwas unternehmen! Die Herzogin

starrte ihn bloß an – ein geringschätziges Zucken einer ihrer Augenbrauen – und Paolo fand sich wie auf der Stelle festgenagelt, mit einem stechenden Krampf in beiden Beinen.
Aber reden konnte er noch. Paolo erinnerte sich, was Marco und Rosa am Abend vorher gesagt hatten. Ohne es zu wagen, Atem zu holen, kreischte er, so laut er konnte: *„Chrestomanci!"*
Es begann zu stürmen. Diesmal war es eine heulende Bö. Und Chrestomanci stand plötzlich neben Renata und den Katzen. Auf der Plattform war zum Landen so wenig Platz, daß Chrestomanci taumelte und sich schnell an der Marmorbalustrade festhielt. Er war noch in Uniform, sie war ganz verdreckt, und er sah völlig erschöpft aus.
Die Herzogin wirbelte herum und zeigte mit ihrem langen Finger gegen ihn. „Du! Ich hab dich doch irregeführt!"
Wenn sie gehofft hatte, ihn zu Fall zu bringen, hatte sie den Augenblick versäumt. Chrestomanci stand nun sicher auf beiden Beinen. „Das war eine richtige Hetzjagd!" sagte er und schob eine Hand vor, die Handfläche gegen ihren zeigenden Finger gerichtet. Der lange Finger bog sich und begann weiß abzutropfen, als wäre er wirklich aus Wachs. Die Herzogin starrte ihren Finger an, und dann blickte sie fast flehend auf Chrestomanci. „Nein", sagte Chrestomanci. Es klang sehr müde. „Ich glaube, du hast genug angestellt. Erscheine in deiner wahren Gestalt, wenn ich bitten darf!" Er winkte ungeduldig, als hätte er es satt zu warten.
Im selben Augenblick brodelte und schäumte der Körper der Herzogin aus seiner bisherigen Gestalt und verformte sich. Die Arme krümmten sich einwärts. Ihr Gesicht zog sich in die Länge, und Schnurrbarthaare sprossen auf ihrer Oberlippe, ihre Augen leuchte-

ten rot. Ihre marmorgrauen Röcke schwollen, wogten und legten sich dann seifig an ihre Knöchel. Sie enthüllten die Füße, lange, rosa, bekrallte Pfoten.
Und die ganze Zeit über wurde sie kleiner. Zwei Zähne erschienen am Ende ihres weißen Gesichts. Ein nackter rosa Rattenschwanz, mit Ringen gekerbt wie ein Regenwurm, schlängelte sich hinter dem seifigen Bündel ihrer Röcke und peitschte zornig gegen den Marmorfußboden.
Und noch immer wurde sie kleiner.
Endlich sprang eine riesige weiße Ratte mit roten Kugelaugen auf das Marmorgeländer, duckte sich dort und gab pfeifende Laute von sich.
„Der Weiße Teufel!" sagte Chrestomanci. „Derselbe, den aus Caprona zu vertreiben der Engel seinerzeit gesandt wurde. Gut so, Benvenuto und Vittoria! Sie gehört euch. Sorgt dafür, daß sie nie mehr zurückkommt!"
Benvenuto und Vittoria hatten sich bereits angeschlichen. Ihre Schwänze schlugen, und ihre Augen starrten. Dann sprangen sie los. Auch die Ratte machte einen Satz. Mit einem Quieken sprang sie von der Brustwehr und raste die Kuppel hinunter. Benvenuto raste ihr nach, langgezogen und geduckt hielt er mit ihr Schritt, die Nase dicht an der rosa Peitsche des Rattenschwanzes. Auch Vittoria raste ihr nach, eine Strähne Kuschelwolle, so schneeig weiß, daß die große weiße Ratte daneben wie vergilbt erschien. Vittoria rannte mit ihr Schulter an Schulter. Die auf der Plattform sahen, wie die Ratte sich plötzlich umwandte und versuchte, die Katze zu beißen. Und dann wimmelten plötzlich um die drei ein Dutzend kleinerer Ratten, und alle rannten sie und quiekten. Man sah sie nur einen

Augenblick lang, bevor die ganze Gruppe die Kuppel hinabbrannte und verschwand.
„Das waren ihre Helfershelfer aus dem Palast!" sagte Chrestomanci.
„Wird Vittoria nichts passieren?" fragte Angelica.
„Sie ist die beste Rattenfängerin von ganz Caprona. Das stimmt doch. Oder nicht?" sagte Chrestomanci. „Abgesehen von Benvenuto natürlich, der bekanntlich der beste Rattenfänger Capronas ist. Sobald der Teufel und seine Freunde unten angekommen sind, haben sie alle Katzen Capronas hinter sich. Also . . ."
Tonino entdeckte, daß er wieder seine natürliche Größe hatte. Er klammerte sich an Rosas Hand. Neben Rosa konnte er Angelica stehen sehen, sie war auch so groß wie früher. Sie zitterte und faßte nach Marcos Hand und zerrte dauernd ihr zartes blaues Gewand über die Knie hinunter. Aber die Kuppel war jetzt keine eigene Welt mehr. Sie war ein weißer Hügel, der aus einer graubraunen Landschaft ragte. Die Hügel um Caprona waren gnadenlos klar zu erkennen: Tonino konnte Flammenblitze sehen und rennende Gestalten. Die Häuser von Caprona aber waren unermeßlich tief unten. Die Neue Brücke war voll Rauch, und es war ihm, als höbe sie sich bis in die Wolken. Rauchwolken rollten zwischen den Hügeln und wirbelten aus den umgestürzten Häusern an der Alten Brücke. Das schlimmste aber war das Gedröhn und Geratter der Kanonen und Gewehre, es klang nun ohrenbetäubend laut. Er fühlte sich, als würde er in den tödlichen Sog des Kriegs mit hineingewirbelt.
Tonino klammerte sich an Rosas Hand und blickte verzweifelt zu dem Engel auf. Der wenigstens war noch groß und heilig. Die Schriftrolle, die er ihnen noch immer geduldig entgegenhielt, war fast so groß wie eine Hauswand.

„Nun“, sagte Chrestomanci, „das beste, was ihr tun könnt, ihr alle miteinander: diese Worte zu singen. Und zwar schnell!“

„Was, ich auch?“ fragte Angelica.

„Ja, alle!“ sagte Chrestomanci.

Die Sechs versammelten sich an der Brustwehr, blickten auf die Goldene Schriftrolle und begannen unsicher, diesen Text zu der Melodie des ‚Engels von Caprona‘ zu singen. Der Text paßte fast wie angegossen. Sobald sie das merkten, sang jeder einzelne frisch und zugleich kräftig mit. Angelica und Renata hörten auf zu zittern. Tonino ließ Rosas Hand los, und Rosa legte statt dessen einen Arm um seine Schultern. Und sie sangen, als hätten sie die Worte immer schon gekannt. Es war nur eine Version der gewohnten Worte auf lateinisch, aber sie waren genau das, wonach die Melodie immer schon verlangt hatte.

Carmen pacis saeculare
Venit Angelus cantare,
Et deorsum pacem dare
Capronensi populo.

Dabit pacem eternalem,
Sine morbem immortalem,
Sine pugna triumphalem,
Capronensi populo.

En diabolo albata
De Caprona expulsata,
Missa pax et virtus data
Capronensi populo.

Als sie geendet hatten, herrschte Stille. Kein Laut war von den Hügeln zu hören, auch nicht von der Neuen Brücke oder von den Straßen unten. Aller Lärm war zum Schweigen gebracht. So erschraken sie um so mehr über das blecherne Geknatter, mit dem der Engel langsam die Schrift zusammenrollte. Die schimmernden, gespreizten Flügel falteten sich und legten sich gegen des Engels goldene Schultern, worauf er sich leicht schüttelte, um die Federn zu ordnen. Und dieser Laut klang nicht metallen, sondern war das sanfte Geknister echter Fittiche. Ein Hauch von Süße wehte von ihnen her.
Da flog der Engel auf. Als die riesigen goldenen Flügel über ihnen schlugen, kam der Duft wieder und mit ihm Gesang. Es schien, als sängen Hunderte die Melodie des „Engels von Caprona", es klang wie ein voller, vielstimmiger Chor. Sie hatten keine Ahnung, ob der Engel allein es war, der sang, oder jemand anderer. Sie schauten hinauf und sahen die goldene Gestalt höhersteigen, bis sie nur mehr ein goldener Lichtschein am Himmel war. Und immer noch herrschte außer dem Singen völlige Stille.
Rosa seufzte. „Ich glaube, wir sollten hinunterklettern."
Chrestomanci nickte.
Sie waren ganz plötzlich wieder unten, standen auf soliden Pflastersteinen auf dem Platz vor der Kathedrale. Und die Kathedrale war wieder ein großer, weißer Bau. Die Häuser standen aufrecht und unzerstört, die Hügel lagen in einiger Entfernung, und die Leute rundum waren alles andere als still. Jeder rannte dorthin, wo er den Engel am besten sehen konnte, der in der Sonne blitzend dahinsegelte. Der Erzbischof war tränenüberströmt, und auch der Herzog weinte. Und sie selber standen neben des Herzogs Kutsche und schüttelten einander die Hände.

Chrestomanci hatte sie rechtzeitig zur Erde heruntergebracht, so daß sie noch ein anderes Wunder miterleben konnten. Die gefederte Kutsche begann zu schwanken. Beide Türen sprangen auf. Aus einer quoll Tante Francesca, und hinter ihr stolperte Guido Petrocchi heraus. Aus der anderen Tür taumelten Rinaldo und die rothaarige Petrocchi-Tante. Dann kamen sie alle durcheinander, Montanas und Petrocchis, immer noch welche und noch welche und noch welche, bis jeder sehen konnte, daß die Kutsche unmöglich eine solche Anzahl von Leuten enthalten haben konnte. Das Volk hörte auf, nach dem Engel zu blicken, und drängte sich um die Wunderkutsche des Herzogs.

Rosa und Marco sahen einander an und begannen sich unter die Zuschauer zurückzuziehen. Aber Chrestomanci legte die Arme um beider Schultern. „Es wird schon alles gutgehen!" sagte er. „Und wenn nicht, verschaffe ich euch eine Anstellung in einem Spruchhaus in Venedig."

Antonio befreite sich von einem Petrocchi-Onkel und eilte mit Guido zusammen auf Tonino und Angelica zu. „Alles in Ordnung?" fragten sie beide. „Habt ihr die Vögel Greife geholt?"

„Ja", sagte Tonino. „Es tut mir leid, daß ihr in Puppen verwandelt worden seid!"

„Sie war uns über", sagte Angelica. „Aber seid froh, daß ihr eure eigenen Gewänder zurückgekriegt habt. Schaut uns an. Wir . . ."

Sie wurden von Tanten und Cousins und Cousinen beiseitegezogen, als hätte das Kind der jeweils anderen die Pest. Von den Onkeln bekamen sie eilig Mäntel und Pullover übergeworfen. Tante Marie zerrte Paolo von Renata weg. „Komm ihr nicht zu nahe, Liebling!"

„Also“, sagte Renata, als auch sie weggeschleppt wurde, „danke jedenfalls, daß du mich die Kuppel hinaufgezogen hast, Paolo!“
„Nur einen Augenblick!“ rief Chrestomanci. Alle wandten sich ihm zu, respektvoll, aber gereizt. „Wenn jedes Spruchzaubererhaus“, sagte er, „darauf besteht zu behaupten, daß die anderen Monster sind, wird Caprona in Kürze wieder erobert werden. Das kann ich euch versprechen!“
Montanas wie Petrocchis starrten ihn entrüstet an.
Der Erzbischof wechselte einen Blick mit dem Herzog, und beide begannen, sich in den Schutz des Portals der Kathedrale zurückzuziehen.
„Was reden Sie da für Mist!“ sagte Rinaldo angriffslustig. Seine Würde war angeknackst, weil er eine Puppe gewesen war. Der Ausdruck seiner Augen schien Kuhfladen für jeden einzelnen zu versprechen – und die meisten waren für Chrestomanci.
„Ich rede jetzt über den Engel von Caprona“, sagte Chrestomanci. „Als der Engel zur Zeit des Ersten Herzogs von Caprona sich auf der Kathedrale niederließ, die Sicherheit Capronas mit sich bringend, bestimmte – das stellt die Geschichte klar fest – der Herzog zwei Männer, und zwar Antonio Petrocchi und Piero Montana zu Hütern der Worte des Engels und damit zu Hütern der Sicherheit von Caprona. Zum Gedächtnis daran hat jede Casa einen Engel über ihrem Tor, und der Große Engel steht auf dem Sockel mit dem Petrocchinischen Leoparden und dem Montanaischen geflügelten Pferd – beide zu einem Muster verflochten.“ Chrestomanci zeigte nach oben. „Wenn ihr mir nicht glaubt, holt Leitern und steigt selber hinauf und seht es euch an. Antonio Petrocchi und Piero Montana waren bald Freunde, und befreundet waren auch die Familien nach

ihnen. Es gab ständig Heiraten zwischen den beiden Casas. Und Caprona wurde eine große Stadt und ein starker Staat. Capronas Abstieg begann mit diesem lächerlichen Gezänk zwischen Ricardo und Francesco."

Gemurmel erhob sich von den Montanas und den Petrocchis gleichermaßen, der Streit sei *nicht* lächerlich gewesen.

„Natürlich war er lächerlich", sagte Chrestomanci. „Ihr seid alle von der Wiege an belogen worden. Zwei Jahrhunderte lang habt ihr euch von Ricardo und Francesco an der Nase herumführen lassen. Ich weiß, daß sie beide ihren Familien die gleichen Lügen erzählt haben. Und ihr habt diese Lügen immer wieder geglaubt und seid tiefer und tiefer entzweit worden. Bis dann der Weiße Teufel tatsächlich imstande war, Caprona wieder zu betreten."

Wieder gab es Gemurmel. Antonio sagte: „Die Herzogin *war* der Weiße Teufel, aber . . ."

„Ja", sagte Chrestomanci, „und im Augenblick ist sie fort, weil der Text gefunden und der Engel erweckt wurde, und zwar von Mitgliedern beider Familien. Ich vermute, daß es nur von Montanas und Petrocchis zusammen vollbracht werden konnte. Die übrigen Mitglieder eurer Familien hätten den richtigen Text – jede Familie für sich – singen können, bis ihr alle blau im Gesicht geworden wärt – und nichts wäre geschehen. Aber die Jugend beider Casas ist glücklicherweise weniger voreingenommen als der Rest. Marco und Rosa haben sich sogar ineinander verliebt und haben inzwischen auch geheiratet."

Bis dahin hatten die beiden Familien gelauscht, ein wenig widerborstig, weil es nicht angenehm war, vor einer solchen Menge von Mitbürgern, nicht zu reden vom Herzog und dem Erzbischof –

belehrt zu werden. Sie hatten jedoch immerhin zugehört. Aber nun schäumte es über wie ein Hexenkessel.
„*Verheiratet!*" kreischten die Montanas. „Sie ist eine *Montana!*" kreischten die Petrocchis. Beleidigungen wurden gellend gegen Rosa und Marco geschleudert. Alle Tanten fluchten und heulten zugleich. Rosa und Marco waren beide sehr bleich. Jetzt fehlte nur noch, daß Rinaldo finster blickend auf Marco zutrat – und er tat es. „Dieser Auswurf, dieser Abschaum!" sagte er zu Rosa. „Er hat mich niedergeboxt, hat mir den Kopf blutig geschlagen. Und so einen heiratest du!"
Chrestomanci drängte sich zwischen Marco und Rinaldo. „Ich habe gehofft, irgendeiner würde Vernunft annehmen", sagte er zu Rosa. Er sah sehr müde aus. „Ich glaube, ihr solltet euch für Venedig entscheiden."
„Aus dem Weg, du doppelzüngiger Hexenmeister!" sagte Rinaldo zu Chrestomanci.
„Bitte, treten Sie beiseite, Herr Zauberer", sagte Marco. „Vor einem Trottel wie dem muß man mich nicht beschützen!"
„Marco", sagte Chrestomanci, „hast du nie bedacht, was zwei mächtige Zaubererfamilien dir und Rosa antun können?"
„Natürlich haben wir das überlegt!" sagte Marco zornig und versuchte, Chrestomanci beiseite zu stoßen.
Aber wieder fiel die seltsame Stille ein, die Stille des Engels. Der Erzbischof kniete nieder. Ehrfürchtig drängte sich das Volk vor der Kathedrale dahin und dorthin, es suchte einen Platz mit guter Sicht. Denn der Engel kehrte eben zurück. Er kam von fern, den Corso herunter kam er, zu Fuß. Seine Flügelspitzen streiften das Pflaster, und der Chor der Stimmen schwoll an, während er näherkam. Als er

über den Platz vor der Kathedrale ging, erkannte man, daß überall dort, wo eine seiner Federn die Steine berührt hatte, ein Busch kleiner goldener Blumen aufwuchs. Duft überströmte alle, als der Engel näherkam und vor dem Portal der Kathedrale anhielt.

Dort wandte er jedem einzelnen, der da stand, sein himmlisches Lächeln zu. Seine Stimme war wie eine Oberstimme, die über vielen erklang: „Caprona hat Frieden. Haltet unseren Vertrag!" Und damit breitete er die Flügel aus, und alle wurden ganz benommen von dem Blütenduft. Gleich darauf sah man den Engel hochfliegen, über kleinere und größere Kuppeln, und endlich seinen Platz auf der größten wieder einnehmen, um Caprona auch in Zukunft zu schützen.

Eigentlich ist der Bericht über die Zauberer von Caprona damit zu Ende. Aber einiges muß vielleicht doch noch berichtet werden.

Marco und Rosa mußten ihre Geschichte immer wieder erzählen, mindestens so oft wie Tonino und Angelica die ihre erzählten. Unter den ersten, denen sie sie erzählten, war der Alte Niccolo, der ruhelos im Bett lag und nur drin blieb, weil Elizabeth die ganze Zeit neben ihm saß. „Aber es geht mir doch schon ganz ausgezeichnet, ich bin völlig gesund!" sagte er immerzu.

Um ihn im Bett zu halten, hatte Elizabeth zuerst Tonino und dann Rosa und Marco geholt, und sie mußten ihm ihre Geschichten erzählen.

Rosa und Marco hatten einander bei den Wiederherstellungsarbeiten an der Alten Brücke kennengelernt. Sie hatten sich ineinander verliebt und sich entschlossen zu heiraten. Die Schwierigkeit war, daß jeder sich eine Familie erfinden mußte, die nichts mit der Casa zu tun hatte, aus der sie stammten. Rosa erfand ihre Familie zuerst. Sie gab vor, Engländerin zu sein. Sie freundete sich mit dem englischen Mädchen in der Kunstgalerie an, mit eben der Jane Smith, die Rinaldo so gut gefiel.

Jane Smith hielt die Sache für ungeheuer spaßig und gab vor, Rosas Schwester zu sein. Sie schrieb in Englisch lange Briefe an Guido Petrocchi, die angeblich von Rosas angeblichem englischen Vater stammten, und besuchte selbst die Casa Petrocchi an dem Tag, da Rosa dort vorgestellt wurde.

Rosa und Marco planten die Vorstellungen sorgfältig. Sie benützten den Birnbaum-Zauber, den sie zusammen ausgearbeitet hatten, in beiden Casas, was Jane besonders lustig fand. Nun waren aber einige von Marcos Tanten wirklich unfreundlich, und Marco fand das abscheulich. Dies war auch der Grund, warum Marco imstande war, auf Antonios Frage so überzeugend heftig zu antworten, er hasse die Petrocchis. Die Tanten gewöhnten sich jedoch mit der Zeit an Rosa. Renata und Angelica waren von Rosa begeistert. Und die Hochzeit fand kurz nach Weihnachten statt.

Marco konnte lange niemanden finden, der als Mitglied seiner Familie hätte auftreten können. Er war verzweifelt. Dann aber, nur wenige Tage vor der Hochzeit, sandte sein Vater Marco mit einer Nachricht zu Mario Andretti, dem Baumeister. Und Marco entdeckte, daß die Andrettis eine blinde Tochter hatten. Als Marco Näheres wissen wollte, sagte Mario Andretti, er würde alles für den tun, der seine Tochter heilen könnte.

„Wir hatten wenig Hoffnung", sagte Marco. „Wir wußten ja nicht, ob wir sie heilen konnten."

„Und außerdem", sagte Rosa, „war die einzige Zeit, in der wir wagten, miteinander hinzugehen, der Abend unseres Hochzeitstages!"

Die Hochzeit wurde in der Casa Petrocchi abgehalten. Jane Smith hatte Rosa beim Nähen ihres Brautkleids geholfen und war Brautjungfer. Auch Renata, Angelica und eine von Marcos Cousinen waren Brautjungfern.

Sobald die Hochzeitsfeierlichkeiten vorüber waren, liefen Rosa und Marco zu Andrettis Haus.

„So etwas wie diese Heilung hatten wir noch nie gemacht", sagte Rosa. „Wir mußten dazu erst auf der Universität Sprüche heraussuchen. Siebzehn Sprüche haben wir ausprobiert, und keiner half. Wir mußten selber einen fabrizieren. Und die ganze Zeit mußte ich daran denken: Wenn das nicht wirkt, bleibt das arme Kind blind."

„Und dann wirkte unser Spruch", sagte Marco.

„Aber jemand mußte es doch einmal herausfinden, daß ihr geheiratet habt", sagte Elizabeth.

„Wir hofften ..." sagte Marco. „Wir dachten, vielleicht könnten sich die Leute daran gewöhnen ..."

„Was ist das für ein Gestank?" rief plötzlich der Alte Niccolo.

Er sprang auf und raste auf die Galerie hinaus, um es zu untersuchen. Elizabeth, Rosa und Marco rasten ihm nach.

Der Gestank kam natürlich aus der Küche. Die Insekten waren verschwunden, und jetzt roch es nach Senkgrube und Kanal. Den ganzen Tag lang strömte die Küche Gestank aus, der gegen Abend noch stärker wurde. Das war besonders schlimm, weil ganz Caprona sich darauf vorbereitete zu feiern. Caprona hatte Frieden. Die Truppen von Florenz, Pisa und Siena waren alle abgezogen und nach Hause zurückgekehrt. Das Volk von Caprona aber tanzte auf den Straßen.

„Und wir können nicht einmal kochen oder gar feiern!" jammerte Tante Gina.

Da kam eine Einladung von der Casa Petrocchi. Würde die Casa Montana ihnen die Ehre geben, das Fest im Hause Petrocchi mitzufeiern? Das klang ein wenig steif und förmlich, aber die Casa Montana wollte ihnen gern die Ehre geben. Tonino und Paolo hatten freilich den Verdacht, daß die Einladung Chrestomancis Werk war. Die einzige Schwierigkeit war, den Alten Niccolo daran zu hindern, sein Krankenlager zu verlassen und mit der Familie feiern zu gehen. Alle sagten, Elizabeth hätte sich genug geopfert. Alle, sogar Tante Francesca, wollten jedoch auch zu dem Fest gehen. Dann tauchte Onkel Umberto auf und mit ihm der alte Luigi Petrocchi. Beide behaupteten, sie wollten dem Alten Niccolo Gesellschaft leisten. Sie würden bei ihm sitzen und – wenn nötig – auf ihm. Sie seien zu alt, um tanzen zu gehen.

So wanderten alle anderen zur Casa Petrocchi, und es wurde ein Fest, an das man sich noch lange erinnerte. Auch der Herzog war dort, Angelica hatte darauf bestanden. Der Herzog war so dankbar, daß man ihn eingeladen hatte, daß er Wein und Kuchen mitbrachte, soviel in seine Kutsche hineinging, und sechs Diener in einer zweiten Kutsche, die das alles servieren sollten.

„Im Palast ist es gräßlich", sagte er. „Niemand ist da außer den Hanswursteln und Margaritas. Und ich bin gar nicht mehr so begeistert von ihnen wie früher!"

Dank Wein, Kuchen und dem guten Essen aus der Petrocchiküche wurde der Abend sehr fröhlich. Jemand fand einen Leierkasten, und alle tanzten dazu im Hof. Und als die sechs Bedienten vergaßen, Kuchen zu servieren und mit den anderen mittanzten, war keiner da, der sie zurechtwies. Denn der Herzog tanzte mit Tante Francesca.

Tonino saß mit Paolo und Renata neben einem Holzkohlenfeuer, und sie sahen dem Tanzen zu. Plötzlich tauchte Benvenuto aus dem Schatten, setzte sich neben den Grillrost und begann, sich heftig zu waschen.

Die Katzen von Caprona hätten ein gutes Werk getan, teilte er Tonino mit, als er eine Pfote hoch über sein pelziges Haupt reckte und sich ihr kräftig mit der Zunge widmete. Die weiße Ratte würde nicht wiederkommen.

„Geht's Vittoria gut?" wollte Renata wissen.

Ausgezeichnet, war Benvenutos Antwort. Sie hatte sich zur Ruhe begeben. Sie würde übrigens Junge bekommen. Und es würden besonders schöne Kätzchen werden, weil nämlich Benvenuto der Vater sei. Tonino sollte auf jeden Fall eins für die Casa Montana erbitten.

Tonino bat Renata auf der Stelle um ein Kätzchen, und Renata versprach, Angelica darum zu bitten. Woraufhin Benvenuto, der seine beiden Hinterbeine fertiggeleckt hatte, mit einem leichten Sprung auf Toninos Knie wehte, wo er sich in eine schwere braune Matratze verwandelte und eine Stunde schlief.

„Ich wollte, ich könnte verstehen, was er so redet", sagte Paolo. „Er hat versucht mir zu erklären, wo ihr seid, aber ich hab immer nur ein Bild von der Vorderseite des Palastes gesehen!"

„Aber genau so redet er doch immer!" sagte Tonino. Er war überrascht, daß Paolo das nicht gewußt hatte. „Du mußt nur seine Bilder lesen!"

„Was sagt er jetzt grade?“ fragte Renata Paolo.
„Nichts“, sagte Paolo. „Schnurr schnurr.“ Und sie lachten alle drei.

Einige Zeit später, als Benvenuto aufgewacht und fortgegangen war, um sein Glück in der Küche zu versuchen, wanderte Tonino in das nächste Zimmer, ohne recht zu wissen, warum er das tat.
Chrestomanci war dort mit Angelica und Guido Petrocchi und Antonio.
„Wir haben über dich geredet, Tonino“, sagte Chrestomanci. „Du hast Angelica geholfen, die Vögel Greife zu holen, nicht wahr?“
„Ja“, sagte Tonino. Er erinnerte sich der Verwüstungen, die die Vögel angerichtet hatten, und erschrak.
„Und du hast auch bei diesem Küchenzauberspruch mitgeholfen?“ fragte Chrestomanci.
Tonino sagte wieder „ja“. Jetzt war er sicher, daß es Ärger geben würde.
„Und als du die Herzogin am Strick hattest“, sagte Chrestomanci, „wie hast du das gemacht?“
Tonino hätte gern gewußt, ob er sich auch in dieser Angelegenheit Sorgen machen mußte, aber er antwortete: „Ich hab getan, was ein Hanswurstel auf einer Bühne eben tun muß. Ich konnte ja nicht aus der Rolle heraus. Ich mußte sie einfach weiterspielen, wissen Sie!“
„Ich verstehe“, sagte Chrestomanci und wandte sich triumphierend an Antonio. „Begreifst du? Und sie war doch der Weiße Teufel! Was mich interessiert, ist, daß jedesmal noch jemandes Spruch dabei war.“ Und bevor Tonino sich überhaupt nicht mehr auskannte, wandte Chrestomanci sich wieder an ihn. „Tonino“, sagte er, „mir scheint, daß du ein neuartiges und sehr nützliches Talent hast. Du

bist vielleicht nicht imstande, selber viele Sprüche herzustellen, aber du scheinst die Zaubersprüche anderer zu deinem Nutzen verbiegen zu können. Ich glaube zum Beispiel, daß die Alte Brücke in einem halben Tag repariert gewesen wäre, wenn sie dich hätten mithelfen lassen! Ich habe deinen Vater gefragt, ob er dich mir mitgibt, wenn ich nach England zurückfahre. Damit wir herausfinden, was dein eigentliches Talent ist."

Tonino blickte seinen Vater an.

Antonio lächelte. „Aber nur für ein paar Wochen!" sagte er. „Wenn Chrestomanci recht hat, werden wir dich hier schrecklich brauchen!"

„Aber", meinte Angelica, „eigentlich war ich es, die die Vögel geholt hat."

„Was hast du wirklich herzaubern wollen?" fragte Guido.

Angelica ließ den Kopf hängen. „Mäuse!"

Ihr Vater brach in brüllendes Gelächter aus.

„Ich wollte auch über dich reden, Angelica", sagte Chrestomanci. Er wandte sich an Guido. „Angelicas Sprüche wirken immer, nicht wahr? Es scheint mir, daß ihr von ihr was lernen könnt!"

Guido kratzte sich den Bart. „Wie man Väter grün hext und Vögel Greife losläßt, meinst du?"

Chrestomanci hob sein Weinglas. „Natürlich gibt es immer Risiken bei Methoden, wie Angelica sie anwendet. Aber ich wollte sagen: Sie kann euch zeigen, daß man, damit etwas klappt, nicht immer nur in der alten Weise vorgehen muß. Ich glaube, sie wird mit der Zeit ein ganzes Rezeptbuch von neuen Sprüchen herstellen. Beide Häuser können von ihr lernen. Auf dein Wohl, Angelica. Auf deines, Tonino. Die Herzogin dachte, sie hätte die schwächsten

Mitglieder beider Zauberer-Casas gefangen, und nun hat sich herausgestellt, daß genau das Gegenteil der Fall war!"

Antonio und Guido hoben gleichfalls ihre Gläser. „Ich möchte nur folgendes sagen", erklärte Guido. „Ohne euch zwei, Kinder, würden wir heute abend kein Fest feiern!"

Angelica und Tonino blickten einander an und schnitten Gesichter. Sie waren beide sehr verlegen und sehr, sehr froh.

Phantastische Bücher von Edith Nesbit

Die Kinder von Arden
Wie behandelte man Kinder zu Zeiten Napoleons? Wie reiste man um 1707, und was trug man um 1548? Das Wissen kann sich jeder aus Geschichtsbüchern holen, aber wer möchte es nicht einmal *erleben*? Edred und Elfrida Arden gehen leibhaftig über das Kopfsteinpflaster vergangener Jahrhunderte. Auf der Suche nach dem Schatz der Ardens, einem alten englischen Geschlecht, erleben sie mit Hilfe des Wappentieres der Familie ein Abenteuer nach dem anderen. Am Ende finden sie zwar nicht den Schatz, aber sie finden etwas, das mehr wert ist als alle Schätze der Welt.

Der Traum von Arden
„Zuweilen werden Kinder geboren, die nicht wie gewöhnliche Sterbliche an die Zeit gefesselt sind. Und wenn diesen Kindern zur rechten Stunde der rechte Zauber in die Hände gerät, dann haben sie die Macht, in der Zeit so hin und her, vorwärts und rückwärts zu gehen wie andere Kinder im Raum von einem Zimmer ins andere." Das hat die alte Amme erzählt. Dickie ist so ein Kind. Was er mit dem Landstreicher Beale und auf seinen Reisen zwischen den Zeiten erlebt und warum er schließlich auf ein Schloß und den Schatz von Arden verzichtet, erzählt Edith Nesbit mit unverwechselbarem Charme und einer Phantasie, die ihren eigenen Gesetzen gehorcht.

Cecilie Dressler Verlag · Hamburg